W0348905

N
E
S
O
Mettenal
assol
Irel
Ringenim
Kamiat
fiume Riguario
Massiccio Centrale
Pecsa
Sigat
Eria
Velat
Merlat
fiume Eria
Chrail
arco di Taëlien
Darilan
Tevilan
Rivail
stele di Keron
fiume Potrodil
Felan
Nislan
Gualcolan
Botroc
Montagne Aguzze
la rocca del passo

Luca Trugenberger

# Damlo il roscio

## LA SPINA DEL DRAGO

*romanzo*

fanucci Editore

Dello stesso autore abbiamo già pubblicato

*Il risveglio dell'Ombra*

Prima edizione: settembre 2003

via delle Fornaci, 66 – 00165 ROMA
tel. 06.39366384 – fax 06.6382998
Published in agreement with
AVA International, Germany
Indirizzo di posta elettronica: info@fanucci.it
Indirizzo internet: www.fanucci.it

Stampato in Italia – Printed in Italy

Progetto grafico: Grafica Effe
Copertina e illustrazioni interne: Serena Riglietti

Luca Trugenberger

# Damlo il roscio

## LA SPINA DEL DRAGO

## Personaggi

DAMLO RINDGREN (il ‘coniglio roscio’)
NEILA RINDGREN (locandiera, zia paterna di Damlo e madre di Trano)
TRANO SCÁLBULIN (cugino di Damlo)
PELNO SCÁLBULIN (locandiere, padre di Trano e zio di Damlo)
PROCO RADICUPO (capo della Legione di Waelton)
BUSCO SINISTRONCO (vice capo della Legione di Waelton)
BINLA VENARAGGIO (unica ragazza della Legione di Waelton)
FALNO GALLASPESSA (insegnante alla scuola di Waelton)
MELVO BOSCORAME (bibliotecario di Waelton e zio di Neto)
NETO BOSCORAME (nipote del bibliotecario di Waelton)
BELTO VERDOGLIO (bottegaio)
BALSO VERDOGLIO (recluta della Legione di Waelton)
KAXALANDRÍLL (draghessa rossa fondatrice di Waelton)
MASPO GEMMALAMPO (fondatore di Waelton)
MASPO VENARAGGIO (quadrisnonno di Binla)
BRABANTIS (leggendario cacciatore di orchetti)

ÍRGENAS CUORSALDO (figlio ed erede di Thundras)
CLEVAS BARBACCIAIO (vecchio tutore di Írgenas)
THUNDRAS CUORSALDO (re dei Nani)
GRENVAS MAZZAPUGNO (ambasciatore dei nani presso gli elfi)

RINELKIND DEL LÍSSOMRIM (principe elfico e guaritore)
ÁILARAM DI BELSIN (Maghiarca della Torre Bianca)
PHERON (allievo prediletto di Áilaram)
GHAZNEV (antico Maghiarca della Torre di Gothror)
ZÚRKIN (cavallo da battaglia)
MAESTÀ (cavallo da tiro)
BOSCO (il bosco in riva al fiume Sweldal)
SWELDAL (il fiume grigio)
CLINA (bambina della fattoria vicina a Drassol)

VODARS (borsaiolo)
UWAËN (mendicante storpio)
FRUSTA (teppistello)
GEVAN BEDÁRAN (il reggente dell'egemonia d'Èria)
ZÁNTER D'ÈRIA (l'egemone avvelenato)
TIDÁNLES (barone di Drassol)
VÍNATHES (re di Drassol)
ERÁNTO (il 'Conte Buono' di Drassol)
FANER (mercante di schiavi di Drassol)
ÓLJED (famoso scassinatore)
TRAX (capo della Costa dei Mendici di Drassol)
CONSIGLIERE KRIDER (terzo consigliere di Re Vínathes)
DAMA KRIDER (moglie del consigliere Krider)
NORYA (amica di Uwaën a Drassol)
ÈRWAN (marito di Norya e vecchio amico di Uwaën)
VARÚSA (direttrice dei lavapiatti del palazzo reale)
SEDRINA (ancella di Dama Krider a Drassol)
KÉFRIN (sorella di Sedrina e favorita di re Vínathes)

# 1

Damlo Rindgren correva tra gli alberi con il viso tirato. Il suo caschetto di capelli rosso brace si alzava e si abbassava al ritmo dei passi. Sembrava avere vita propria.

Benché il ripido sentiero costeggiasse uno strapiombo, il ragazzo scendeva la collina a tutta velocità, evitando chiazze di neve e mucchi di foglie scivolose quasi senza guardare. Ogni tanto, dei rami secchi si protendevano verso di lui come affilati spunzoni, ma Damlo li schivava a memoria. Tutte le volte che incontrava una roccia, un fosso, o un tronco marcio, le sue gambe scattavano portandolo con precisione oltre l'ostacolo. Piú in basso, nella vallata, intravedeva già la vasta cupola di fronde che sovrastava Waelton. Ormai, la luce del sole ne colorava di arancione soltanto la parte piú alta.

Un'ora di ritardo, pensò. Per la terza volta in tre giorni, e senza nessuna scusa. Rabbrividí, e tentò di accelerare ancora.

Poco piú avanti il sentiero si biforcava: una diramazione continuava dritta verso il paese, l'altra risaliva la collina, sbucava in una piccola radura e poi ricominciava a scendere. Damlo esitò. La deviazione gli avrebbe fatto perdere altro tempo, ma non era mai passato di lí senza salutare il vecchio faggio. Prima di avere veramente deciso, si ritrovò a correre in salita.

Sbucò nella radura come un turbine di vento e, in due salti, fu accanto al grande albero. Appoggiò entrambe le mani alla corteccia grigia. La sentí liscia sotto i polpastrelli e, per un attimo, gli sembrò che in risposta al suo tocco la pianta fremesse. Sorrise, accarezzò il tronco e dimenticò la paura per la ramanzina che lo attendeva. Infine si voltò, accingendosi a riprendere la corsa.

E d'un tratto, qualcosa si mosse dietro di lui. Con grazia, ma rapidamente e senza il minimo rumore. Spaventato, il ragazzo sobbalzò e si girò di scatto, ma come al solito non vide nulla.

Gli era capitato di frequente negli ultimi mesi. Le prime volte aveva pensato alle solite avvisaglie, ma poi le convulsioni non erano arrivate. In effetti, quel che succedeva era leggermente diverso: non sentiva odori particolari, non percepiva in bocca quello strano gusto e, soprattutto, non doveva lottare contro 'quella cosa'.

Semplicemente, scorgeva di sfuggita piccoli movimenti palpitanti e, quando si voltava, non c'era niente. Né animaletti, né fronde mosse dal vento, né l'ultimo svolazzo di una foglia secca spodestata da una gemma. Eppure, i guizzi parevano proprio foglie cadenti scorte con la coda dell'occhio. A parte che le foglie morte non cadono di lato o all'insú.

Poi c'erano le voci. Mormorii incomprensibili, ma Damlo era certo di non averli immaginati. Simili al brusco stormire dei rami prima di un temporale estivo, col tempo si erano fatti sempre piú nitidi. Un'ora prima gli era perfino sembrato di sentirsi chiamare. Anche per quello era in ritardo: nonostante la paura, aveva setacciato tutta la zona; senza però trovare nemmeno una traccia recente.

Di colpo, ricordò quanto davvero fosse in ritardo.

«Se almeno non fosse primavera!» gemette ad alta voce, e riprese a correre.

«Be', giovane rosso» gli rispose una voce resinosa e sorridente. «La primavera è un bellissimo momento. Del resto lo sono anche l'estate, l'inverno e l'autunno!»

Ma il ragazzo non capí e, senza badare all'ennesimo mormorio, si tuffò tra gli alberi della foresta.

Sulle Montagne Colorate, a nord di Waelton, le nevi cominciavano a sciogliersi. Il Passo Azzurro stava tornando praticabile, la stagione di transito era alle soglie e la locanda ‘Al Melofrassino’ si preparava all’assalto dei viaggiatori. Il lavoro era convulso, perciò Neila Rindgren si innervosiva facilmente. Di solito nessuno la superava in dolcezza, ma tutti sapevano che quando si arrabbiava era consigliabile trovarsi altrove. Quindi, all’inizio di ogni primavera, le si creava attorno il vuoto. Perfino i clienti abituali rinunciavano a oziare nella grande sala comune. Comparivano all’ora dei pasti e, dopo un rapido piatto di stufato, sparivano fulminei, tutti presi da non specificati ma importantissimi impegni. A far le spese del nervosismo di Neila rimanevano dunque solo il figlio Trano e il nipote Damlo che, difatti, collezionavano ramanzine e scappellotti in dose superiore alla norma.

Un’ora di ritardo! Nell’immaginazione di Damlo, la sgridata che lo aspettava alla locanda si ingigantiva a ogni passo. Il ragazzo correva con tutte le forze e il sudore gli colava negli occhi facendoli lacrimare. Fino a quel momento non era stato un problema, ma avvicinandosi a Waelton il pericolo di incontrare Proco Radicupo e i ragazzi della banda si faceva consistente. Con la vista sfuocata, rischiava di vederli troppo tardi.

Sotto la giubba, la camicia gli era risalita oltre l’ombelico; i nodi dei primi due laccetti si erano sfatti e il colletto morbido gli solleticava le orecchie. Domandandosi se fosse il caso di fare il giro largo, Damlo si asciugò occhi e fronte. Proco non l’avrebbe cercato dalla parte del tempio, ma quella strada era piú lunga e il suo ritardo già abbastanza grave. Decise di proseguire per la via piú breve. A quest’ora, si disse, i membri della banda saranno a mangiare.

Uscí dalla foresta di gran carriera. Era a valle, adesso, e accelerò ancora. Traversò come una saetta i campi coltivati e, per un attimo, considerò l'idea di tagliare attraverso i frutteti. Poi, nella sua mente, l'immagine dei cani da guardia dei Venaraggio si sovrappose a quella della zia Neila. Rabbrividendo, il ragazzo piegò a sinistra e costeggiò lo steccato senza scavalcarlo. Pochi minuti piú tardi entrava in Waelton.

Ormai, sotto la singola cupola di rami che a circa duecentocinquanta piedi di altezza copriva l'intero paese, tutta la luce si era rintanata nell'alone aranciato delle lanterne. Ve n'era una sopra l'uscio di quasi tutte le piante, e le pareti di corteccia sembravano accogliere le ombre tremolanti come in un gioco familiare e antico. Gli alberi grassi crescevano soltanto a Waelton e la leggenda ne faceva risalire la comparsa all'epoca di Maspo Gemmalampo, prima che la magia venisse rubata. In altezza non oltrepassavano di molto gli alberi magri, ma i loro tronchi potevano raggiungere anche venticinque passi di diametro. Da sempre, i waeltoniani vi ricavavano comode abitazioni, scavandone l'interno e badando a toccare il meno possibile l'esile strato sotto la corteccia, parte viva e delicata della pianta.

Per arrivare alla locanda, Damlo doveva attraversare mezzo paese. Correndo, ogni tanto strisciava le dita sulla scorza delle abitazioni; poi si annusava i polpastrelli.

Incontrò i legionari in via del pruneto vecchio. La banda non era al completo, ma c'erano i peggiori: Proco Radicupo e Busco Sinistronco. La Legione di Waelton era composta da una dozzina di temibili guerrieri intorno ai quattordici anni, a cui andava aggiunta Binla Venaraggio. Essendo una femmina, non avrebbe potuto appartenere alla banda, cosí come non erano ammesse donne nella mitica Legione di Gualcolán; ma essendo una femmina 'carina', aveva ottenuto da Proco una dispensa speciale.

Damlo svoltò oltre la quercia dei Boscorame e se li trovò di fronte all'improvviso: formavano un capannello e chiacchieravano animatamente tra loro. Lo videro subito e, per un istante, rimasero a bocca aperta. Tranne che nell'albero del consiglio, dove l'insegnante imponeva una rigida disciplina, tra lui e la Legione era guerra aperta. Caccia aperta, per meglio dire, con Damlo nel ruolo della preda. Perciò, vedendolo correre a tutta velocità verso di loro, i ragazzi lo guardarono come si guarda un coniglio che carica un branco di lupi. La sorpresa durò poco.

«Il roscio vigliacco!» gridò Proco.

Sogghignando, i legionari fecero fronte e gli bloccarono il passo. Era troppo tardi, sia per tornare indietro che per fermarsi. Detestandosi perché le gambe gli si erano fatte molli dalla paura, Damlo ebbe appena il tempo di evitare Busco e Proco; poi, chiudendo gli occhi e incassando la testa fra le spalle, piombò in mezzo al gruppo. Passò tra loro come una freccia tra le canne.

Reagirono in fretta. Gli si lanciarono alle calcagna, ululando selvaggiamente, prima che avesse percorso una dozzina di passi. Mi prendono, gemette Damlo; questa volta mi prendono! Accelerò. Il fiatone gli risuonava nelle orecchie rauco e incalzante, coprendo quasi il trepestio di piedi e le grida degli inseguitori. Vedeva la strada scorrergli sotto con la velocità di un torrente in piena. Inciampò. Barcollò a grandi gambate sbilenche per una decina di passi e recuperò l'equilibrio quasi per miracolo. Era stanco: l'avrebbero raggiunto prima che arrivasse alla locanda.

Passò ansiosamente in rassegna i suoi nascondigli abituali. Le radici del cembro sacro erano troppo lontane. La biblioteca? No: la strada non offriva trucchi per guadagnare tempo. La statua di Maspo Gemmalampo? Cresceva di fronte alla locanda: anch'essa troppo lontana. Rimaneva il sottobosco lungo il torrente. Nascondiglio misero, ma non aveva scelta. Però doveva distanziare gli inseguitori, in modo che non lo vedessero nascondersi.

Svoltò ansimando nel vicolo delle felci. Il ritmo della sua corsa cominciava a farsi irregolare e i legionari erano appena dietro di lui. Per fortuna, poco piú avanti c'era la bottega della famiglia Verdoglio. Ai lati dell'entrata, sotto una grande tettoia, decine e decine di canestri erano accatastati in alte pile. Il ragazzo vi passò accanto come una ventata di tempesta. Con il braccio teso, agganciò il mucchio piú alto e se lo tirò dietro: adesso, se Belto Verdoglio fosse stato in zona, Proco e i suoi avrebbero avuto davvero di che correre.

Alle sue spalle si alzò un coro di grida infuriate. Senza rallentare, Damlo arrischiò un'occhiata: la via era completamente ostruita e tutti i ragazzi erano per terra, in un tripudio di canestri che rotolavano da ogni parte. Sulla porta della bottega una donna strillava come un'indemoniata. Nella destra impugnava un battipanni e nella sinistra stringeva saldamente l'orecchio di Neto Boscorame. Un po' con l'attrezzo e un po' con l'altra mano, stava aiutandolo ad alzarsi.

Avrebbe obbligato i legionari a riordinare i cesti, pensò Damlo, fornendo a lui il tempo per arrivare alla locanda. Invece di svoltare verso il torrente proseguí diritto, rallentando leggermente per riprendere fiato.

La sassata gli sfiorò il capo e il ciottolo ricadde poco piú avanti. Damlo sobbalzò e si voltò per un istante: abbandonando Neto nelle mani della signora Verdoglio, Proco Radicupo e Busco Sinistronco avevano ricominciato a inseguirlo. Si sentí prendere dal panico. Ormai era troppo tardi per arrivare al torrente, quindi avrebbe dovuto correre fino alla locanda; le poche decine di passi appena guadagnati gli sarebbero serviti tutti. Accelerò di nuovo. Adesso correva scompostamente, cercando di non badare al fiato che gli mancava. Dopo alcuni minuti di sofferenza, sbucò nella piazza principale del paese.

Di colpo, le gambe gli si fecero pesantissime: di fronte all'ingresso del Melofrassino, una cinquantina di passi piú lontano, lo aspettavano tre ragazzi. Ecco perché la banda non era al completo!

Erano voltati verso l'ingresso dell'albero, ma Damlo non ebbe cuore di tentare un altro sfondamento. Cercando di mantenere la velocità, trasformò la corsa in una serie di silenziosi saltelli sulle punte dei piedi e deviò verso le impalcature che avvolgevano la statua di Maspo Gemmalampo. Dopo tre passi i polpacci gli si contrassero dolorosamente. Cadde e rotolò, andando a sbattere contro il bordo dell'assito. Senza badare ai crampi, assecondò il movimento e, con la rapidità di una marmotta, si forzò nello spazio tra le tavole e il terreno. Poi, tremando e respirando forte, spiò verso la piazza. Gli inseguitori sbucavano dal vicolo solo in quel momento.

Il monumento a Maspo Gemmalampo era scolpito nel tronco di un antichissimo faggio rosso, largo poco meno di due braccia. Ogni anno, sul finire dell'inverno, la pianta veniva restaurata. Era indispensabile perché, in seguito al lavoro dell'artista, larghe zone del fusto e dei rami bassi erano rimaste nude. Privare un albero del suo rivestimento è un lavoro delicatissimo: levandone troppo la pianta muore, e lasciandone troppo la statua perde credibilità. Non a caso l'abilità degli scultori di alberi veniva misurata anche dalla quantità di corteccia rimasta sul tronco.

Per proteggere le aree denudate bisognava trattarle spesso con una particolare cera e ogni anno verso la fine di marzo i waeltoniani circondavano il faggio rosso con una impalcatura poggiata su una piattaforma di assi. Per non danneggiare le radici sporgenti la costruivano leggermente sopraelevata e questo aveva salvato Damlo in piú di una occasione.

Gli inseguitori passarono accanto al monumento senza rallentare e, arrivati presso i tre ragazzi, si misero a parlare con loro. Dopo qualche istante, Proco cominciò a spintonarli.

Damlo ebbe voglia di prendersi a schiaffi: non si trattava di membri della banda! Erano solo tre ragazzi, fermi per caso davanti alla locanda!

Adesso sarebbe dovuto restare nascosto finché i legionari non si fossero allontanati; e la zia Neila lo aspettava da piú di un'ora! Comunque non si sarebbe mosso: per quanto potesse essere severa Neila Rindgren, la sua ira non lo preoccupava nemmeno la metà di quanto lo spaventasse l'idea di essere catturato. Sempre che quel giorno la zia non avesse usato troppa legna; altrimenti si sarebbe trovato davvero nei guai.

Per la legna, nella cucina della locanda esistevano due appositi ripostigli. Uno, il principale, veniva usato quotidianamente; dell'altro, invece, quello di riserva, c'era bisogno solo di rado. Damlo aveva il compito di mantenerli colmi entrambi e, come tutti i suoi incarichi alla locanda (a parte lucidare le pentole di rame), anche questo non gli pesava. Sotto i suoi colpi, i ciocchi si trasformavano in troll, orchetti o altri nemici, secondo l'ispirazione del momento. A volte se ne andava in legnaia persino quando i ripostigli della cucina erano stracolmi, e si divertiva a preparare delle scorte supplementari solo per potere maneggiare l'accetta.

Da tre giorni, tuttavia, questo non succedeva piú. Ogni mattina, di soppiatto, Damlo prendeva la legna dal secondo ripostiglio e la trasferiva in quello principale. Sapeva di trascurare il proprio dovere, ma si diceva che avrebbe rimediato nel pomeriggio. Poi, invece, si attardava a fantasticare e finiva per rinviare il lavoro all'indomani. Ormai il ripostiglio di riserva era vuoto e se la zia Neila (o, peggio, lo zio Pelno) l'avesse scoperto in quelle condizioni...

Le sue fantasticherie: quante volte lo avevano messo nei guai! Spesso la fantasia gli sembrava l'unico luogo caldo e luminoso dell'universo, ma a volte lo catturava di sorpresa e non lo mollava piú. Come negli ultimi pomeriggi, per esempio.

D'altra parte, non riusciva a sentirsi molto in colpa: tre giorni prima, girovagando nella foresta, aveva scoperto una caverna. Una vera grotta, non solo una rientranza nella parete di una collina. Ovviamente, ne aveva subito fatto il proprio rifugio segreto. Nessuno sapeva dell'esistenza di grotte intorno a Waelton e questo moltiplicava il valore della scoperta; soprattutto agli occhi della banda di Proco Radicupo. Con grande soddisfazione e finta indifferenza, Damlo aveva lasciato cadere la notizia durante una pausa fra le lezioni e, osservando l'invidia degli altri, si era goduto una vittoria rara.

Tuttavia, quando un guerriero possiede un rifugio, è ovvio che tutti gli orchetti e i banditi del mondo cerchino di conquistarlo. Ed è altrettanto naturale che un prode rimanga a difenderlo. Nessun eroe interromperebbe una sanguinosa battaglia per colpa di un orario da rispettare!

Gli zii, però, non condividevano quella ovvietà. La fantasia è una bella cosa, si ostinavano ad affermare, ma la puntualità è un valore irrinunciabile. E cosí, da tre giorni a quella parte, le sgridate fioccavano come neve d'inverno.

Damlo spiò nuovamente da sotto l'assito. I tre ragazzi si erano dati alla fuga, ma i caporioni della Legione erano ancora lí. Busco stava di guardia di fronte alla porta della locanda, mentre Proco cercava nelle viuzze. Tra un po' si sarebbe arrampicato sul monumento: lo faceva sempre, quando 'il roscio' gli spariva da sotto il naso in quella zona.

Ma Damlo non si era mai nascosto tra i rami: per lui il luogo del timore e della vergogna, cosí come quello della salvezza, era nelle radici.

Il varco era molto stretto e nessuno aveva mai pensato a guardare sotto la piattaforma; comunque, per maggior sicurezza, il ragazzo decise di ritirarsi piú in profondità nel nascondiglio. Strisciò piano verso il tronco. Le assi erano grezze e lo spazio esiguo, e a un certo punto i capelli gli si impigliarono in una scheggia. Damlo li strinse forte e tirò con rabbia, finché si strapparono. Poi, non ancora soddisfatto, raggiunse il tronco, si accoccolò nell'incavo di una radice sporgente e mise il broncio.

E di colpo, successe. Nacque come risentimento verso se stesso, per avere ancora una volta avuto paura. Poi sopravvenne l'intenso odore di bruciato e, senza provarne fastidio, Damlo percepí sul palato un calore fortissimo. Infine, come regolarmente avveniva prima delle convulsioni, comparve 'quella cosa'.

Con la brutalità di un conato, una furia tremenda emerse dalle profondità del suo essere e, appena egli cominciò a opporvisi, iniziò a scuoterlo. Damlo non ne aveva mai sperimentato l'intera forza. Il suo semplice presentarsi in embrione evocava immagini di devastazione spaventosa e, atterrito dalla possibilità che si manifestasse interamente, il ragazzo la combatteva con tutte le sue forze non appena compariva.

Fece a malapena in tempo ad allungarsi per terra e a ficcarsi tra i denti il colletto della giubba. Poi, tutte le sue risorse furono impegnate a respingere l'attacco. Percepiva la violenza come un corpo estraneo che si dibatteva per uscire e, mentre si sentiva sballottare qua e là, gli pareva di udirla ruggire dentro di sé.

Sudando fatica, privo persino della forza di gemere, per lunghi minuti tentò di circoscriverla e soffocarla. Solo un minuscolo frammento di lui era rimasto lucido e, osservando il suo corpo sobbalzare al ritmo delle contrazioni, si chiedeva ansiosamente se sarebbe stata questa, la volta in cui sarebbe morto.

Capitava, anche se raramente, che a Waelton nascesse un bambino con i capelli rossi come quelli di Damlo. Non il rosso carota che alcuni mercanti della valle di Tresin esibivano fieramente, ma un rosso cupo e forte che ricordava il colore delle braci sonnecchianti. Capitava. Ed era ogni volta un dramma, perché la madre moriva sempre di parto e il bambino non superava mai i nove anni.

I waeltoniani li chiamavano 'rosci' e, potendo, li evitavano. Benché avessero un aspetto normale e fossero, anzi, particolarmente dolci e sensibili, quei bimbi erano infatti *strani*. Prima di tutto la loro gestazione non durava mai meno di dieci mesi e molti affermavano che le madri morivano per quel motivo. In secondo luogo, cominciavano a parlare e a camminare molto prima degli altri bambini. E poi lo dicevano tutti, che erano strani.

Erano diversi anche nel modo di morire. Di solito accadeva, senza preavviso, intorno ai sette anni. In un certo momento il bambino stava bene e, nel momento successivo, era già in preda alle convulsioni. Sembrava quasi che la sua anima si divincolasse, lottando ferocemente contro il corpo per liberarsene. E alla fine accadeva: il bambino moriva e la gente nascondeva il sollievo.

A Damlo era successo quando aveva otto anni e nessuno sapeva come mai le convulsioni non lo avessero ucciso. All'inizio gli attacchi si erano ripetuti spesso, anche quattro o cinque volte alla settimana; poi si erano diradati fino a smettere del tutto. O almeno, questo pensavano i waeltoniani. In realtà, il ragazzo aveva semplicemente imparato a riconoscere le avvisaglie e, al momento opportuno, riusciva sempre ad appartarsi. Ciò non aveva comunque modificato l'atteggiamento della gente verso di lui: i waeltoniani continuavano a guardarlo con sospetto e Neila Rindgren non lo faceva servire ai tavoli nemmeno quando la locanda era piena zeppa.

Nonostante la violenza della lotta, anche quella volta Damlo sopravvisse e, quando le convulsioni s'acquietarono, si ritrovò esausto sotto l'assito dell'impalcatura. Giacque, riprendendosi pian piano e sorvegliando timorosamente il frastuono remoto della furia ormai soffocata. Da lí, sentí Proco avvicinarsi alla statua per arrampicarsi sull'albero. Troppo tardi, carogna, pensò con stanca soddisfazione.

La guerra era cominciata un paio d'anni prima, ricordò, quando aveva ingenuamente chiesto l'ammissione alla banda. Ma era stato sul serio un errore? Lui voleva solo giocare insieme agli altri! A quei tempi aveva solo undici anni ed era il piú piccolo, oltre a essere un roscio. Ma erano davvero colpe imperdonabili?

I ragazzi gli avevano riso in faccia e lui aveva insistito. Sbagliando, forse, ma ancora oggi non ne era del tutto convinto. L'avevano preso a spintoni e buttato per terra, poi gli avevano gridato forte nelle orecchie finché lui, stordito e terrorizzato, era scoppiato a piangere. Invano aveva tentato di fuggire; raggiuntolo, gli altri si erano messi a danzare intorno a lui, cantando: 'Piange e scappa il roscio vigliacco! La Legione l'ha messo nel sacco!'. Lo avevano liberato solo per intercessione di Binla Venaraggio che, vedendolo disperato e singhiozzante, si era impietosita.

Senza darsi per vinto, nei giorni seguenti Damlo aveva continuato a gironzolare intorno alla banda. Se rimaneva abbastanza lontano, i ragazzi lo ignoravano. Se si avvicinava troppo, gli correvano dietro. E quando riuscivano a prenderlo, finiva come la prima volta. All'inizio volevano solo liberarsi di lui; poi, pian piano ci avevano preso gusto. Ogni giorno, alla stessa ora, lo aspettavano dietro ai fienili del Venaraggio e, quando arrivava, si mettevano a inseguirlo.

Allora, Damlo aveva commesso l'unico sbaglio di cui potesse davvero rimproverarsi: sentendosi parte di un gioco comune, aveva continuato a presentarsi all'appuntamento. E quando si era accorto di essere diventato lo zimbello della banda, non c'era già piú nulla da fare: ormai, se non si faceva vedere, lo venivano a cercare.

A quel punto, dopo una sofferta battaglia contro la paura, aveva provato a ribellarsi; ma Proco non l'aveva neanche picchiato. Molto piú forte, si era divertito a schivare le sue manate, sfottendolo di fronte agli altri mentre lui agitava l'aria. L'episodio era stato cosí mortificante che Damlo non ci aveva piú provato. Da quel momento si era limitato a evitare la banda, e aveva imparato a farlo cosí bene che, ormai, la sua cattura era diventata un evento raro.

Forse per questo, da un po' di tempo a quella parte, i legionari gli si scatenavano dietro a ogni occasione. A volte bastava che lo scorgessero mentre faceva una commissione per gli zii; oppure, piú semplicemente, che si annoiassero. Busco sussurrava una parolina all'orecchio di Proco e quello, dopo avere atteso un minuto perché si pensasse che l'idea era stata sua, gridava: 'Andiamo a caccia di conigli rosci!'.

Ma a partire dall'indomani, pensò Damlo, tutto sarebbe stato diverso: il giorno dopo avrebbe compiuto quattordici anni e da molto tempo sapeva che a quell'età sarebbe diventato adulto. La premonizione lo accompagnava dall'età di sette anni, quando la piena del torrente aveva travolto suo padre. All'epoca non sapeva delle convulsioni e si era detto che dai quattordici anni in poi la sua vita sarebbe cambiata radicalmente.

Come sarebbe stato, diventare adulto? Lo ignorava, ma quanto ai propri desideri aveva idee chiare: prima di tutto avrebbe smesso di avere paura; poi le convulsioni sarebbero sparite e, infine, avrebbe saputo un mucchio di cose in piú. Sarebbe diventato forte come Proco, forse. Magari, crescendo bruscamente durante la notte. Comunque, la cosa piú importante era il coraggio: tutti se ne sarebbero accorti subito, non lo avrebbero piú chiamato vigliacco e gli inseguimenti sarebbero cessati. Non ne poteva piú di doversela dare a gambe a ogni piè sospinto. Gli sembrava di avere passato tutta la vita a fuggire. Da adulto, decise, non sarebbe mai piú scappato e non avrebbe mai piú avuto bisogno di nascondersi.

Tutto ringalluzzito dai quei propositi, spiò ancora da sotto l'assito. Finalmente stufi di cercarlo, Proco e Busco si stavano allontanando. Il ragazzo attese che fossero spariti dietro la bottega del carraio, poi scrutò attentamente la piazza. In giro non si scorgeva nessuno: era il momento giusto per uscire. Faticosamente, si infilò tra il bordo delle assi e il terreno, questa volta dal lato della locanda. Il passaggio gli sembrò piú stretto di prima. Forse, si disse, la crescita dei quattordici anni è già cominciata. Oppure, si corresse ridacchiando, da questa parte il terreno è piú alto.

Aveva appena cominciato a strisciare fuori, quando si sentí trattenere per una caviglia. Lo spavento gli tolse il respiro. E se fosse un troll? Sarebbe stato tipico di un troll rimanersene in silenzio finché la vittima cercava di fuggire, per poi afferrarla d'improvviso. O forse era un orchetto? No: gli orchetti grugniscono e fanno rumore, e lui non aveva sentito nulla. E poi, l'idea di un orchetto non gli piaceva. Preferiva un troll, sebbene fosse piú pericoloso.

In ogni caso era munito di artigli: li aveva sentiti penetrare nella carne e il dolore gli risaliva fino al polpaccio. Stringendo i denti, si rimproverò di non avere controllato il nascondiglio, prima di infilarvisi. Ormai era tardi: tutti sanno che quando un troll ti afferra non ti molla piú. Lasciano la presa solo per giocare con le loro vittime, come i gatti. Decise che non gli avrebbe dato quella soddisfazione e si immobilizzò. Sperava soltanto che il troll lo uccidesse subito, aspettando che fosse morto, prima di mangiarlo.

Dopo qualche minuto di irrigidita paralisi, si rese conto che il troll non tirava. Aveva semplicemente conficcato gli artigli nella sua caviglia e non lo lasciava andare.

Aspettò ancora. Il cuore gli pulsava cosí forte da gonfiargli le orecchie. Niente: dopo la prima artigliata non succedeva piú nulla. Allora il ragazzo si contorse, molto lentamente, per cercare di vedere il terribile essere. Nonostante ciò che raccontava Proco, nessuno aveva mai incontrato un troll, a memoria d'uomo; e lui era abbastanza curioso per volerselo guardare bene, prima di essere divorato. E poi, magari, in quel momento il mostro non aveva fame. Forse non lo avrebbe sbranato subito e chissà che nel frattempo lui non fosse riuscito a fuggire.

Piegandosi scomodamente in due, riuscí a infilare la testa sotto l'impalcatura. Con un misto di sollievo e delusione, vide gli artigli del mostro trasformarsi in una lunga scheggia di legno ancora mezzo attaccata alle assi.

Sospirò. Aveva sempre saputo che non poteva essere un troll, però si era spaventato lo stesso. Fantasia tiranna! Si sfilò delicatamente il frammento di legno dalla caviglia e uscí dal nascondiglio. Un rivolo di sangue gli scorreva giú per le scarpe di feltro. Non importa, si disse. Ben pochi se la sarebbero cavata cosí a buon mercato, contro un troll. E poi, se proprio non avesse smesso di sanguinare, si sarebbe fatto medicare dalla...

Neila! Aveva completamente dimenticato di essere in ritardo! Davanti ai suoi occhi, si materializzò l'immagine della zia infuriata. Sentí le gambe farsi molli: quasi due ore!

Per un attimo, vagheggiò di fuggire lontano da Waelton. A est, decise. Sarebbe diventato un cacciatore di orchetti e la sua fama avrebbe eguagliato quella del mitico Brabantis. Chissà, forse lo avrebbe addirittura incontrato! Senza riconoscerlo, naturalmente: impegnato in qualche missione segreta, l'eroe sarebbe stato travestito. Ma poi gli orchetti li avrebbero attaccati e, dalla spada d'oro e dal grido di battaglia, lui avrebbe capito chi fosse il suo misterioso compagno di avventure. Sí! Avrebbe combattuto insieme a Brabantis!

Anzi, no. Purtroppo, quella leggenda risaliva a parecchio tempo prima e l'eroe doveva essere morto di vecchiaia, ormai. Però, magari era spirato sotto una grande quercia e lui ne avrebbe trovato le spoglie. Ci sarebbe stato un biglietto con il quale, sentendosi morire, Brabantis lasciava la sua famosa spada e il suo arco elfico a chi lo avesse seppellito. Lui, allora, avrebbe scavato una grande fossa e...

«Damlo Rindgren!» Di fronte a lui torreggiava la zia Neila, con le mani puntate sui fianchi. «Lo sai che ora è? Stavo per venire a cercarti! Perché sei in ritardo?»

«Scusami, zia.»

«Cosa è successo? Perché sei tutto impolverato?»

«Sono scivolato, ma non ho battuto la testa neanche un po'!»

«Guardami negli occhi: ti sono tornate le convulsioni?»

«No, zia, davvero.»

«E allora perché sei cosí in ritardo?»

«Non mi sono accorto che era tardi.»

«Non ti sei accorto?... Anche ieri 'non ti sei accorto!' E anche l'altro ieri! Perché 'non ti sei accorto'? Vuoi farmi morire di ansia? Dimmi un po': cosa devo fare con te? E guarda come hai ridotto la tua camicia! Con tutto il lavoro che c'è alla locanda in questo periodo! Non ho mai conosciuto un ragazzo piú egoista e disubbidiente di te!»

Neila lo afferrò per un orecchio e lo trascinò dentro. Nella grande sala comune, lo zio Pelno Scálbulin stava intagliando la spalliera di una comoda. Vedendoli entrare, lanciò una breve occhiata alla moglie. Lei scosse la testa e il locandiere si alzò in piedi.

«Due ore di ritardo!» gridò. «Vergognati! Vergognati moltissimo! E a tua zia non hai pensato? Lo sai che stavamo per uscire a cercarti? Quante volte ti ho detto che devi essere puntuale?»

«Sempre, zio.»

«Meno male che lo ammetti! Perché sei in ritardo?»

«Non mi sono accorto dell'ora.»

«Vorrei anche vedere che lo avessi fatto apposta! Perché non te ne sei accorto?»

Damlo non rispose.

«Te lo dico io, il perché: ancora una volta ti sei messo a fantasticare invece di pensare al tuo dovere! Hai di nuovo bighellonato per la foresta, e sai bene che per te è pericoloso: cosa sarebbe successo se ti fossero tornate le convulsioni?»

«Hai ragione, zio.»

«Certo che ho ragione! E tu meriteresti una buona dose di cinghiate!»

Era solo una minaccia: il locandiere non aveva mai frustato né Damlo né il figlio Trano.

«Sí, zio, mi dispiace.»

«'Mi dispiace' non basta! Quello che voglio è che tu torni in orario!»

«Non succederà piú, zio, scusami.»

«Neanche per sogno! Non basta scusarsi, quando si arriva con due ore di ritardo! Fila in camera tua: questa sera vai a letto senza cena!»

«E domani lavorerai come gli altri giorni. Anche se è il tuo compleanno!» rincarò Neila, mentre Pelno spediva il nipote verso le scale con uno scapaccione.

Lo guardarono salire ai piani superiori e rimasero in piedi finché i suoi passi non smisero di far scricchiolare i gradini. Infine il locandiere sedette e ricominciò a intagliare la spalliera. La donna gli si appoggiò sul dorso, posandogli il mento sulla spalla. Stettero in silenzio per un po', quindi l'uomo posò il bulino e accarezzò ruvidamente la testa della moglie.

«Devi fartene una ragione, donna,» le disse «perché prima o poi succederà.»

«Lo so.»

«Lo abbiamo già avuto con noi per piú tempo del dovuto.»

«Lo so.»

«Di questo possiamo essere felici.»

«Lo so.»

«Bene.»

«Solo... Vorrei tanto che non succedesse nella foresta...»

«Anch'io, moglie, anch'io» sospirò Pelno, e riprese in mano il bulino.

La cameretta di Damlo era situata all'ultimo piano, il terzo. Tranne quando la locanda era strapiena e lui doveva trasferirsi dal cugino Trano, quello era territorio suo; amatissimo e, soprattutto, inviolabile. Perfino la zia rispettava questa tacita intesa, fidandosi che il nipote pulisse e riordinasse come se lei dovesse passare a controllare.

Me la sono cavata con poco, pensò il ragazzo avvicinandosi alla finestrella. Sempre che domani non mi tocchi lucidare le pentole di rame. Appoggiò le mani sul davanzale e osservò il punto in cui si congiungevano le due cortecce diverse.

Molto, moltissimo tempo prima, nel luogo dove ora sorgeva la locanda erano nati un frassino e un melo selvatico. Poi, Maspo Gemmalampo aveva fondato Waelton e gli alberi di quella zona avevano imparato a non morire. Il frassino e il melo erano cresciuti fino a trovarsi uno a contatto con l'altro e, se fossero stati alberi magri, avrebbero combattuto per la conquista del proprio spazio vitale. Ma erano alberi grassi. Pian piano le cortecce si erano fuse e, da quel momento, le due piante erano cresciute come se fossero una sola. Pur condividendo un singolo tronco, tuttavia, avevano mantenuto ognuna la propria identità, limitandosi a mettere in comune le caratteristiche migliori. Il melo selvatico, quando il frassino lo aveva sopravanzato in altezza, era dunque stato capace di crescere altrettanto. E il frassino produceva dei piccoli frutti rotondi che, senza essere propriamente delle mele, ne ricordavano il gusto.

Damlo si affacciò. Dall'entrata principale, decine di piedi piú in basso, proveniva un invitante profumino di stufato. Il ragazzo si ritrovò l'acquolina in bocca. Era duro saltare la cena dopo una giornata di combattimenti, una lunga corsa e un accesso di convulsioni. Non importa, si disse: quando si è prigionieri degli orchetti, soffrire la fame è il meno che possa accadere. Lui, Brabantis, non si sarebbe lamentato e non avrebbe lasciato capire ai carcerieri quanto desiderasse un piatto di stufato! E non si illudessero di tenerlo rinchiuso a lungo: disponeva di una vasta riserva di trucchi, per fuggire dalle prigioni orchesche.

Si sporse. Oltre la volta frondosa, la luna splendeva come un gioiello sul velluto scuro del cielo, rischiarando anche i rami inferiori del melofrassino. Per tutti i ragazzi di Waelton vigeva la proibizione assoluta di scalare gli alberi grassi: i rami erano spessi e davano una falsa sensazione di sicurezza, invitando a muoversi su di essi come fossero tavole. Invece erano pur sempre dei grossi cilindri, ed era facilissimo mettere un piede in fallo. Il divieto veniva sostanzialmente rispettato, anche se tutti i waeltoniani avevano scalato almeno l'albero in cui vivevano.

Ma questo non valeva certo per Brabantis. Damlo corse al letto e tirò fuori da sotto il materasso una lunga spina di istrice. Ne possedeva diverse, promosse da tempo al rango di frecce elfiche. Quella era l'unica rimasta alla locanda: il giorno prima aveva portato le altre alla caverna, lasciandole insieme al resto dei suoi tesori.

La spina, però, in questo momento non era una freccia ma la famosa spada di Brabantis, e la lama dal filo d'oro scintillava avida di sangue orchesco. Quando i carcerieri lo avevano perquisito, non si erano accorti che la teneva nascosta in uno stivale. Con un gesto magico, il ragazzo fece silenziosamente scattare la serratura della porta. Brabantis era nato parecchi secoli dopo il furto della magia, ma quando giocava Damlo non permetteva alla logica di mettergli i bastoni tra le ruote.

Aprí cautamente la porta della cella, silenziandone i cardini con un difficile incantesimo. Un rapido fendente e l'orchetto di sentinella cadde stecchito. Poi, il ragazzo decise che sarebbe stato piú divertente fuggire in un'altra maniera, e rientrò nella stanza.

Tornò alla finestra. La piazza sottostante era, adesso, il cortile della fortezza orchesca. Nessuno in vista. Si arrampicò sul davanzale come uno scoiattolo e si issò sul ramo piú vicino: una scalata di tre piedi. Fuggito! Brabantis, il famoso cacciatore di orchetti, era di nuovo riuscito a scamparla! Però c'era qualcosa di stonato, in una fuga tanto facile: doveva essere una trappola. Infatti sul ponte (era bastato desiderarlo e il ramo si era trasformato in un sottile ponte ad arco), comparve una intera compagnia di orchetti.

Neri e brutti, alti non piú di lui ma con i muscoli nodosi che risaltavano sotto la pelle sporca e pelosa, avanzavano grugnendo e facendo scattare le zanne, mentre rivoli di bava colavano sulle armature puzzolenti.

Da lontano, con la freccia elfica, Damlo ne fece fuori una buona metà. Poi, quando gli altri gli furono addosso, trasformò di nuovo la spina nella spada di Brabantis.

«Ber-Intaal!» urlò a squarciagola dentro di sé. Era il nome del villaggio in cui gli orchetti avevano massacrato la famiglia dell'eroe; nome che, in seguito alla strage, era diventato il suo grido di battaglia.

Saltando qua e là sul ramo, con una furiosa serie di fendenti Damlo portò a termine la strage. Che stupidi: per impensierire Brabantis avrebbero dovuto attaccarlo con forze dieci volte superiori! Ma ecco che, quasi l'avessero sentito, altri orchetti sbucarono fuori da tutte le parti. Questa volta erano spalleggiati da un gigantesco drago nero! I draghi si erano estinti da molto tempo, ma senza badare a queste inezie Damlo lo combatté a lungo. La battaglia si rivelò talmente difficile che, a un certo punto, il ragazzo prese in considerazione l'ipotesi di trasformarsi anche lui in drago; rosso, naturalmente, come il colore dei suoi capelli. Poi, invece, decise che la spada magica doveva bastargli e, alla fine, sconfisse il nemico trafiggendogli il cuore.

Stanco ma soddisfatto, sedette quindi con la schiena appoggiata a un ramo secondario. La piazza principale di Waelton, illuminata dalla luna e dalle lanterne, era piena di ombre aranciate e bluastre. A un altro sarebbe parsa cupa, forse, ma Damlo ne conosceva ogni sassolino e la notte gli era sempre stata amica. Poteva quindi godersi i chiaroscuri, riconoscendo l'origine di ogni ombra: quel certo ramo curvo che pareva un arco elfico, il carro con due raggi rotti fermo di fronte alla bottega del carraio, quel cesto di panni appoggiato da una settimana contro l'acero del tintore, il monumento al fondatore di Waelton, circondato dall'impalcatura.

Era strano osservarlo da quella prospettiva; Maspo Gemmalampo teneva una mano appoggiata sulla sua famosa ascia, mentre l'altra, alzata, impugnava un albero fronzuto. Sembrava volerlo offrire al cielo e quella era certamente stata l'intenzione dell'artista. Nonostante i mille accorgimenti che i vari curatori avevano messo in atto nel corso dei secoli, essendo la statua un albero vivo, oggi era assai differente dall'originale. Dell'aitante figura del fondatore rimaneva quasi soltanto un ricordo stilizzato e il braccio che sosteneva l'albero era ormai grosso quanto il torace. Ai waeltoniani, tuttavia, andava bene cosí: le sporadiche proposte di riscolpire il monumento erano sempre state bocciate a gran maggioranza.

Improvvisamente si alzò un venticello e Damlo sentí freddo. Non era la stagione adatta per starsene fuori, di notte, senza coprirsi per bene o senza combattere: schivare il soffio di un drago riscaldava parecchio. Ma ormai Brabantis aveva vinto, perciò il ragazzo rientrò nella sua stanzetta. Rabbrividendo, si spogliò e si infilò nel letto. Mentre un piacevole tepore si formava sotto il piumino, sentí montare il sonno dentro di sé. Durante la notte avrebbe compiuto quattordici anni e l'indomani si sarebbe svegliato adulto. Come sarebbe stato?

Questa volta, però, il sonno fu piú rapido della fantasia e il ragazzo si addormentò.

# 2

Il giorno del suo quattordicesimo compleanno, poco dopo l'ora di pranzo, Damlo era inginocchiato nel salone della locanda. Aveva spinto di lato tavoli e sgabelli, tanto che fra l'entrata posteriore del Melofrassino e la cucina era rimasto solo uno stretto passaggio; ora, di fronte a lui, troneggiava un secchio pieno d'acqua. Con un panno bagnato, il ragazzo strofinava vigorosamente il pavimento. Una volta pulito il legno, dopo averlo asciugato con la segatura, avrebbe passato la cera. Poi avrebbe dovuto lucidarlo: il compito piú faticoso.

Non aveva cominciato da molto e, siccome il salone era piuttosto grande, si tratteneva dall'alzare la testa. D'altra parte le punizioni sono punizioni e lui si riteneva fortunato che non gli fossero toccate le pentole di rame. Era l'unica consolazione di quel deludente compleanno, oltre al fatto che, eccezionalmente, la zia Neila gli aveva servito la colazione in camera.

Svegliatosi quattordicenne, era subito andato incontro al primo smacco: vestendosi, aveva controllato dove gli arrivassero le maniche, senza notare alcun cambiamento. Anche le brache sembravano sfiorargli i polpacci alla stessa altezza del giorno prima. Decisamente, durante il sonno non era cresciuto. Forse aveva lasciato correre un po' troppo la fantasia, si era detto: pensandoci meglio, non ricordava di qualcuno che avesse cambiato corporatura nel corso di una notte.

Si era lavato piuttosto sommariamente nella bacinella bianca appartenuta a sua madre; poi, facendo finta di niente, prima di uscire dalla stanza aveva cercato di sollevare la sedia con una mano sola. No, non era neanche diventato piú forte. Eppure, dentro di lui la certezza rimaneva salda: da quel giorno la sua vita sarebbe stata diversa. Cambieranno i rapporti con la Legione, si era consolato. Lo avrebbe constatato presto perché, quella mattina, Falno Gallaspessa li attendeva tutti per le lezioni all'albero del consiglio.

Damlo era entrato nella sala per ultimo, camminando dritto e sicuro, certo che tutti potessero notare la sua nuova età. Aveva salutato amichevolmente i legionari e, vincendo il timore, si era seduto fra Proco Radicupo e Neto Boscorame. Non aveva mai osato farlo prima, ma in fondo non era una grande impresa: Gallaspessa faceva sempre attenzione e non tollerava che i ragazzi si dessero fastidio mentre insegnava.

In ogni caso, sedersi tra loro voleva solo essere un gesto simbolico. Nella sua fresca veste di adulto, Damlo si sentiva particolarmente generoso e aveva deciso di facilitare alla banda lo sforzo della riconciliazione. I compagni, alquanto stupiti, lo avevano tenuto d'occhio per un po'. Quindi, ridacchiando, avevano ricominciato a scambiarsi quei parlottii sussurrati che lui ben conosceva. E per tutta l'ultima ora, lo avevano bersagliato con quelle occhiatine rapide e fintamente indifferenti che, sempre, accompagnavano la messa a punto di qualche angheria.

Fino al giorno prima, ostentando un'indifferenza altrettanto simulata, alla fine delle lezioni Damlo sarebbe uscito dall'albero dirigendosi rapidamente verso la locanda. E solo l'orgoglio gli avrebbe impedito di mettersi a correre prima che l'inseguimento fosse davvero iniziato. Oggi, però, aveva compiuto quattordici anni e quindi era diventato adulto. Perciò, avrebbe affrontato la Legione.

«Legionari!» gridò, quando rimasero soli. «Oggi è il mio compleanno. Il mio *quattordicesimo* compleanno, badate bene! È un giorno molto importante: prima di tutto perché nessuno di quelli come me ha mai raggiunto questa età. E poi perché da oggi non sono piú un ragazzo. Sono diventato adulto!»

Si fermò un attimo, aspettando le esclamazioni di sorpresa; poi, visto che gli altri lo fissavano senza dire nulla, riprese il discorso.

«Capisco che la notizia vi prenda alla sprovvista, ma tutti, prima o poi, diventano grandi. A me è successo oggi e ne sono felice, perché aspettavo questo momento da tanto tempo. Spero che ne siate contenti anche voi, anche se questo fatto, come potrete ben capire, cambierà i nostri rapporti. È ovvio, per esempio, che d'ora in avanti non potrete piú inseguirmi; e che dovrete rispettarmi come fate con gli adulti normali. Naturalmente non voglio che vi scusiate per quello che mi avete fatto quando ero piccolo: consideriamolo acqua passata e dimentichiamolo per sempre.»

Mentre Damlo parlava, Proco, Busco e il resto della Legione lo osservavano affascinati. Raccolti in un silenzio quasi religioso, non riuscivano a credere alle proprie orecchie. Già il fatto che il vigliacco non fosse schizzato via appena finite le lezioni li aveva sorpresi. Il roscio era veloce e aveva sviluppato una straordinaria capacità di sparire loro da sotto il naso; perciò, che si fosse fatto intrappolare senza l'insegnante nei paraggi, era un fatto di cui non si capacitavano. Ma l'incredibile litania di idiozie che stava snocciolando, li sconcertava ancora di piú. Neanche lui poteva essere cosí stupido da credere a quelle scempiaggini, perciò doveva esserci sotto qualcos'altro. E l'intera Legione di Waelton stava aspettando di capire il trucco, prima di saltargli addosso.

Ma Damlo aveva compreso quasi subito di avere commesso un errore e, ormai da un po', parlava solo per guadagnare tempo. Non che sperasse in qualcosa: sapeva di essere in trappola e non scorgeva vie di uscita. Per di piú non era mai stato un gran parlatore e le idee, man mano che gli uscivano dalla bocca sotto forma di discorsi assurdi, venivano rimpiazzate nella sua mente da tumultuose ondate di panico.

Stava finendo di prospettare alla Legione 'l'avvenire di pace e di benessere di cui avrebbe goduto la popolazione di Waelton in seguito al compimento del suo quattordicesimo anno di età', quando decise che restando lí non se la sarebbe cavata. La sua unica speranza consisteva nel darsela a gambe il piú velocemente possibile.

Mantenendo il tono di voce monocorde adottato da qualche minuto a quella parte, si portò verso la mappa del paese appesa accanto all'uscio. E cominciò a descrivere nei minimi dettagli le zone di influenza che lui e la Legione avrebbero dovuto spartirsi. A causa dell'insolenza implicita, aveva tenuto questo argomento per ultimo. Mentre la banda seguiva attonita il percorso del suo dito sulla mappa, a metà di una frase e senza smettere di parlare, Damlo aprí la porta e uscí, richiudendosela delicatamente alle spalle. Poi si mise a correre. Quando l'urlo belluino di

Proco lo raggiunse, era già fuori dall'albero del consiglio.

Il resto della fuga non ebbe storia: scegliendo le stradine piú strette, Damlo non fu mai per gli inseguitori piú di una figurina che guizzava fra i tronchi degli alberi grassi. Non solo non riuscirono a tirargli nemmeno una sassata, ma il ragazzo arrivò in piazza con un vantaggio sufficiente per rallentare ed entrare nella locanda camminando senza fretta.

Subito dopo arrivò anche Trano che, essendo un legionario, l'aveva inseguito insieme agli altri. Appena entrato scoppiò a ridere. Si volevano abbastanza bene, i due cugini, e sebbene non fossero grandi amici, tra loro vigeva un'alleanza rocciosa volta a coprire le marachelle di fronte alla zia. Fuori dal Melofrassino, tuttavia, Trano ridiventava un legionario e, pur non avendolo mai personalmente picchiato, aveva partecipato a tutti gli inseguimenti.

Neila Rindgren, che non ne sapeva nulla, sorrise e li mandò a lavarsi le mani. Per il compleanno del nipote aveva preparato delle fettine di carne avvoltolate intorno a un ripieno e fissate con lunghi stecchini. Era il piatto favorito di Damlo che, qualche anno prima, ne aveva modificato il nome ribattezzandolo 'lance e draghi'.

Appena gli avventori abituali ebbero lasciato la locanda, i membri della famiglia si riunirono a tavola. Pranzarono in allegria e, alla fine dell'abbondante pasto, lo zio Pelno concesse ai ragazzi qualche sorso di liquore di betulla: una grande eccezione dovuta al compleanno del nipote.

Poi Neila si allontanò e dopo qualche istante tornò con i secchi dell'acqua e della segatura. Damlo non si stupí: sia lui che Trano erano stati cresciuti con la ferrea regola che i castighi, una volta decisi, andavano scontati. Cascasse il melofrassino.

Cosí il ragazzo aveva spostato tavoli e sgabelli e si era messo a strofinare, concentrandosi sul lavoro: aveva fretta di finire. L'unica distrazione che si concedeva, ogni tanto, era di fantasticare un pochino sul tracciato che i cerchi di crescita avevano lasciato nel legno del melofrassino. Anche solo quelli del salone erano diverse centinaia, tutti leggermente differenti tra loro. La pianta ne aggiungeva uno ogni anno e, a seconda dello spessore o della forma, Damlo poteva capire se quella certa annata era stata buona o cattiva. Il pavimento ne sembrava intarsiato e il ragazzo si scopriva a riconoscere monti, valli e fiumi di un mondo immaginario che già altre volte aveva pulito.

Lavorava da una mezzoretta appena, quando percepí una presenza nella sala. Alzò gli occhi: con le mani puntate sui fianchi e lo sguardo minacciosamente diretto su di lui, Neila Rindgren sembrava riempire la porta della cucina. Era cosí arrabbiata che non riusciva profferire parola.

E adesso cosa ho combinato? si chiese il ragazzo. Poi, prima che la locandiera potesse dire qualcosa, capí: i ripostigli della legna! Spedito a letto senza cena, la sera prima non aveva potuto riempirli, e ora la zia si era accorta che quello di riserva era vuoto.

«Lo so. Hai ragione. Scusami. Vado subito. Ci metterò un attimo!» gridò, scattando in piedi come una molla. Prima di avere finito di parlare, era già schizzato attraverso l'uscita posteriore della locanda.

La legnaia era scavata in un carpino che cresceva a una trentina di passi dal melofrassino. Il ragazzo vi entrò come un turbine e, impugnata l'accetta, iniziò a spaccare ciocchi di legna come se ne andasse della sua vita. In un canto rimanevano le scorte che aveva tagliato per divertimento il giorno prima di scoprire la grotta, perciò doveva preparare solo i pezzi piú grossi. Ne spaccò il minimo indispensabile e li ficcò in un grande canestro di vimini che finí di riempire con legna sottile. In quel momento era piú importante sbrigarsi che rispettare le proporzioni canoniche.

Nonostante avesse fatto relativamente in fretta gli sembrava di averci messo un anno e, per rabbonire la zia, riempí il canestro fino all'orlo. Poi, issatoselo a fatica sulle spalle, uscí di gran carriera dalla legnaia. Le cinghie gli segavano la pelle e, mentre correva, il peso lo costringeva quasi a strisciare i piedi per terra. Non importa, si disse: sono solo trenta passi e almeno farò buona impressione. Miracolosamente, oltrepassò l'entrata posteriore della locanda senza inciampare e piombò nella sala.

Neila lo stava aspettando, ancora con le mani sui fianchi e gli occhi accesi. Correndo a fatica fra i tavoli, Damlo cominciò a parlare cercando di inventarsi una scusa decente. Come dimostrazione di buona volontà, accelerò ancora. I suoi occhi sorvegliavano le manone della zia: se le avesse tenute strette, la faccenda non si sarebbe risolta troppo male.

Non avesse fissato le mani di Neila, Damlo avrebbe visto in tempo il secchio di acqua sporca abbandonato in mezzo al pavimento. Anche cosí, se non fosse stato in piena corsa, forse avrebbe potuto evitarlo. E anche correndo, può darsi che lo avrebbe urtato solo leggermente. Ma portava sulle spalle il pesante canestro della legna. Scorgendo l'ostacolo all'ultimo momento, il ragazzo cercò istintivamente di saltarlo. Le gambe scattarono con generosità, sforzandosi di portarlo a un'altezza sufficiente, ma le cinghie del canestro lo trattennero in basso.

Il disastro fu completo: Damlo colpí con forza il bordo

del secchio, mandandolo a rotolare lontano e provocando una piccola inondazione. Poi, trascinato dal peso, rovinò sopra uno sgabello, fracassandolo e facendo grandinare legna per tutta la sala. Infine, come se non bastasse, proprio mentre i ciocchi volavano dappertutto, sull'uscio della locanda comparve lo zio Pelno con il primo cliente della stagione.

Sulla spalla sinistra lo straniero portava un corvo nero come il suo mantello, immobile al punto da sembrare impagliato. L'uomo aveva il cappuccio tirato sulla testa, ma sotto la stoffa si intravedevano egualmente due occhi dalle pupille a capocchia di spillo. Pareva che il cliente si fosse portato dentro la locanda il fastidio per la luminosità del giorno. Investito in pieno dai legni, imprecò in una lingua sconosciuta e, mentre Pelno guardava a bocca aperta il disastro combinato dal nipote, sferrò un calcio in faccia a Damlo.

«Imbecille!» sibilò, questa volta in lingua corrente.

Pelno Scálbulin e Neila Rindgren gestivano la locanda da molti decenni, cd erano abituati alle scortesie e all'arroganza di certi clienti; ma quella volta lo straniero aveva passato ogni limite. Mentre Neila, con un grido di angoscia, si precipitava verso il nipote, il marito assestò un violento spintone all'uomo in nero.

Lo zio Pelno era grande e grosso, e i suoi scoppi d'ira erano rinomati in tutta Waelton. Non sarebbe stata la prima volta che buttava un cliente fuori dalla locanda, magari allungandogli qualche sventola in omaggio. Furioso, strinse i pugni e si preparò a colpire.

Non poté fare altro.

Con un movimento fluido e rapidissimo, lo straniero prolungò la giravolta impressagli dallo spintone e si portò fuori tiro. Come per miracolo il corvo gli rimase sulla spalla, accennando appena ad aprire le ali; e come d'incanto, nelle mani dell'uomo comparve una spada. Un'arma strana e dall'aspetto micidiale, con la lama lunga, sottile e completamente nera. Senza dire una parola, lo sconosciuto ne sollevò la punta all'altezza degli occhi di Pelno. Il cappuccio gli era caduto sulle spalle, rivelando un viso dal colorito verdognolo e malaticcio. Lo sguardo, però, brillava di una luce maligna e divertita che gelò la furia dello zio anche piú della lama sguainata. Pelno si immobilizzò.

Pian piano, il cliente avvicinò la punta dell'arma al volto del locandiere. Sembrava un serpente che, sicuro della preda, l'avvolge con tutta calma nelle proprie spire. Prendendo tempo per godersi la paura dell'altro, l'uomo proseguí adagio il movimento e gli infilò la lama in bocca. Poi si fermò e rimase quasi un minuto immobile in quella posizione. Al contrario del padrone, il corvo aveva accelerato leggermente il respiro; gli occhi cattivi puntati su Pelno, lo fissava con il becco semiaperto. Tutti, nella sala comune, guardavano la scena, paralizzati dal terrore. Poi l'uomo in nero parlò.

«Insolente bifolco, sei fortunato ch'io non desideri sporcare di sangue la mia lama. Adesso servimi da mangiare!»

Parlava quasi senza muovere le labbra, e la sua voce era vischiosa come colla per topi. Il tono, arrogante e imperioso, riusciva a essere al contempo sinistro e affascinante. E lo zio Pelno, il fiero e sanguigno Pelno Scálbulin, sotto lo sguardo allibito della propria famiglia, abbassò gli occhi e obbedí.

Anche Neila non disse una parola. Aiutò Damlo a rialzarsi e lo accompagnò di sopra. Il colpo gli aveva spaccato la pelle sopra lo zigomo e, dopo avere tamponato il sangue, la zia medicò la ferita con polvere di calendula; poi ne accostò i lembi e la protesse con una pomata che conteneva la resina di un salice grasso; infine tenne chiuso il taglio con le dita finché la sostanza non si indurí abbastanza. Ancora sotto shock, il ragazzo non sentí dolore e non si lamentò neanche una volta, suscitando la palese ammirazione di Trano che aveva assistito all'operazione con grande curiosità.

L'ammirazione, tuttavia, mutò presto in risentimento perché, dopo avere rimboccato il piumino al nipote, la zia decretò che 'i feriti non lavorano' e che, appena lo straniero se ne fosse andato Trano avrebbe sostituito il cugino con secchi e stracci. Il ragazzo protestò vivacemente, arrivando perfino a rivelare che quel pomeriggio si teneva una importante riunione della banda. Ma la zia fu irremovibile: il ferito avrebbe riposato e lui avrebbe dato la cera al salone della locanda.

Quando, piú tardi, Damlo scese di sotto portando sotto braccio un libro avvolto in un panno pulito, il cugino era ancora arrabbiato. Non tanto da rinunciare a pavoneggiarsi, però, e infatti gli raccontò di avere spiato lo straniero per tutto il tempo che era rimasto alla locanda. Suo padre, riferí, lo aveva servito di persona e aveva accettato senza discutere che quello gli facesse ingoiare il primo boccone di ogni portata. Mentre mangiava, la 'Spada Nera' aveva fatto un mucchio di domande a proposito di certi nani. Pareva non credere di essere il primo viandante della stagione a passare da Waelton. Alla fine, convinto, si era informato sulle condizioni del Passo Azzurro; dopodiché aveva spalmato sul becco del corvo una sostanza rossa e granulosa dall'odore asprigno e aveva lanciato l'uccello verso sud, come se fosse un piccione viaggiatore. Quindi se n'era andato senza pagare. Pelno, allora, era salito in camera ed era tornato con una piccola balestra che aveva riposto dietro il bancone.

«È un'arma vera» sottolineò Trano «e noi abbiamo la proibizione di toccarla. Se mio padre scopre che ci giochiamo, ci leva davvero la pelle a cinghiate. La mamma non voleva che la tenesse qui, ma lui ha detto che si avvicinano tempi bui e che bisogna prepararsi. Tempi bui» ribadí acidamente «come quelli che aspettano te. Perché è colpa tua se ho perso la riunione!»

Damlo non si prese neanche la briga di rispondere: quando il cugino era di quell'umore non c'era verso di farlo ragionare. E comunque, nei suoi rapporti con la Legione, i tempi bui erano cominciati da un pezzo. Perciò gridò alla zia che andava in biblioteca e, senza badare alle occhiate scure di Trano, uscí dalla locanda.

La luce del sole filtrava fra i rami degli alberi grassi e arrivava morbida sulle stradine di terra battuta. La via che Damlo imboccò costeggiava la bottega del carraio. Dalle finestre aperte nella corteccia del secondo piano proveniva il pianto di un neonato. Era un suono particolarmente amato, in paese, perché i waeltoniani non erano molto prolifici: quando una generazione contava piú di una decina di nuovi arrivi era festa grande.

Mentre Damlo camminava, nella sua mente continuava a ronzare la faccenda della riunione. Immaginava i legionari seduti in cerchio, nel loro rifugio, intenti a scambiarsi segreti da cui lui sarebbe sempre rimasto tagliato fuori. Poi, con un groppo allo stomaco, si accorse di avere imboccato la strada per la sede della Legione. Si fermò di botto. Non sarebbe stata la prima volta che andava a spiarli, pensò, ma quel giorno doveva restituire il libro, perciò non ne aveva il tempo.

Si voltò, senza però tornare sui propri passi. Frottole, si disse: hai tutto il tempo che vuoi. La verità è che te la fai sotto dalla paura. Hanno ragione loro: sei un vigliacco!

Non è vero! È solo che, dopo avere consegnato il libro, voglio andare alla grotta. Non ho tempo per andare al rifugio della Legione, alla biblioteca e poi ancora alla caverna.

Vigliacco!

Non sono un vigliacco: è che non voglio rischiare di tornare alla locanda in ritardo.

Vigliacco!

I legionari avevano l'abitudine di ritrovarsi una volta al mese per rinnovare il giuramento di fedeltà e Damlo sapeva che del rito faceva parte l'obbligo, per ognuno, di raccontare una storia. Le chiamavano riunioni 'epiche' e valevano interamente il rischio di farsi scoprire: quando Proco Radicupo si metteva a raccontare era cosí bravo da far dimenticare perfino le sue prepotenze.

Damlo si avviò, asciugandosi le mani sulle brache. In quel punto la strada era larga poco piú di due braccia. Gli alberi grassi non smettevano mai di crescere e le loro cortecce si avvicinavano pian piano una all'altra. Nei punti piú antichi del paese, le pareti di alcune abitazioni si erano già fuse tra loro, ed era stato necessario scavare delle gallerie per ripristinare il passaggio. Prima o poi, rifletté il ragazzo, tutta Waelton sarebbe diventata un unico, larghissimo albero.

Comodo in caso di pioggia, si disse, cercando di non pensare alla Legione.

In breve si lasciò alle spalle il centro dell'abitato. La sede della Legione si trovava in cima a una ripida collinetta che sovrastava gli orti del paese. Proprio sul cocuzzolo c'era un albero grasso, largo una decina di passi. Molto tempo prima un fulmine l'aveva ucciso e, sebbene i waeltoniani vi avessero già ricavato un piccolo locale, l'albero era stato abbandonato.

Tenendo d'occhio la cima della collina, Damlo traversò velocemente gli orti e si portò ai piedi del pendio. Nessuno saliva mai da quella parte perché il versante opposto era assai meno ripido e quel lato era completamente invaso da cespugli, ortiche e altre erbacce.

Il ragazzo osservò il cielo: il bel tempo sembrava voler durare. Si guardò intorno per un attimo e, trovato un bel corniolo in fiore, nascose il libro tra i rami; cosí, se fosse dovuto scappare, il prezioso volume non si sarebbe rovinato.

Si inerpicò con cautela lungo il tortuoso sentiero. Lo aveva aperto lui stesso, durante le precedenti spedizioni, tracciandolo a zig zag tra gli arbusti e la malerba in modo che non fosse visibile dall'alto. Ne percorse le svolte, facendo molta attenzione a non muovere la vegetazione che lo costeggiava. Precauzione inutile, forse, perché dopo gli entusiastici primi mesi la banda aveva cessato di mettere sentinelle.

In alto, lo sbocco del sentiero era nascosto da un cespuglio di avellane che, nella stagione appropriata, lui aveva saccheggiato con particolare soddisfazione. Raggiuntolo, Damlo abbassò la testa e spiò il cocuzzolo della collina da sotto le foglie. Non poteva arrivare all'albero grasso senza spostare i rami dell'arbusto e, se qualche legionario si fosse trovato fuori, magari per fare pipí, se ne sarebbe accorto. Ma l'erba primaverile era alta e il ragazzo non riuscí a scorgere molto. Affidandosi piú all'udito che alla vista aspettò prudentemente per qualche minuto; poi, nel silenzio piú assoluto, allungò la mano per scostare una fronda.

E, improvvisamente, successe. Con la coda dell'occhio, Damlo colse dietro di sé dei movimenti graziosi e rapidissimi. Si immobilizzò di colpo, con il braccio alzato e il cuore che gli tambureggiava nelle orecchie. Dopo un po', trovò la forza per voltare piano la testa, ma come al solito non vide nulla. Aspettò ancora qualche momento, per calmarsi, poi riallungò la mano verso l'arbusto. E nuovamente ci furono dei guizzi, questa volta frenetici. Non li coglieva piú soltanto con la coda dell'occhio, adesso, ma li scorgeva chiaramente pur non vedendoli affatto. Parevano girargli intorno come palpiti incorporei: movenze pure, senza che ci fosse sostanza in movimento. Una danza priva di danzatori.

Durarono pochissimo, poi s'acquietarono. E mentre cercava di riaversi dallo sbigottimento, Damlo udí un rumore di passi affrettati. Cautamente, abbassò di nuovo la testa a terra e spiò al di sotto dei rami.

Balso Verdoglio, con i capelli intrisi di sudore, finiva in quel momento di risalire la collina. Nessun legionario avrebbe abbandonato una riunione epica prima di avere ascoltato la storia di Proco, ma Balso era la recluta: l'ultimo arrivato, quello a cui toccano i compiti piú sgradevoli. Adesso, chino e con le mani appoggiate sulle ginocchia, aspettava che gli passasse il fiatone prima di entrare nell'albero. Damlo fremette: se poco prima fosse uscito allo scoperto...

Ripresosi, Balso entrò nel rifugio; e lestamente anche Damlo raggiunse l'albero grasso. Il fulmine ne aveva crepato il tronco e la corteccia era piena di fessure. Il ragazzo avvicinò l'occhio a una di esse. Da quel lato la parete era piuttosto sottile e Damlo poteva vedere e sentire quanto succedeva all'interno. Era proprio una riunione 'epica', purtroppo quasi finita. Balso Verdoglio, fermo accanto all'entrata, aspettava che il suo capo finisse di raccontare.

Damlo rimpianse il ritardo con cui era arrivato al rifugio: Proco stava narrando della Legione di Gualcolán, sul cui modello aveva formato la banda. Era una leggenda bellissima e lui la conosceva a memoria; ma c'era una bella differenza tra leggerla e sentirla raccontare da un narratore cosí abile. Alla fine, Proco sedette e tutti rimasero in silenzio per un po'. Disposti a cerchio, cercavano di trattenere nelle loro menti la vividezza delle immagini evocate; ognuno immerso nella propria visione, eppure tutti insieme.

E a Damlo venne voglia di piangere. Sedersi in quel cerchio! Senza parlare, assaporando con gli altri la storia appena narrata. In quel silenzio che sembrava risuonare dei legami che si rinsaldavano tra loro, come se, temprandosi, schioccassero.

Fu Balso Verdoglio a profanare il silenzio e, per questo, Damlo lo detestò.

«Missione compiuta!» proclamò tutto fiero. «Il vigliacco è in biblioteca e, per colpa sua, Trano è prigioniero alla locanda. Sta passando la cera per terra.»

Indignati, tutti si misero a parlare contemporaneamente. Questa volta il roscio aveva passato il limite: la punizione doveva essere memorabile.

«Prima bisogna prenderlo, però» si lamentò Neto Boscorame.

«Lo prenderemo eccome!» La rabbia faceva vibrare la voce di Proco.

«Non certo oggi» replicò Neto. «Se zio Melvo ci vede entrare in biblioteca, si leva la cinghia delle brache.»

«Non vuole andarlo a prendere in biblioteca, stupido!» rispose Busco, osservando Proco di sottecchi. «Sta dicendo che dobbiamo cambiare metodo perché gli inseguimenti non funzionano piú.»

«Giusto!» assentí Proco.

«Se ieri sera non ci avesse colti di sorpresa, l'avremmo catturato; perciò d'ora in poi gli tenderemo delle trappole!»

«Esatto!» confermò Proco, illuminandosi tutto.

«Il tiglio della biblioteca ha una sola uscita e da lí alla locanda la strada è perfetta per un'imboscata. Per di piú il roscio non se l'aspetta, quindi non starà in guardia.»

«Rimarrà a leggere fino a stasera» aggiunse Proco «come fa sempre; perciò avremo tutto il tempo di preparare la trappola.»

«Perfetto» concluse Busco. «Nella storia della Legione di Waelton, oggi comincia una nuova era. Il vigliacco non si scorderà facilmente del suo quattordicesimo compleanno!» Si alzò in piedi e fece schioccare le dita. «Balso,» ordinò «vai fuori e prendi molta legna secca. Dobbiamo indurire con il fuoco le punte delle lance.»

Con due rapidi salti, Damlo si portò al riparo; poi scese cautamente la scarpata. Sarebbe andato subito a restituire il libro, decise, ringraziando il cielo di non esserci andato prima. Quindi avrebbe passato il resto del pomeriggio alla caverna e, al ritorno, avrebbe evitato l'imboscata facendo il giro largo.

Per arrivare al grande tiglio doveva nuovamente traversare Waelton e, sbucando nella piazza principale, pensò di andare a prendere l'ultima freccia elfica. Poi si disse che era meglio non tentare la sorte: vedèndolo in giro, la zia avrebbe potuto cambiare idea sui feriti che non lavorano.

Svicolando per non passare davanti all'uscio della locanda, notò che accanto al Melofrassino era fermo un piccolo carro: coperto da un telo impermeabile tirato fra le sponde, era tutto inzaccherato di fango. A sud delle Montagne Colorate non pioveva da giorni, dunque erano arrivati dei clienti dal nord. Dovevano avere molta fretta per valicare il Passo Azzurro cosí presto nella stagione: le nevi non si erano ancora sciolte del tutto e il pericolo di slavine era notevole. Per un attimo, Damlo pensò al cavallo che aveva trainato il carro sui monti prima che il valico fosse sicuro. Amava tutti gli animali, ma i cavalli lo affascinavano in modo particolare. Occuparsi di quelli dei clienti era una delle sue incombenze preferite e spesso si immaginava alla testa di uno squadrone di cavalleria mentre guidava la carica contro un esercito di orchetti.

Per tutta la strada fantasticò di essere un capitano dei famosi lancieri di Drassol e smise solo quando si trovò davanti al portone della biblioteca.

Come al solito, rimase a osservarlo per un po'. I battenti erano meravigliosamente intagliati: la draghessa Kaxalandríll, su quello di destra, sorrideva a Maspo Gemmalampo, su quello di sinistra. E sullo sfondo di entrambi c'era la radura in cui, secondo la leggenda, i due innamorati si erano incontrati prima di fondare Waelton. Come tutti i waeltoniani, Damlo era abituato alle opere d'arte, soprattutto se in legno; ma non era mai riuscito a entrare nel grande tiglio senza sostare qualche minuto davanti al portone. Maspo e Kaxalandríll parevano poter uscire dal bassorilievo a ogni istante e, nello stesso tempo, volervi rimanere per scelta, persi ognuno nella presenza dell'altro.

All'ascia di Maspo era appesa una tavoletta in legno lavorato: informava il pubblico che il tiglio era chiuso per inventario. Damlo ridacchiò. Sapeva bene come Melvo Boscorame impiegasse il tempo, quando sosteneva di dedicarsi al riordino dei libri.

Il ragazzo appoggiò tutto il peso sull'ala sinistra di Kaxalandríll ma spinse il battente solo il minimo indispensabile, perché dopo un po' scricchiolava forte.

Appena entrato lo richiuse, poi svolse il libro dal panno: una vecchia camicia dello zio Pelno. Sapeva già dove avrebbe trovato il bibliotecario, ma prima di salire si prese il tempo di girovagare per le sale vuote del pianterreno, godendosi con calma l'eco dei propri passi, l'odore dei libri, del sego delle candele e quello, pressoché impercettibile, della muffa.

A quel livello gli scaffali contenevano i volumi meno preziosi. Damlo passò le dita sulle modanature dei ripiani e poi sui libri, trovando parecchia polvere. Se il lavoro alla locanda gliene avesse lasciato il tempo, decise, uno di quei giorni sarebbe venuto a spolverare: Melvo Boscorame era cosí innamorato dei libri rari che trascurava un po' le altre sezioni.

Salí le scale senza fretta, passando la mano sulla ringhiera istoriata ed evitando abilmente i gradini scricchiolanti. Udí echeggiare il borbottio del bibliotecario fin dal secondo piano e sorrise. Ogni volta che chiudeva il tiglio al pubblico, Melvo Boscorame saliva nella saletta dei volumi piú antichi, dove passava ore e ore a lustrare amorevolmente le già lucidissime rilegature di cuoio, accarezzando i tomi e parlando con loro ad alta voce.

Quando sentiva Damlo salire, poi, li riponeva velocemente e faceva finta di avere trascorso il tempo a copiare un volume rovinato. Di fronte al ragazzo non li apriva mai: la luce poteva sbiadirne l'inchiostro, affermava. Ma Damlo sospettava che il problema fosse la gelosia, non l'esile luce delle candele: spesso, salendo le scale, udiva il fruscio di pagine sfogliate.

Il ragazzo spinse leggermente di lato la balaustra e, al crepitio del vetusto legno, il borbottio cessò istantaneamente. Quando Damlo entrò nella saletta del terzo piano, Melvo gli dava le spalle, intento a scrivere. Aveva i capelli bianchi al punto da sembrare azzurri, era molto alto e, in piedi, riempiva di imponenza la sala. Il frequente chinarsi sui libri, tuttavia, gli aveva facilitato l'incurvarsi della schiena e, quando lavorava seduto, sembrava accartocciato intorno alla sua opera.

Damlo rimase ad aspettare in silenzio, osservandolo intingere la penna d'oca nell'inchiostro di galla di quercia e segnare delicatamente la carta del nuovo libro. A lui ne sarebbe occorso di tempo, pensò, prima di riuscire a eguagliare quell'elegante grafia.

La penna raccolse un minuscolo grumo di polvere dal calamaio di alabastro, ma il bibliotecario se ne accorse in tempo e la nettò sull'apposito straccetto. Poi intinse di nuovo la punta nell'inchiostro, questa volta senza toccare il fondo del contenitore, e ricominciò a scrivere.

«Qualcuno ha lasciato aperto il calamaio» borbottò, senza voltarsi.

Finí con calma di copiare il paragrafo, poi nettò minuziosamente il calamo sullo straccetto; infine abbassò il coperchio del calamaio e si voltò piano verso Damlo. Il viso magro e severo gli si rabboní, mentre strizzava un poco gli occhi per mettere a fuoco lo sguardo.

«Bene, giovane Rindgren. Mi hai riportato il volume?»

Senza rispondere, Damlo posò con attenzione il libro sul tavolo. Le rune dorate del titolo brillarono alla luce delle candele. Melvo lo esaminò sospettosamente; poi si alzò, estrasse un panno pulito da una cassapanca e, prima di riporre il tomo nel suo scaffale, lo spolverò con cura.

«Hai studiato?»

«Sí, signor Melvo.»

«Davvero?»

«Davvero.»

«Mi fa piacere. Immagino che adesso me ne vorrai portar via un altro.»

«Sí, per favore. Un altro di leggende, se è possibile.»

Con passi lenti e ampi, il vecchio camminò avanti e indietro, scrutando mestamente i volumi stretti negli scaffali. Damlo poteva quasi sentire il suo pensiero scandire un 'questo no' dopo l'altro, escludendo man mano i tomi dalla lista di quelli che poteva forzarsi a prestare. Alla fine, dopo averli passati tutti in rassegna, estrasse quello appena riposto e lo porse a Damlo.

«Prima, vediamo come hai studiato.»

L'anno precedente, estenuato dalle sue continue richieste, il bibliotecario aveva deciso di mettere Damlo alla prova, promettendo di mostrargli uno degli antichi volumi di leggende quando avesse appreso a leggerne le rune. Non corro rischi, si era detto, perché i ragazzi hanno solo voglia di correre, fare rumore e combinare guai. Invece, con suo grande stupore, quel ragazzo si era messo a studiare davvero. Aveva imparato con rapidità, dimostrando non solo di sapersi applicare, ma di essere straordinariamente dotato per le lingue.

Non era soltanto per interesse che Damlo si era impegnato: Melvo Boscorame era uno dei pochi waeltoniani che non guardavano con fastidio il colore dei suoi capelli e lui ci teneva a dargli soddisfazione. C'era riuscito tanto bene che, in quei mesi di compiti difficili e lezioni severe, era diventato l'unico ragazzo di cui Melvo accettasse la presenza nel tiglio senza brontolare. Di questo passo, pensava Damlo, forse tra qualche anno avrebbe potuto lavorare stabilmente in biblioteca. La locanda sarebbe giustamente andata a suo cugino Trano, infatti, e finora l'anziano bibliotecario non aveva mai tollerato un assistente.

Il mese precedente, infine, il vecchio Boscorame si era dichiarato abbastanza soddisfatto dei progressi di Damlo e, con decisione grandemente sofferta, gli aveva concesso di portare fuori dal tiglio uno dei suoi amati volumi. Era scritto in nanesco corrente, ma l'alfabeto runico era lo stesso dell'antica lingua, quella in cui erano redatti i volumi piú preziosi della biblioteca. Il patto era che il ragazzo dovesse studiarlo finché non fosse stato in grado di leggerlo fluentemente ad alta voce.

«Avanti, su,» disse Melvo «scegli una leggenda e leggimela.»

Damlo posò il tomo sul tavolo e finse di aprirlo a caso, scegliendo la storia che conosceva meglio: nel caso fosse inciampato in qualche parola difficile, voleva poter improvvisare.

«La leggenda di Gualcolán» lesse.

Subito, il bibliotecario lo interruppe.

«Dimmi, Rindgren: di cosa parla, questa leggenda?»

«Di quando non esisteva ancora la Legione e 367 Gualcoláni fermarono da soli l'invasione dei popoli meridionali.»

«Bene: e dove si trova Gualcolán?»

«Circa trecento leghe a sud di Waelton, sulle Montagne Aguzze.»

«Giusto. E i nani, dove vivono?»

«Nelle Montagne di Pietra» rispose Damlo, senza capire.

«A nord, oltre le Montagne Colorate e la valle di Tresin.»

«E allora da dove salta fuori quell'accento? Quante volte ti ho detto di non farti aiutare dai mercanti nani che si fermano alla locanda? Suvvia! Gualcolán sorge a piú di quattrocento leghe dalle Montagne di Pietra. Anche se è scritta in runico, la raccolta di leggende che ti ho affidato riguarda tutto il mondo e non c'è alcun bisogno di pronunciare con accento nanesco i nomi dei luoghi che nulla hanno a che vedere con i nani.»

«Sí, signor Melvo» rispose pazientemente il ragazzo, e ricominciò a leggere.

Tutto sommato non andò troppo male. Alcune volte, per l'ansia di leggere scorrevolmente, Damlo inventò qualche parola, ma il bibliotecario si accorse soltanto dello strafalcione piú grosso: «... E la guerra scoppiò violentissimamente.»

«Rindgren!»

«Sí, signor Melvo?»

«Cosa c'è scritto, in realtà?»

Arrossendo, il ragazzo avvicinò la candela alla pagina. «'La battaglia divampò cruenta', ma l'inchiostro ha un po' sbavato e io...»

«Capita di frequente nei libri antichi, ma non per questo puoi permetterti di andare a memoria, o peggio di inventare. Se lo fai quando leggi un piccolo brano, cosa scriverai quando dovrai ricopiare il tuo millesimo volume?»

«Avete ragione, starò piú attento» rispose Damlo, impiegando tutta la sua forza di volontà per non mettersi a saltellare dalla gioia: era la prima volta che l'anziano Boscorame accennava tanto chiaramente a un suo futuro lavoro in biblioteca. Inghiottendo saliva, il ragazzo si concentrò nella lettura e la portò a termine senza altri incidenti.

* * *

Un quarto d'ora piú tardi, con un nuovo libro avvolto nella camicia dello zio, Damlo trotterellava fra gli alberi diretto alla sua grotta.

Quella intorno a Waelton veniva chiamata Foresta dei Lupi. Nome antico, perché nessuno ricordava di avere visto una bestia feroce da quelle parti. In gran parte inesplorata, si stendeva dalle Montagne Colorate fino alle grandi pianure erbose meridionali, coprendo un infinito saliscendi di colline, dapprima aspre e poi sempre piú dolci. Fino al Bivio del Tasso, sessanta leghe a sud del Passo Azzurro, la percorreva un'unica strada: passaggio obbligato per i viaggiatori che volessero spostarsi tra l'Egemonia d'Èria e la valle di Tresin. L'altra via, quella del Passo Bianco, si trovava un centinaio di leghe a sud-ovest e, sebbene quel valico fosse molto piú comodo, era talmente distante che i mercanti di Drassol e delle altre città settentrionali preferivano transitare da Waelton.

Camminando, come al solito Damlo fantasticava. Lasciati i panni di Brabantis, questa volta era un elfo silvano: allegro, magico e misterioso. Si muoveva svelto, con leggerezza tranquilla, ed era cosí silenzioso che a volte i conigli selvatici e gli scoiattoli si accorgevano di lui solo perché lo fiutavano. Quando incontrava un cucciolo di daino si piazzava sulla traiettoria delle sue folli corse e, ogni tanto, riusciva a carezzarlo prima che quello si accorgesse della sua presenza. Poi, immaginava di levargli la paura di dosso con un gesto arcano e scoppiava in un'allegra risata. Al suono, la radura si svuotava di colpo, ma lui era già immerso nella prossima fantasia e il suo elfo stava scherzando con un filo d'erba, o prendeva in giro un'ape respirandole via di sorpresa tutto il profumo di un fiore. Ogni tanto percepiva dietro di sé uno dei soliti guizzi, ma ormai cominciava ad abituarsi. Non ne aveva piú paura e non ci badava molto: li considerava scherzi di ritorno delle api, o ne faceva dei compari elfi, includendoli nel gioco.

La grotta si trovava a circa un'ora di cammino da Waelton e Damlo l'aveva scoperta mentre giocava, quattro giorni prima. Stava combattendo contro un folto gruppo di banditi e, per non essere circondato, era salito sul tronco di una quercia. Si trattava di un albero magro particolarmente grande che cresceva sulla cima di una collina sporgendosi sopra un burrone. Molto tempo prima, un grosso smottamento aveva troncato la sommità dell'altura e la quercia si era inclinata. In seguito aveva rinsaldato le radici e ora cresceva solidamente affacciata sul vuoto.

I banditi, almeno un migliaio, avevano incalzato Damlo fino a metà del tronco. Erano piú agguerriti del solito e il ragazzo doveva continuamente schivare i loro fendenti. Per questo aveva perso l'equilibrio. Sotto l'albero vi erano centocinquanta piedi di vuoto e, mentre precipitava, Damlo aveva pensato di morire sfracellato. Poi aveva subìto un urto vigoroso e, un attimo piú tardi, la caduta si era interrotta su una stretta cengia.

Sporgeva appena sotto il ciglio della collina formando una terrazza non piú larga di un paio di braccia; dall'alto era invisibile perché le vecchie radici della pianta si protendevano nel vuoto, nascondendola. Proprio là dove faceva angolo con la parete della collina si apriva una stretta fessura orizzontale: una specie di gigantesca unghiata nella roccia, alta appena quanto bastava per consentire il passaggio a una persona chinata.

Dimentico di botta e spavento, Damlo vi si infilò immediatamente. La fessura proseguiva nella roccia con un cunicolo di una cinquantina di passi e, in fondo, si allargava quasi di botto dando luogo a una vera e propria caverna. L'aria era fresca e pulita e, pur non vedendo a un palmo dal naso, il ragazzo si sentí bene accolto.

Sapeva tutto dei pozzi che, nelle grotte, si aprono sotto i piedi degli avventurieri malaccorti, ma non si pose neanche il problema. Senza ancora averlo visto, riconobbe quel luogo come terra sua: ospitale e priva di pericoli. Colmo di quieta meraviglia, si spostò lungo la roccia seguendone il contorno con le mani. Il suolo, soffice della polvere accumulatasi negli anni, gli accarezzava i piedi.

La caverna non era piú larga della sala comune del Melofrassino e le pareti erano piene di nicchie, fessure e anfratti. Vi era anche una fonte, in alto: l'acqua colava in parte lungo la parete e in parte cadeva da un punto troppo lontano per essere individuato. L'allegro sgocciolio gli tenne compagnia per tutta quella prima esplorazione.

Il giorno dopo, munito di torce, tornò alla grotta e vi si installò. Scoprí subito che il fumo veniva risucchiato verso l'alto e, per piú di un'ora, dopo avere acceso un gran fuoco nella caverna, percorse la cima della collina per scoprirne lo sbocco; non ne trovò traccia alcuna ne sentí odori, e alla fine decise che il fumo non avrebbe tradito il suo rifugio.

Poi riempí la grotta con i suoi tesori, dividendoli tra le nicchie delle pareti: una riserva di cibo (quattro dei famosi biscotti al miele di Neila Rindgren), i piú bei sassi della sua collezione, una nutrita scorta di pietre per la fionda e una vecchia coperta tutta rattoppata. In posizione predominante, dispose gli oggetti che gli erano piú cari: un coltellino dalla lama spezzata, un orso che aveva lui stesso intagliato in una zanna di cinghiale, le spine di istrice e il suo primo tentativo di pergamena. Non un gran successo, a dire il vero: dopo avere sbagliato la miscela di calce in cui macerare la pelle della pecora, ne aveva cominciato la levigazione prima che fosse completamente essiccata, ottenendo uno straccio puzzolente e pieno di strappi di cui non si era ancora sbarazzato soltanto per una questione affettiva.

Da un lato, la parete della grotta sporgeva formando un lungo e stretto ripiano naturale. Fu quello il luogo scelto per riporvi il suo tesoro piú prezioso: una spina rossastra, leggermente screziata di grigio, trovata sul pavimento della grotta. Era lunga piú di un braccio e abbastanza leggera. La parte iniziale, cilindrica e cava, aveva un diametro di quasi un pollice. Subito dopo si appiattiva e i bordi erano piuttosto taglienti fino all'acuminatissimo vertice. Damlo ignorava a quale animale fosse appartenuta e aveva subito deciso che doveva trattarsi di un drago. Durante una breve ma intensa cerimonia l'aveva nominata 'spada magica' e, sotto i suoi colpi, erano già morti innumerevoli nemici. Le aveva addirittura costruito un'elsa di corno, che aveva intagliato con tutto l'impegno e l'abilità di un waeltoniano.

Dopo avere giocato a fare l'elfo per quasi un'ora, il ragazzo arrivò alla grande quercia. La salutò affettuosamente, appoggiando entrambe le mani sulla corteccia, poi salí sul tronco spingendosi fino al punto da cui era caduto. Dopo avere controllato per l'ennesima volta che non ci fosse nessuno in giro, decise di non badare piú ai guizzi e al mormorio frusciante che l'avevano amichevolmente accolto.

«Non è il caso di distrarmi e di perdere ancora una volta l'equilibrio» disse piano, tra sé.

«Quello non ti manca proprio» rispose una voce bruna,

lenta e profonda. «Sei germogliato con l'equilibrio di uno su diecimila.» La voce si trasformò in un basso scricchiolio divertito: «Anche se non era proprio di questo che parlavi.»

Stavolta Damlo quasi distinse le parole e, in barba ai suoi propositi, si voltò di scatto piroettando sul tronco.

«Attento, giovane rosso! Che diamine: l'altra volta mi sono quasi spezzato un ramo, per spingerti su quel costone!»

«Ma... C'è qualcuno, qui?»

«Naturale! Ci sono moltissimi 'qualcuno', qui. E non solo qui: dappertutto.»

Damlo scosse la testa. A tratti sembrava solo il vento fra i rami, ma altre volte gli pareva davvero di sentir parlare. Perplesso, scese dal tronco e cercò tra i cespugli e dietro gli alberi, saltando rapidamente qua e là per sorprendere un eventuale intruso.

«Sii paziente, gemma rossa: la vita possiede un ritmo e ogni cosa accade a suo tempo, se deve accadere. Potrai vedere e sentire, se mai potrai vedere e sentire, solo quando potrai vedere e sentire. Non un istante prima di quell'istante.»

Un quarto d'ora piú tardi, stufo di frugare inutilmente la radura, Damlo si calò tra le radici della quercia e raggiunse la caverna. Depose il libro di Melvo Boscorame su un ripiano naturale perfettamente asciutto e fece un giro per il rifugio controllando che fosse tutto in ordine. Per un po' giocherellò con le spine di istrice. Erano frecce elfiche, naturalmente, e ogni volta che le prendeva in mano scopriva un modo diverso in cui ne era venuto in possesso. Oggi però non lo ispiravano e dopo qualche minuto pensò alla sua spada magica.

Due giorni prima, scoprendo un riccio che catturava un serpente dal collare, aveva deciso di costruirle un fodero. Sottratta con gentilezza la preda all'animale l'aveva scuoiata, restituendo quindi la carne al legittimo proprietario. Poi, trattata la pelle con una mistura di resine, l'aveva lasciata asciugare intorno alla spada, precedentemente avvolta in un sottile strato di foglie.

Uscí dalla grotta e si portò fino al bordo estremo della cengia. In un punto ben esposto al sole, lo attendeva la sua opera, pronta all'uso. Pur rimanendo quasi trasparente, la pelle era diventata resistente ed elastica, trasformandosi in un fodero magnificamente adattato alle dimensioni della spina.

Damlo lo cinse alla vita e snudò l'arma. Menò alcuni fendenti, ma nessuno comparve a raccogliere la sfida; perciò la rinfoderò e sedette sulla cengia, con i piedi penzoloni nel vuoto. Strano, pensò: non ho voglia di giocare, né di leggere.

Il sole pomeridiano era tiepido, ma batteva sulla parete da alcune ore ed era riuscito a scaldarla. Damlo vi appoggiò la schiena e, alzato il viso, lasciò che il debole calore gli accarezzasse le palpebre. Subito gli vennero in mente le radici dell'albero del consiglio. Sporgevano dal terreno per quasi un braccio, tutte contorte, formando come due ali raccolte accanto all'entrata principale della pianta. Erano lisce e lucide perché generazioni di waeltoniani le avevano usate come panche. Quando il sole vi batteva, le venature del legno assumevano un intenso colore bruno rossastro che la luce coronava di impercettibili lampi verdi e gialli dando loro un'apparenza di vita e movimento.

Il suo piú grande desiderio era quello di potersi sedere lí insieme agli altri ragazzi, alla fine delle lezioni, e godere del sole insieme a loro. Invece, mentre gli altri indugiavano a chiacchierare prima di tornare a casa, lui doveva sgattaiolare via per raggiungere la locanda il piú in fretta possibile. E sebbene le vedesse quasi tutti i giorni, ogni volta che pensava a quelle radici provava una struggente nostalgia.

Godette ancora per un attimo della carezza del sole, poi cominciò a sognare di essere un famoso guerriero. Si sedeva sulle radici dell'albero del consiglio, scostando la spada con un gesto abituale, mentre la luce faceva scintillare la sua corazza. E i ragazzi della banda lo guardavano abbagliati, chiedendogli di raccontare le sue imprese coraggiose, per cui andava giustamente famoso.

Si svegliò che il sole stava tramontando e si rese immediatamente conto del guaio in cui si era ficcato: di nuovo in ritardo!

Scattò come una molla. Si arrampicò tra le radici della quercia senza neanche rientrare nel rifugio e si mise a correre verso Waelton dimenticandosi perfino il libro di Melvo Boscorame. A metà del cammino si fece buio ma lui non rallentò. Non passò nemmeno a salutare il vecchio faggio.

Uscí dalla foresta di gran carriera e traversò i campi coltivati come se volasse. Per fare prima tagliò per i frutteti dei Venaraggio: in quel momento non aveva paura dei cani di Binla. Arrivò in paese senza incontrarli. Adesso le strade erano abbastanza illuminate. Accelerò. Mancavano poche viuzze alla locanda. Svoltò come una saetta dietro la biblioteca e imboccò l'ultima stradina.

L'imboscata! Si fermò di colpo. Di fronte a lui, la Legione di Waelton era schierata compatta e gli bloccava il passo. Mancavano suo cugino Trano e Proco Radicupo, ma non faceva differenza: erano un numero sufficiente a impedirgli di passare. Soprattutto perché brandivano verso di lui le lance con la punta indurita dal fuoco.

«Guarda guarda!» sogghignò Busco. «Un roscio col fiato moscio!»

«Lasciatemi passare. La zia mi aspetta e sono in ritardo.» La voce gli uscí tremula dalla paura e Damlo si detestò.

«C'è Trano, alla locanda. Anche questa sera non è potuto uscire per colpa tua. Perciò la zietta ti aspetterà ancora un bel po'.»

Damlo sentí il panico montargli dentro. L'unica soluzione era darsela a gambe, come quella mattina. Si voltò di scatto e si irrigidí: da quella parte c'era Proco Radicupo, con la lancia puntata.

«Niente da fare, coniglio, da questa parte non puoi filar... Cos'è quella roba?»

Solo allora, Damlo ricordò di avere ancora la spada al fianco.

«Guardate! Si è armato, il roscio! Cos'hai nel fodero? Un libro? Il vigliacco ha messo l'elsa a un libro!» Proco rideva come un matto e tutti gli facevano eco.

«Facci vedere la tua spada, coniglio!» gridò Busco.

«Sí» disse Proco, smettendo di ridere. «Dammela.»

Se Damlo l'avesse consegnata, lo sapeva, l'avrebbe persa per sempre. E poi c'era la questione dei quattordici anni.

«È mia» gracchiò, con la gola strozzata.

Stranamente, il pronunciare quelle parole agí sulle sue ginocchia, facendole smettere di tremare.

Nessuno dei ragazzi gli si era ancora avvicinato: non poteva fuggire e, per il momento, si divertivano a giocare con lui a distanza.

«Dammela!»

«No.»

Questa volta la sua voce era quasi accettabile, si stupí Damlo. Quante volte, nella sua fantasia, aveva risposto con quella fierezza alle provocazioni dei banditi! Con un gesto automatico, come se si trattasse del solito gioco, sguainò la spina. E subito capí di avere commesso uno sbaglio.

Sapeva che la spada era bella, ma non si era reso conto di quanto lo fosse. Adesso lo vedeva chiaramente negli occhi di Proco, mentre la luce delle lanterne faceva brillare il rosso screziato d'argento della spina.

La Legione ammutolí. Sia per l'inconsueta reazione del roscio, sia per la bellezza dell'arma: tutti sapevano che, ormai, Proco non avrebbe avuto pace finché non l'avesse posseduta.

Con gli occhi spalancati dalla paura, Damlo si guardò intorno cercando una via di fuga. Non ve n'erano: avrebbe dovuto rompere l'accerchiamento. Da una parte c'era Proco, con lo sguardo puntato sulla spina; dall'altra, il resto della banda. Senza esitare, Damlo scelse la Legione e, agitando la spada, si diresse verso le lance.

«Fatemi passare!»

I ragazzi non erano abituati a vederlo reagire e tentennarono. Forse si sarebbero perfino fatti da parte, se non ci fosse stato Busco.

«Non dire cretinate, coniglio, e dai la spada a Proco!»

La sua voce ruppe l'incanto e gli altri puntarono le lance con maggior decisione. Il ragazzo era ormai a un palmo dalle punte e sentiva Proco, sghignazzante, avvicinarsi alle sue spalle. Disperato, colpí l'asta di solido frassino impugnata da Busco. Piú per principio che per altro, sperando al massimo di scostarla un po'.

La spina penetrò senza sforzo nel legno indurito dal fuoco, tranciandolo come fosse uno stelo di paglia secca.

Damlo rimase di stucco come gli altri. A differenza di quelli, però, moriva di paura; quindi reagí per primo. Si mise a correre mentre ancora la punta della lancia rotolava per terra e sfondò l'accerchiamento.

Subito, qualcosa lo colpí forte alla schiena. Dal rumore che fece rimbalzando per terra, Damlo capí che Busco gli aveva scagliato contro il troncone della lancia. Correndo, rabbrividí: l'avrebbe fatto anche se l'asta avesse avuto ancora la punta? La risposta gli arrivò sotto forma del suono che emette una fionda roteando.

Busco doveva essere impazzito! Tutti loro usavano la fionda con maestria: facevano gare di tiro a segno e spesso cacciavano le lepri. Quasi tutti erano in grado di colpirne una, in corsa, a venti passi di distanza. Ma, appunto: cacciavano. La fionda era un'arma vera e poteva uccidere.

Spaventatissimo, Damlo svoltò in una viuzza laterale. Avrebbe allungato un po' la strada, ma avrebbe reso piú difficile la mira a Busco. Già di suo, per fortuna, era il peggior tiratore della Legione. Sentiva il calpestio degli inseguitori, una decina di passi dietro di lui, ma stava già costeggiando la corteccia laterale della locanda. Ancora una svolta e sarebbe stato in salvo.

Il ciottolo gli fischiò accanto all'orecchio. La traiettoria era tesa: una fiondata, non una delle solite sassate. Terrorizzato, Damlo scartò di lato e si chinò, sperando di schivare il proiettile successivo.

Si rivelò un errore. Per quanto minimo, il rallentamento concesse a Busco l'attimo necessario ad aggiustare la mira. Mentre stava svoltando, tutto curvo, verso la facciata della locanda, Damlo sentí un tremendo colpo alla testa.

Le convulsioni, pensò; questa è la volta che muoio. Poi la vista gli si sfuocò.

Non si accorse che i ragazzi si fermavano; non si accorse del loro spavento per come barcollava e non si accorse che, vedendolo sanguinare, si davano alla fuga. Non si accorse di nulla.

Intorno a lui il mondo ballava, scintillante e privo di contorni. I piedi gli si muovevano in modo strano e non

obbedivano piú a dovere. Stringendo disperatamente la spina, il ragazzo proseguí per inerzia. Vacillò, ma completò la svolta senza cadere. La porta della locanda era a una decina di passi. Lontanissima.

Solo il carro dei nuovi clienti lo separava dalla salvezza, ma gli pareva grande e ostile come una montagna sconosciuta. Le orecchie gli ronzavano tanto che non riusciva a sentire altro. Con un enorme sforzo di volontà, riuscí a tenersi in piedi e a brancolare fino al veicolo. Aveva dimenticato Legione e inseguimento, e gli sembrava di affaticarsi in quella nebbia rossastra e densa da molti giorni. Non vedeva piú la porta della locanda ma non importava, perché non ricordava dove fosse diretto. E anche se l'avesse rammentato non avrebbe fatto differenza, perché adesso era completamente cieco.

Con uno sforzo gigantesco, iniziò a scalare il monte. Gli parve di metterci ore e ore. A un certo punto cominciò a sentire un gran freddo. In montagna è normale, si consolò vagamente. Andò avanti finché, d'un tratto, notò che da qualche parte sporgeva il lembo di una coperta. Grato per l'insperata fortuna, vi si infilò sotto e se la tirò fin sopra la testa.

Un attimo piú tardi, sprofondò nel buio piú gelido che avesse mai conosciuto.

# 3

Quando Damlo si svegliò, era buio. Doveva essere presto perché zia Neila non era ancora venuta a chiamarlo e lui non sentiva i suoni consueti della locanda che prende vita all'inizio del giorno.

Pensandoci meglio, forse non era davvero sveglio: udiva rumori strani e gli pareva che il Melofrassino si scuotesse tutto, ballando una danza di ruvidi scatti e piccoli saltelli. Concluse di essere in quello stato, tra il sonno e la veglia, in cui il mondo stenta a rimettersi dalla libertà che si è presa durante i sogni.

Il letto sembrava di pietra e lui stava scomodissimo. Perché si era svegliato cosí presto? Doveva aver fatto un brutto sogno: di solito dormiva finché la zia non lo chiamava per la colazione.

Un incubo, lui? Strano: non ne faceva piú da anni. Uno dei suoi ricordi piú terribili e belli riguardava appunto il primo che era riuscito a controllare, impiegando quello che in seguito avrebbe chiamato lo Scatto. Si trattava di un brusco movimento della volontà che, nel modo tipicamente illogico dei sogni, coinvolgeva anche il corpo pur lasciandolo immobile. All'inizio lo aveva usato per caso ma poi, pian piano, aveva imparato a servirsene a piacere. Oggi era in grado di governare le vicende del proprio sonno come e quando desiderava. Poteva modificare gli incubi, com'era successo la prima volta, o prolungare i sogni gradevoli. Era persino capace di ricominciarli da capo, se voleva. Poteva decidere di trovarsi in un certo luogo, avere in mano un certo oggetto, o essere insieme a una certa persona. Grazie allo Scatto, da tempo sognava i propri genitori tutte le notti: il padre, di cui conservava un ricordo sbiadito e la madre, che non aveva mai conosciuto. Lo faceva consapevolmente ed era un incontro regolare, ormai, che leniva non poco le fitte di nostalgia durante il giorno.

Adesso, tuttavia, lo Scatto sembrava non funzionare. Non riusciva a creare un sogno compiuto nel quale immergersi e neppure a svegliarsi del tutto. Continuava a sentirsi sballottato e a udire strani rumori, e percepiva il proprio corpo gravare sul letto come se pesasse dieci volte piú del solito. Sarebbe anche stato piacevole, in un giaciglio piú comodo. Provò a cambiare posizione.

Di colpo, un lampo di luce dolorosa gli devastò la testa dalla nuca agli occhi. Cercò di portare le mani al volto, ma non vi riuscí: le braccia non gli si staccarono dai fianchi. Non potersi muovere è tipico degli incubi, si illuse per qualche istante. Poi sentí un groppo alla bocca dello stomaco. Conosceva bene i sogni: sono luoghi dove il dolore è soprattutto paura; anticipazione della sofferenza, non vero patimento. Il dolore che provava, invece, era decisamente reale.

Si spaventò: non stava sognando! Aveva i polsi legati alla vita e si trovava su un carro in movimento! Ora ne riconosceva i caratteristici scossoni. E quei rumori, che prima gli erano sembrati cosí strani, adesso si erano trasformati nel cigolio di una ruota male ingrassata e nel ritmico battere degli zoccoli di un cavallo sulla strada. Inoltre, sebbene fosse buio, sentiva il profumo della foresta e distingueva il tipico odore del giorno. Anche il sole piú debole scalda a sufficienza piante e fiori perché le loro essenze si diffondano nell'aria. L'aroma della terra, il sentore del muschio tiepido, la fragranza della resina: tutto parlava di un sole primaverile.

La paura si espanse in lui come inchiostro su carta assorbente. Era senza dubbio giorno: la foresta, di notte, profuma in modo diverso. Ma, allora, perché non ci vedeva? Era diventato cieco?

Per un attimo fu sull'orlo del panico, poi si accorse di percepire la consistenza di una benda intorno alla testa. Batté le palpebre e sentí le ciglia sfiorare la stoffa che lo accecava. Legato e bendato! Lo avevano rapito? Tutti sapevano che i suoi zii non avrebbero potuto pagare un riscatto: ogni loro avere era investito nella locanda. E poi cosa era successo alla sua testa? Perché gli faceva cosí male?

«Pare si sia svegliato.»

«...»

«Forse dovremmo fermarci.»

«Hrumpf.»

«Forse *dovremmo* fermarci: il mulo ha bisogno di riposare.»

«Non ancora.»

«Forse dovremmo fermarci, perché il ragazzo si è svegliato, perché il mulo si deve riposare e perché se aspettiamo troppo dovremo raccogliere la legna al buio.»

«Non è il momento di fermarci, ora.»

«Sciocchezze! Inventeresti qualsiasi cosa, pur di contraddirmi.»

«Non mi parlare come se fossi un ragazzino.»

«E tu cerca di essere ragionevole: il viaggio durerà ancora a lungo. Non sarà un'ora di strada rubata alla notte che ci farà arrivare in tempo.»

«Ogni minuto guadagnato diminuirà il nostro ritardo.»

«Non ho mai conosciuto qualcuno piú testardo di te! Se il mulo si azzoppa per la stanchezza perderemo giorni, non minuti.»

«Finiscila di discutere, vecchio brontolone: mi fermerò tra poco.»

«Vecchio brontolone? Cosa mi tocca sentire! Se ci fosse tuo padre, qui, ti insegnerebbe lui a rispettare gli anziani!»

«Se vuoi saperlo, sospetto che mio padre ti abbia mandato con me per dar sollievo alle proprie orecchie.»

«Razza di impertinente! E pensare che ti ho visto nascere. Che ti ho fatto giocare sulle mie ginocchia!»

«Sí, sí, e io ti vomitavo addosso la pappa. Me lo rinfacci tutti i giorni.»

«Proprio cosí, giovane ingrato. Non si tratta in questo modo una persona anziana! Un giorno lo rimpiangerai, ma io non ci sarò piú e non potrai chiedermi scusa. Sarai tormentato dal rimorso per il resto dei tuoi giorni!»

«Occupati del ragazzo, invece di fare l'offeso.»

«Io non faccio l'offeso. Io *sono* offeso. Offesissimo, anzi!»

Ci fu un movimento e Damlo sentí qualcuno sederglisi accanto. A giudicare dai discorsi non sembrano briganti, pensò. Ma allora perché mi hanno rapito? E certamente mi hanno rapito, altrimenti non mi avrebbero legato!

Delle mani cominciarono a trafficare con la benda. Sembravano danzare sulla stoffa, senza mai pesargli sulla testa.

«Ascoltami bene, ragazzino: adesso toglierò la benda.

Devi chiudere gli occhi. Quando saranno scoperti li aprirai poco alla volta e, se la luce ti farà male, li richiuderai subito. Hai capito?»

Damlo annuí e di nuovo la sua testa sembrò riempirsi di fulmini litigiosi. Si lasciò sfuggire un lamento.

«Oh, insomma! Faccio di tutto per togliere la benda senza muoverti la testa e tu la scuoti come un sonaglio! Devi restare immobile, hai capito? Se non riesci a parlare, muovi le mani: la destra per dire sí, la sinistra per dire no. Intesi?»

«Sí.»

«Ah, puoi parlare. Bene! Allora stai attento: tolgo la benda.»

Damlo sentí la stoffa scivolargli via da sopra gli occhi come una carezza. Attraverso le palpebre chiuse vide che fuori c'era luce e provò ad aprire gli occhi.

A un palmo dal suo naso si stendeva la piú fantastica collezione di rughe che avesse mai visto. Da qualche parte, in mezzo ai solchi, vi erano due polle d'acqua di ghiacciaio: grigie, luccicanti e vispe. Sembravano fare la guardia a una grossa protuberanza che, se non fosse stata tanto grinzosa, avrebbe potuto essere un naso. Il tutto era circondato da una massa grigio ferro, sfuocata e di natura indecifrabile.

«Mi sembra che tu riesca a sopportare la luce. È un buon segno, ragazzo. Un ottimo segno, anzi.»

Damlo vedeva confusamente una parte della massa sfuocata muoversi su e giú. Poi la distesa di rughe si allontanò un poco, permettendogli di mettere a fuoco l'insieme. Incorniciato da una barba incredibilmente folta e lunga, gli apparve il volto di un vecchio. Sembrava appena uscito da una leggenda, tanto il tempo gli aveva increspato la pelle. Aveva un aspetto particolare, che Damlo sentiva confusamente di conoscere ma non riusciva a identificare.

«Ci hai fatto preoccupare. Come ti senti?»

«Se sto fermo non mi fa male.»

«Questo è molto incoraggiante. Resta immobile, allora.»

«Cosa è successo? Chi siete? Perché mi fa male la testa? E perché mi avete legato?»

«Per la mia barba, quante domande! Calma, ragazzo: tanto per cominciare dovremmo essere noi a domandare e tu a rispondere. Cosa ci facevi, mezzo morto, sotto il telo del nostro carro?»

«Mezzo morto?»

«Credi che passi il mio tempo a bendare tutti i ragazzi che incontro? Hai una brutta ferita alla testa, figliolo. Come te la sei procurata?»

«Non lo so, non ricordo.»

«Ah, già: il colpo alla testa, la memoria che se ne va... Piuttosto comodo.»

«No, davvero! L'ultima cosa che ricordo è...»

Damlo s'interruppe. Aveva compiuto quattordici anni, di questo era certo. Lo straniero gli aveva dato un calcio in faccia e aveva umiliato lo zio Pelno. E poi? Ah: la riunione della banda. Il discorso alla Legione... No, quello era stato prima. L'inseguimento! Ecco cos'era successo: si era nascosto sotto la statua... No, era andato alla grotta. L'imboscata! Ecco: c'erano le lance e...

«La spina! Dov'è la mia spina?»

«Oh, quindi qualcosa ricordi, dopotutto. È qui sul pianale.»

«È la cosa piú preziosa che ho.»

«È molto bella, in effetti. Ora mi vuoi spiegare come sei finito sul nostro carro?»

«Mi avevano circondato. So che ero riuscito a passare, ma poi non ricordo piú. Non so come sono arrivato qui.»

«Mmmh... Allora spiegami come sei riuscito a ferirti cosí malamente.»

Damlo non ne aveva la minima idea e la paura, che la gentilezza del vecchio non aveva sopito del tutto, si trasformò improvvisamente in fastidio.

«Non lo so. Ma sono sul *vostro* carro, sono ferito e sono legato. Perché sono *io* a dare a *voi* delle spiegazioni?»

Il vecchio si mise a ridere e cominciò a slegargli le mani.

«Bene, bene. Quindi abbiamo un volpacchiotto, qui, e non una marmotta. Non toccarti la ferita, quando avrai le mani libere. Intesi?»

Poi, continuando a parlare a Damlo, volse la testa verso il suo compagno.

«Vedi, ragazzo, se *qualcuno* volesse fermare il carro, visto che tra poco sarà buio, che il mulo inciampa dalla stanchezza ogni due passi, e che tu hai bisogno di essere curato, e che io sto morendo di fame e che, in ogni caso, troverei volentieri un cespuglio appartato, allora potrei accendere un fuoco e preparare un infuso che ti permetta almeno di stare in piedi. Potresti mangiare qualcosa e ti darei tutte le spiegazioni che chiedi. Ma invece no: *qualcuno* non prende in considerazione le necessità dei vecchi e degli infermi. È troppo occupato a recuperare dieci minuti su un ritardo di oltre un mese!»

In quel momento gli zoccoli del mulo rimbombarono su delle assi e cambiarono ritmo. Pian piano il carro rallentò e, appena il rumore ridivenne sordo, si arrestò.

«Puoi cercare il tuo cespuglio, adesso. Prima di fare tappa volevo oltrepassare questo ponte.»

«Non era per quello, che volevo fermarmi. Credi che sia

cosí vecchio da non poter resistere? Era per il ragazzo. E per il mulo. E per la legna.»

«Alla legna penserò io e l'acqua del torrente sarà utile al mulo, al ragazzo e a tutti noi.»

«Può darsi, può darsi. Ma ciò non toglie che avresti dovuto dirmelo subito. Che ne sapevo, io, che c'era un torrente poco distante? Mi tieni sempre all'oscuro di tutto. Non si fa cosí: è una mancanza di rispetto. Una delle tante, se proprio vuoi saperlo. Tantissime, anzi.»

Continuando a brontolare, il vecchio si alzò per scendere dal carro. Fino a quel momento era rimasto seduto sul pianale accanto a Damlo che, di lui, aveva visto solo il volto grinzoso. Avviandosi verso il fondo del carro, adesso era pienamente visibile. Ecco cosa avevano di particolare i suoi lineamenti, pensò il ragazzo: era un nano!

Damlo ne aveva già incontrati. Di razza robustissima, erano guerrieri valorosi e minatori eccellenti; e la maestria con cui i loro artigiani lavoravano il metallo e le gemme era famosa in tutto il mondo. Ogni tanto, alcuni di essi valicavano il Passo Azzurro con le proprie mercanzie: solitamente gioielli e artigianato vario. Si fermavano al Melofrassino e, checché dicesse Melvo Boscorame, Damlo non si lasciava mai sfuggire l'occasione per migliorare il proprio nanesco. Le lingue straniere lo affascinavano: trovava straordinario che alcuni fossero abituati a riconoscere i significati piú comuni in suoni cosí strani e diversi. Ai mercanti nani di passaggio doveva un bel po' delle belle figure che faceva con il bibliotecario.

Ripensandoci, la prima conversazione tra gli sconosciuti si era svolta in nanesco. Evidentemente era troppo stordito per rendersene conto: aveva recepito il senso delle frasi e non la lingua in cui venivano espresse.

Il vecchio scese e si diresse verso il sottobosco. Damlo si alzò cautamente a sedere e, passate che furono le vertigini, guardò per la prima volta oltre le sponde del carro. La notte era scesa sulla foresta, ma la luna quasi piena forniva abbastanza luce per distinguere gli alberi, il ponticello di legno e l'ampio torrente.

Poco distante, il vecchio stava cercando un cespuglio adatto ai suoi bisogni. La velocità con cui si addentrava tra le frasche stonava un po' con la sua ostentata dignità e Damlo trattenne una risatina. Poi si voltò lentamente verso il davanti del carro. Il secondo nano, molto piú giovane dell'altro, era intento a liberare il mulo dalle stanghe.

Il ragazzo si spostò adagio lungo il pianale ingombro di casse e di sacchi, e in parte coperto da un telo impermeabile. Cercò a tentoni, trovò la sua spada e la cinse. Non se ne capacitava, ma ricordava benissimo il modo in cui aveva tranciato la lancia di Busco e, ora che l'aveva recuperata, si sentiva piú sicuro. Stava già meglio: riuscí a scendere dal carro senza che le vertigini e la nausea lo sopraffacessero.

Guardò il torrente, distante meno di dieci passi. La corrente intorno alle rocce affioranti era veloce e la superficie dell'acqua spumeggiava, scrosciando allegramente. Dov'erano lisce, le onde riflettevano la luce ognuna a modo proprio e gli schizzi sembravano fare a gara per cancellare le mille immagini della luna che vi si riflettevano.

Poi accadde. Gli si formarono davanti agli occhi partendo dagli scintillii: prima solo lampi guizzanti a mezz'aria, non dissimili dai puntini colorati che rimangono negli occhi dopo avere guardato il sole. Quindi, per la prima volta, oltre al movimento Damlo vide qualcosa. I riflessi danzanti assunsero forma; forme, in realtà, perché variavano di continuo. Come nuvole in un cielo azzurro, ma assai piú velocemente. Ora sembravano piccole onde spumose che guizzavano qua e là senza badare alle leggi della natura, ora allegre cascatelle che precipitavano silenziose verso l'alto o di lato. A volte parevano schizzi luminosi che nascevano cinque o sei piedi sopra il torrente, frammentandosi in miriadi di goccioline e rifondendosi subito dopo per formare minuscole onde che si arrotolavano a mezz'aria. Alcune, addirittura, assomigliavano a esili visi sorridenti. E tutte guizzavano qua e là, rapidissime e graziose.

Il ragazzo strizzò gli occhi e si trattenne appena in tempo dallo scuotere la testa. Si voltò verso il carro con tutto il busto, irrigidendo i muscoli del collo e delle spalle. Il vecchio era ancora fra i cespugli e il suo compagno trafficava con le cinghie del mulo. Allora Damlo tornò a guardare il torrente e gli strani guizzi. Rimase a osservarli per un po', mentre si scindevano e si fondevano tra loro trasmettendo un'allegria sconfinata. Poi la fatica di metterli a fuoco e seguirli con gli occhi gli fece dolere la testa. Appena prima di distogliere lo sguardo scorse delle specie di tuffi senza spruzzi e, come d'incanto, tutto scomparve; sull'acqua rimasero soltanto i riflessi della luna e Damlo si sentí impoverito.

Frastornato, si appoggiò al carro e raggiunse il nano giovane che non aveva ancora finito di armeggiare con i finimenti.

«Non ti avvicinare» ordinò quello, senza voltarsi. Poi accennò con la testa all'animale. «Riesce a scalciare anche di lato.»

«Ma è Proco: è il mulo della locanda!» esclamò Damlo. «Avete rubato il mulo della locanda!»

«Non dire sciocchezze. Il nostro cavallo era ferito e, siccome siamo di fretta, lo abbiamo scambiato con questa bestiaccia. Il locandiere ha fatto l'affare della sua vita! Tieniti lontano, ho detto: è una bestia pericolosa.»

«Ma no, è buono! Scalcia solo quando si innervosisce.»

«Comunque stai lontano.»

Damlo non riusciva a capire cosa stesse facendo il nano: sembrava che per staccare l'animale dalle stanghe dovesse attaccarvisi lui. Restò a guardare per un po', mentre il mulo si agitava sempre piú. Alla fine non resisté.

«Scusate, ma non è necessario togliere i finimenti tutti insieme, con il mulo ancora tra le stanghe. Vedete quel fibbione? Serve a separare il guainone dalla braca. Ce n'è uno anche dall'altra parte. Si aprono quelli e poi si staccano le tirelle dal pettorale. Una volta liberato l'animale lo si porta lontano dalle stanghe. Poi è facile levargli l'imbraca e il collare.»

«Se cominciassi a separare le cinghie non sarei piú capace di rimetterle insieme.»

«Ma si tratta di allacciare quattro fibbie!»

«Sarà» ribatté il nano, un po' sulla difensiva. «Io preferisco camminare e non mi intendo di quadrupedi. Del mulo si occupa quasi sempre Clevas. E lui fa cosí.»

«Ve lo faccio vedere io: è facile.»

«Stai lontano, ti ripeto. Questa bestia è cattiva: oltre a scalciare, morde.»

«Solo perché si innervosisce a restare tra le stanghe. Lasciatemi provare.»

Mentre il nano si districava tra le cinghie, Damlo si avvicinò al muso del mulo. Ora riusciva a camminare senza che la testa gli girasse troppo. L'animale era agitato e si muoveva di continuo, picchiando gli zoccoli sul terreno. Damlo lo afferrò saldamente per le briglie e avvicinò la testa al suo orecchio.

«Ciao, pezzo di deficiente!» sussurrò. «Ciao, brutta puzzola arrabbiata. Sono io, Damlo. Adesso ti libero da questi scomodi finimenti, poi ti darò da mangiare e da bere. Ma non devi né mordermi né prendermi a calci, d'accordo? L'acqua del torrente è buona, vedrai: piacerà anche a una bestiaccia stupida e antipatica come te.»

Poi, mentre scivolava tra le stanghe si rivolse al nano.

«Questo mulo ama molto gli insulti, ho scoperto.»

«Se è per questo, ne ha fatto scorta.»

«Ma vanno detti con dolcezza e non bisogna mai picchiarlo.»

«Per chi ci hai preso? È una bestiaccia esasperante e si è meritata ogni singolo improperio, ma non l'abbiamo certo maltrattata.»

«Dicevo in generale. Si vede che non è stato battuto. Quando ho alzato la mano per prendere le briglie avrebbe scartato. Invece era solo nervoso.»

Damlo aprí velocemente le fibbie e staccò l'animale dal carro. Lo portò accanto a un giovane acero, gli mise la cavezza e lo assicurò alla pianta. Poi, con pochi gesti rapidi e sicuri, lo liberò dai finimenti. Il mulo se ne stava lí bello calmo e, ogni tanto, gli lanciava un'occhiata adorante. Sembrava quasi fare le fusa. Quando il ragazzo si voltò, il vecchio nano era tornato e stava in piedi accanto al compagno. Entrambi lo guardavano come si guarda un giocoliere che fa roteare sette palle colorate.

«Bene, bene. Come hai fatto a stregarlo?» borbottò il vecchio.

«Lo conosco. E poi sono abituato: dei cavalli e dei muli che arrivano alla locanda mi occupo sempre io.»

«Oh, sei il figlio dei locandieri di Waelton?»

«Il nipote. Mio padre era il fratello della zia Neila. Mi chiamo Damlo Rindgren.»

«Bene. Almeno abbiamo scoperto chi sei.»

«Io, invece,» rispose Damlo ringalluzzito per la bella figura «non so ancora chi siete voi, come mi trovo qui e perché mi avete legato.»

Il nano piú giovane si allontanò verso il bosco, brontolando qualcosa a proposito di ragazzini maleducati.

«Vado per legna, prima che mi salti la mosca al naso» disse, sparendo tra gli alberi.

Il vecchio sedette accanto al tronco di un carpino bianco e picchiettò la mano per terra.

«Siedi, ragazzo. Tanto per cominciare risolviamo la faccenda delle mani legate. Mi ci hai costretto: ti agitavi e continuavi a strapparti la benda. Anche quella te l'ho messa io, dopo avere pulito e medicato la tua ferita. E se ti dà tanto fastidio che ti abbia legato, direi che le seccature si pareggiano.»

«Capisco. Vi ringrazio molto di esservi occupati...»

«Va bene, va bene. Per la mia barba! Non cominciamo con queste manfrine; non ho fatto nulla di speciale. E poi rimane un mistero da risolvere: come sei finito sul nostro carro?»

«Non mi ci avete messo voi? Dov'ero prima che mi curaste? Dove mi avete raccolto?»

«Nel carro, come te lo devo spiegare? Ieri sera, quando ci siamo fermati per fare il campo, ti abbiamo trovato sotto il telo. Eri svenuto e tutto inzaccherato di sangue secco.»

«Ma io non ricordo di esserci salito.»

«Comincio a crederlo veramente. Però c'eri. Quindi, o ci sei montato da solo, o ti ci ha messo qualcuno. L'altro ieri, se provieni da Waelton.»

«L'altro... Ma gli zii mi staranno cercando! Penseranno che sono morto! Perché non mi avete riportato alla locanda?»

«Anche se avessimo saputo chi eri, quando ci siamo accorti di te eravamo a una giornata di viaggio da Waelton e non potevamo permetterci di perdere due giorni.»

«Ma adesso dovrete tornarci comunque e ne perderete quattro!»

«Ti sbagli» disse l'altro nano, avvicinandosi con una grossa fascina di legna secca sulle spalle. «Abbiamo da risolvere una questione importante e siamo in grave ritardo. Non possiamo tornare indietro.»

«Ma *dovete* riportarmi a casa. A piedi ci metterei almeno tre giorni!»

«Mi spiace, ragazzo, ma non è possibile.»

«E purtroppo» il tono del vecchio era dolce e gentile «non puoi nemmeno tornare da solo. Hai perso troppo sangue per marciare cosí a lungo. E poi ieri abbiamo sentito ululare dei lupi poco distante dalla strada.»

«Non mi fanno paura.»

«Male. Se hanno fame e sono in gruppo, i lupi sono pericolosi. Una persona sola rischierebbe anche a cavallo e, a piedi, un ragazzino non avrebbe nessuna speranza.»

«Io non sono un ragazzino: ho compiuto quattordici anni l'altro ieri. E ho la mia spada. E devo tornare alla locanda.»

«Vedi, Damlo, bisogna essere ragionevoli. Quella spina è bellissima, ma certo non è una spada. E anche se lo fosse, le armi bisogna saperle usare, altrimenti sono soltanto un ingombro.»

«Adesso vi faccio vedere!»

Mentre il fuoco cominciava a scoppiettare, Damlo balzò in piedi e sfoderò la spina. Nessun waeltoniano avrebbe mai tagliato un ramo o ferito una pianta viva senza un ottimo motivo. Ma il nano giovane aveva accatastato decine di legni secchi per alimentare il falò. Pensando alla lancia di Busco, Damlo ne impugnò uno con la sinistra e lo colpí forte con il bordo tagliente della spada.

La spina rimbalzò, lasciando sul legno una minuscola intaccatura. E cosí fece anche la seconda, la terza e la quarta volta. E lo stesso avvenne quando il ragazzo provò con un altro ramo. E con un altro ancora. Alla fine, Damlo rinfoderò la spada e sedette, in silenzio.

Tutta l'attenzione dei nani era concentrata sul fuoco che aveva preso ottimamente già da un po'.

Il vecchio mise una pentola fuligginosa a lato delle fiamme e cominciò a rimestarvi dentro con un ramaiolo di legno. Dopo alcuni minuti si diffuse nell'aria un profumino stuzzicante. Dall'altra parte del fuoco, in un piccolo contenitore di metallo, bolliva dell'acqua.

«Bene, bene. Tra poco sarà pronto. Ti piace lo stufato di coniglio? È riscaldato ma è buonissimo. Io sono un bravo cuoco, sai? Un ottimo cuoco, anzi.»

Damlo non rispose e neanche alzò la testa.

«Ricordo ancora la mia prima campagna. Volevo combattere come tutti gli altri, naturalmente, ma ero cosí bravo come cuoco che mi toccava sempre cucinare. Ero molto giovane, allora. Già: molto, molto giovane. Fu oltre due secoli fa, prima che entrassi al servizio di sua maes...»

«Clevas!» La voce del nano giovane schioccò come una frustata.

«Insomma, Írgenas!» si indispettí il vecchio. «È solo un ragazzo!»

Aveva parlato in nanesco: evidentemente nessuno dei due si era accorto che Damlo lo capiva.

«Non lo conosciamo» rispose seccamente il giovane nano, nella stessa lingua.

«Lo conosciamo abbastanza per capire che è innocuo.»

«È comparso dal nulla: bada a come parli.»

«Mi rimproveri sempre! Che maniere sono queste?»

«Sai benissimo che si tratta di una cosa seria, quindi stai attento a quello che dici. E poi guarda: l'acqua per l'infuso sta bollendo.»

Borbottando, il vecchio nano si alzò. Usò un panno e il manico ricurvo del ramaiolo per levare il piccolo contenitore dal fuoco e ne versò il contenuto in una ciotola di legno. Poi trasse un sacchetto, vi prelevò alcuni pizzichi di erba secca e li lasciò cadere nell'acqua bollente. Infine consegnò la ciotola al ragazzo.

«Ecco» disse, parlando nuovamente in lingua comune. «Quando si sarà raffreddato abbastanza da essere bevibile sarà anche pronto.»

«Cos'è?»

«Una medicina» rispose seccamente il nano. «Bevila appena ci riesci. Piú la bevi calda, piú sarà efficace.»

Damlo doveva avere guardato l'infuso con un'aria troppo dubbiosa, perché il vecchio scattò.

«Credi che ti voglia avvelenare? Hai dimenticato che mi sono occupato di te per due giorni e due notti?»

«Veramente non ho detto nulla» mormorò Damlo, senza sollevare la testa. Non avrebbe sopportato che il vecchio gli vedesse i lucciconi negli occhi.

«Clevas, non prendertela con il ragazzo solo perché sei arrabbiato con me.»

«Ho capito, ho capito! Tutto quello che faccio è sbagliato. Sono solo un vecchio che parla troppo e maltratta i ragazzi!»

Tutto stizzito, il nano si voltò verso il fuoco e allontanò la pentola dalle fiamme. Con il ramaiolo di legno, riempí tre ciotole di stufato e ne consegnò sgarbatamente una al suo compagno. Poi si avvicinò a Damlo, che stava sorseggiando di lena l'infusione, e gli consegnò la sua porzione.

«Quanto a te, cerca di scusare le intemperanze di un povero vecchio. Non c'entri con le impertinenze di quel giovanotto e mi dispiace di averti coinvolto.»

«Ma certo. E poi vi sono grato di...»

«Sí, sí, sí, va bene, va bene. Ora finisci di bere l'infuso, perché lo stufato si raffredda. E invece va mangiato caldo. Solo cosí si sentono bene le erbe con cui l'ho condito. E non ti preoccupare se la ciotola è piccola. La possiamo riempire quante volte vogliamo. Mi ricordo che alla tua età non la smettevo mai di avere fame. Sarei stato capace di finire tutta quella pentola da solo. Be', non esattamente alla tua età: noi nani viviamo piú a lungo di voi uomini e diventiamo adulti verso i trent'anni.»

«Anche noi viviamo molto. Il vecchio Maspo Venaraggio compirà centoquarantotto anni il mese prossimo.»

«Bene, bene. Avevo sentito dire che voi di Waelton siete un po' diversi. Cento e quarantotto, hai detto? Però! Niente male per un umano! Forza, adesso!» Il vecchio gli tolse di mano la ciotola dell'infuso. «Attacca lo stufato e dimmi come ti sembra.»

Era ottimo. Considerando anche la fame arretrata, rivaleggiava con quello della zia Neila. Il ragazzo lo terminò in un baleno e, con mal celato orgoglio, l'altro gli riempí nuovamente la ciotola. Damlo la vuotò con piú calma, guardandosi intorno tra un boccone e l'altro. La luce della luna era cosí intensa che argentava gli alberi nonostante il bagliore del fuoco. Il ragazzo ripensò ai guizzi scintillanti di poco prima e, mentre finiva la terza porzione di stufato, si ritrovò a occhieggiare di continuo il torrente. Dopo un po', anche i nani si misero a guardarlo.

«Vedi qualcosa oltre il ponte?» gli domandò Clevas. «Dei lupi, forse?»

«Adesso no, ma prima c'erano come degli scintillii con forme strane. Uno sembrava un omino luccicante, grande un palmo e sospeso a mezz'aria.»

«Ah, capisco. Succede, quando si viene feriti alla testa. Mi ricordo che dopo la battaglia delle acque rosse, circa... be', piú di un secolo fa, ho passato una settimana a vedere piccole asce scintillanti che svolazzavano dappertutto. I colpi alla testa fanno strani effetti, ma non ti devi preoccupare: non hai vomitato e i tuoi occhi sono normali; e poi, ormai sono trascorsi due giorni. Se ti riguardi, fra qualche tempo tutto tornerà come prima.»

Mentre il nano parlava, il ragazzo si sentí invadere da un piacevole torpore e, poco piú tardi, si accorse di non riuscire a tenere gli occhi aperti.

«Dormi pure tranquillo» gli disse Clevas. «È l'effetto della medicina. Domattina ti sentirai in gran forma.»

L'ultima cosa che il ragazzo vide, prima di sprofondare nel sonno, fu l'incredibile reticolo di rughe sul volto del vecchio nano, mentre si chinava per prenderlo in braccio e metterlo sul carro.

Si svegliò, tutto avvoltolato in uno spesso mantello di lana, mentre l'alba stava sbocciando semi nascosta dalla massa degli alberi. Il vecchio nano aveva detto la verità: era perfettamente lucido e si sentiva bene. Anche la ferita non gli faceva piú male, tranne quando la tastava attraverso la fasciatura.

L'aria era talmente limpida che il cielo sopra la strada pareva ingrandito e le sommità dei pini vi si stagliavano contro come se qualcuno avesse disegnato loro un bordo sottile. La foresta emanava il tipico odore del primo mattino, pulito e carico di promesse. Un uccellino aveva cominciato a cantare e i suoi compagni iniziavano a rispondergli. Forse era stato quel primo gorgheggio a svegliarlo. Damlo si chiese se fosse sempre la stessa calandrella a infrangere cosí nettamente il silenzio della notte con il primo trillo mattutino.

Piegò il mantello, cinse la spina e scese dal carro senza fare rumore. Il nano giovane dormiva come un ghiro sotto il veicolo. Cedendo al sonno mentre faceva la guardia, il vecchio si era invece assopito contro il tronco del carpino, accanto ai resti del fuoco.

Sarà il motivo del prossimo bisticcio, ridacchiò Damlo tra sé. Lui di certo non l'avrebbe svegliato: voleva partire subito per Waelton e non avrebbe avuto senso destare i nani solo per litigarci. Dovunque fossero diretti, probabilmente al ritorno si sarebbero fermati alla locanda. Allora avrebbe avuto modo di ringraziarli.

Silenziosamente, tolse il coperchio alla pentola e mangiò qualche pezzetto di stufato. Ultimo pasto decente per almeno tre giorni, si disse; ma non era preoccupato: sapeva di poter trovare tuberi e radici commestibili a volontà. Il vecchio aveva proprio ragione: freddo, lo stufato valeva la metà. Leccandosi le dita, Damlo si avvicinò al mulo.

«Fai la brava, brutta bestiaccia» gli sussurrò. «E cerca di perdonare i tuoi nuovi padroni, se non sanno come trattarti. Non lo fanno apposta, è solo che non ci capiscono niente. Tu mostrati superiore, d'accordo?»

Come se avesse capito, il mulo gli diede un colpetto con il muso. Damlo si chiese se fosse il caso, per evitare problemi ai nani, di rimettergli i finimenti. Poi decise che avrebbe fatto troppo rumore e si avviò verso il ponticello di legno.

«Non andare, giovane rosso.»

Il ragazzo sobbalzò. Non distinse le parole, ma questa volta era sicuro che qualcuno avesse parlato. Una voce gradevole: rotolante e liquida, sovrastava appena lo scroscio del torrente. Damlo si guardò intorno. Tutto era calmo, anche il mulo, e non si vedeva nessuno.

«Non andare! Forze oscure sono all'opera e tu non sei pronto.»

Il giovane si voltò verso Clevas, ma il nano non si era svegliato. Il suono, o voce che fosse, proveniva dal torrente e, con un po' di paura, il ragazzo vi si accostò. Lungo le rive, la vegetazione non era abbastanza folta per nascondere qualcuno, perciò Damlo guardò sotto il ponte. Inutilmente. Che fosse lo scherzo di un elfo? Gli sarebbe piaciuto moltissimo incontrarne uno, ma in quella foresta non ce n'erano: vivevano, se ancora ne esistevano, centinaia e centinaia di leghe piú a est. E poi, di una frase in elfico avrebbe almeno distinto le parole, anche se non il loro significato.

La voce non si ripeté e infine, piú perplesso che spaventato, il ragazzo traversò il ponticello e si avviò verso Waelton. Ormai c'era luce piena, la giornata si preannunciava splendida e, sebbene pensieroso, Damlo era di ottimo umore. Camminava di buon grado e respirava a pieni polmoni l'aria frizzante. Gli alberi ai bordi della strada erano abbastanza spaziati e il sottobosco rado: il tipo di foresta che lui preferiva, perché i raggi del sole vi penetrano ben definiti, come lunghissime lame di luce, creando giochi di ombre e di colori.

Forse fu a causa delle ombre, o forse Damlo si era perso in una delle sue fantasticherie. Fatto sta che quando si accorse del lupo questo lo seguiva già da un po'. Aveva il pelo ispido e nero, ed era molto grosso. Si teneva tra gli alberi alla sua sinistra e trotterellava, silenzioso, con quell'andatura sciolta che permette ai lupi di muoversi quasi all'infinito senza stancarsi. E ogni cinque o sei passi, lo guardava.

Era vero che Damlo non temeva i lupi. Cosí come con le piante, i waeltoniani avevano con gli animali un rapporto particolare. Nessuno, in paese, ricordava un'aggressione da parte di una belva. Certo, la prudenza suggeriva di non contarci troppo, soprattutto quando si trattava di bambini. Ma era una prudenza teorica. In realtà, per quanto aggressivi fossero i cosiddetti animali feroci, ignoravano gli abitanti di Waelton e non li attaccavano mai. Ogni volta che un waeltoniano e una belva si incontravano, voltavano la testa dall'altra parte come se si fossero messi d'accordo e cambiavano strada senza darsi fastidio.

Ma allora perché quel lupo nero lo seguiva? E perché lo guardava fisso? E perché...

La bestia si accorse di essere stata notata, alzò la testa ed emise un ululato agghiacciante. In lontananza, da sud, risposero altri ululati. Una mezza dozzina, almeno.

Da sud? Ma lí c'era il carro dei nani! E il vecchio si era addormentato durante il suo turno di guardia!

Damlo invertí la direzione di marcia e si mise a correre. A giudicare dalla posizione del sole, era passata meno di un'ora da quando aveva lasciato il campo. Se soltanto fosse riuscito ad arrivare in tempo! Sulla strada si poteva correre in fretta: ce l'avrebbe fatta in venti minuti. Forse meno, se ci dava dentro. Sperava bastasse. Attaccati nel sonno, anche dei soldati avrebbero subito delle perdite, e due semplici mercanti... I lupi li avrebbero sbranati insieme al povero mulo!

Vedendo il ragazzo che si metteva a correre, la belva gli si lanciò istintivamente alle calcagna. Accelerò il passo e uscí in scioltezza dalla foresta, inseguendolo sulla strada. Non lo attaccò, tuttavia, perché quando gli fu arrivata vicino Damlo si voltò e, senza smettere di correre, gridò: «Pussa via, tu!»

Non c'era alcun segno di timore, nella sua voce, e la sua corsa non era precipitosa. Non era una preda che fugge: il lupo era perfettamente in grado di cogliere la differenza. Perciò, irresoluto, si limitò ad andargli dietro tenendosi a una mezza dozzina di passi. Sembrava un cane che accompagna in giro il padrone. Ogni tanto lanciava un breve ululato, quasi un latrato, al quale rispondevano i suoi compagni. Da sud e sempre meno distanti.

Poi, all'improvviso, Damlo li vide. Erano otto, grossi e neri, fermi in mezzo alla strada a un centinaio di passi da lui. Il ragazzo proseguí senza rallentare, aspettando che quelli si voltassero fingendo di non vederlo. I lupi facevano sempre cosí, con i waeltoniani. Era una cosa scontata. Abituale. Lo sapevano tutti. Lo avrebbero fatto. Tra un attimo. Accidenti, perché non lo facevano?

Niente da fare: quando ebbe dimezzato la distanza si accorse che proprio non avevano intenzione di ignorarlo. Lo fissavano, immobili. Nei loro occhi c'era un'espressione che qualsiasi essere vivente, se la sua razza è mai stata preda di un'altra, riconosce anche la prima volta che la vede.

Allora Damlo si spaventò. Si fermò tanto bruscamente che il lupo, preso alla sprovvista, lo superò. Rallentando, volse la testa verso di lui come a domandargli: 'Be'? Che ti prende?'

Poi avvertí la sua paura e, di colpo, fu nuovamente una belva. Arricciò le labbra, mostrando le zanne, ed emise un ringhio terrificante. A una cinquantina di passi, i suoi compagni gli fecero eco e cominciarono ad avvicinarsi.

Adesso Damlo era terrorizzato. Si guardò intorno cercando un albero sul quale arrampicarsi, ma proprio in quel tratto la via era costeggiata da una roccia enorme e priva di appigli. C'erano degli abeti, dall'altra parte della strada, ma per arrivarci sarebbe dovuto passare accanto al lupo; e si capiva benissimo che non era il caso.

Pensò di mettersi a correre verso nord, lungo la via: le prime piante erano a poche decine di passi. Ma una volta aveva visto un cane che inseguiva una lepre: non sarebbe riuscito a percorrerli tutti, quei trenta passi. Disperato, e cercando di respingere il panico montante, appoggiò le spalle alla roccia. Poi sguainò la spina e, schiena alla pietra, iniziò a spostarsi lateralmente verso gli alberi. I nove lupi gli si fecero addosso.

Il vecchio Clevas Barbacciaio si svegliò di botto, cosí come si era addormentato, mentre il giovane compagno dormiva ancora della grossa, steso sotto il carro.

A oriente, il sole splendeva basso dietro le cime degli alberi e la luce era già piena. L'aria frizzante profumava di pulito: si preannunciava una giornata magnifica. Il nano si alzò e si sgranchí le membra. Una vera seccatura, quella di invecchiare; ai suoi tempi, poteva svegliarsi per l'improvviso sibilare di una lama e ritrovarsi in piedi, pronto a combattere, prima che l'arma colpisse il suo giaciglio.

Fece un giro di controllo per il campo, ma la sua dormitina non sembrava aver portato conseguenze. Il mulo, calmissimo, era ancora legato all'acero e tutto pareva in ordine.

Comunque, si rimproverò, doveva fare piú attenzione:

erano in viaggio per una faccenda maledettamente seria e non poteva permettersi negligenze; soprattutto durante il turno di guardia. La prossima volta avrebbe potuto finire male.

Con calma, aggiunse della legna al fuoco, lo riattizzò e mise a bollire dell'acqua: ogni mattina facevano colazione con un infuso di certe sue erbe. Era una tradizione, ormai. Poi, dopo essersi assicurato che il contenitore dell'acqua non fosse in equilibrio precario, andò a vedere come stava il ragazzo.

Írgenas Cuorsaldo venne sottratto al sonno dalle grida di Clevas e impugnò istintivamente l'ascia bipenne: quando viaggiava, non si coricava mai senza averla al fianco. Rotolò velocemente di lato, uscí da sotto il veicolo e fu subito in piedi, pronto alla lotta. In giro, però, non c'era nessuno.

«Il ragazzo se n'è andato!» gridò nuovamente Clevas, scendendo dal carro. «Ha piegato il mantello e se n'è andato!»

«Per la barba di mio padre! Come ha fatto a passarti sotto il naso?»

«È che sono vecchio, ormai, e non valgo piú nulla! Mi sono addormentato! Ecco come ha fatto!» Clevas aveva le lacrime agli occhi. «Ma non si è allontanato da piú di mezz'ora. Ricordo di avere sentito il profumo dell'alba, prima di addormentarmi.»

Írgenas esitò: andare a prenderlo? C'erano parecchi lupi, lungo la strada: il giorno precedente ne aveva sentito gli ululati. Poteva permettersi di rischiare la vita e con essa la missione? Sicuramente no. D'altra parte i lupi si muovono molto e, forse, durante la notte si erano allontanati. Anche in quel caso, però, il ragazzo era in pericolo: li avrebbe di certo incontrati nei prossimi giorni.

Dovrà cavarsela da solo, gli disse la voce della ragione. E se non ce la farà, peccato: la missione viene prima di tutto. Per un istante, il nano guardò la propria immagine riflessa nelle lame dell'ascia; poi sospirò.

Senza perdere tempo a indossare le brache, si infilò gli stivali; quindi, in bilico sul mozzo della ruota anteriore, trasse una cotta di maglia da sotto la panchetta di guida. Infine si lanciò verso il ponticello di legno.

«Attacca il mulo» gridò al compagno «e stai in guardia!»

Correndo, cercò di infilarsi la veste metallica; ma impugnava l'ascia e l'operazione si rivelò impossibile. Alla fine si arrese e lasciò cadere la cotta. L'avrebbe recuperata al ritorno, pensò; l'importante, adesso, era fare in fretta.

Improvvisamente sentí degli ululati, non molto distanti. Accelerò ancora e proseguí a tutta velocità per diversi minuti; poi, svoltata una curva stretta, a un centinaio di passi di distanza vide il ragazzo. Spalle a una roccia, impugnava la sua ridicola spina ed era circondato da un intero branco di grossi lupi neri.

Troppi anche per un guerriero, pensò Írgenas; e ormai gli sono addosso.

I lupi costrinsero Damlo contro la roccia, poi si fermarono. Tutti tranne il piú grosso.

Il capo branco, si disse il ragazzo: quello che mi ucciderà.

Aveva il respiro corto, la pelle sensibilissima, e il semplice contatto degli abiti gli era doloroso. Provava già la sensazione delle zanne che affondano nella carne. Rabbrividí e, nel profondo di sé, percepí il vago agitarsi della furia. Non l'odore di bruciato, però, né il forte calore in bocca.

Le convulsioni cercano di ammazzarmi da anni, pensò, ma arriverà prima il lupo e le lascerà a bocca asciutta. Ben gli sta!

Improvvisamente, scoppiò a ridere: sarebbe stata quell'assurdità, l'ultimo pensiero della sua vita? Rise per alcuni istanti, un po' istericamente, poi si rese conto che stava ridendo in faccia al suo assassino. La cosa gli sembrò buffissima. Sarebbe morto sghignazzando, si disse, e rise ancora piú forte; pienamente, questa volta, e senza riuscire a smettere. Rise per un tempo che gli sembrò infinito; finché, d'un tratto, si rese conto che la paura era svanita.

Allora si sentí coraggiosissimo e, con il cuore traboccante di felicità, esplose in un grido di esultanza. Si mise a cantare. A squarciagola. Sentendosi sciocco, beato e piú intensamente vivo di quanto si fosse mai sentito prima. Improvvisando sull'aria di una vecchia ballata, raccontò alla foresta e agli stessi lupi che, per la prima volta nella sua vita, era in pericolo e non aveva paura.

E le belve esitarono. L'appetitoso sentore che la preda emanava fino a poco prima era scomparso. E anche le sue grida erano sbagliate. Non c'era allarme, in esse, né aggressività: non erano quelle di una vittima. Sconcertante.

Il ragazzo vide il capo branco inclinare la testa di lato, come un cucciolo di cane con le orecchie ritte. Senza transizione, la canzone si trasformò di nuovo in risata e, alla fine, Damlo si asciugò le lacrime con la manica della giubba. Era un vero peccato che non fosse presente la Legione di Waelton, pensò; sarebbe morto senza poter dimostrare loro che non era un vigliacco.

Brandí allegramente la spina; avrebbe venduto cara la pelle, decise. Quindi rammentò la figuraccia fatta coi nani e si sentí ridicolo: il lupo lo avrebbe divorato e poi avrebbe usato la sua spada come stuzzicadenti. Ancora una volta scoppiò a ridere e scorse la belva tentennare. Perché non l'aveva ancora assalito? Che la faccenda dei rapporti tra i waeltoniani e gli animali feroci fosse vera, almeno in parte?

Improvvisamente, dalla foresta oltre la strada provenne un sussurro rauco. Non il verso inarticolato di un animale, ma una frase vera e propria. Parole di una lingua straniera, pronunciate con voce roca e animalesca.

Come se avesse ricevuto una frustata, il capo branco balzò. Durò mezzo secondo ma a Damlo parve prolungarsi per ore. La fiera pareva tutta zanne: gialle e appuntite, spiccavano a cornice delle fauci rosse e sembravano essersi ingigantite fino a nascondere dietro di sé l'intero corpo del lupo. Puntando alla gola, la belva teneva la testa piegata di lato e Damlo, assurdamente, pensò che nella prossima esistenza avrebbe potuto inciderne una riproduzione. A memoria, fedele in ogni dettaglio, compresa la lingua retratta e le gocce di bava che colavano dalle labbra arricciate.

Nonostante le sue percezioni fossero accelerate, i suoi movimenti non lo erano e il ragazzo non ebbe il tempo di far molto. Teneva la spina alzata e, semplicemente, l'abbassò. Senza guardare. Chiudendo gli occhi e tirando istintivamente indietro la testa. Sentí la spada colpire il lupo, o meglio il lupo urtare la spina; poi venne scaraventato contro la roccia dall'impatto con l'animale. Infine, invece di sentirsi lacerare la gola, udí il tonfo della bestia che cadeva per terra.

Aprí gli occhi. Il lupo si contorceva ai suoi piedi negli spasimi dell'agonia. Incredulo, Damlo si rese conto di avergli tranciato la testa in due. Dal naso alla nuca. Senza il minimo sforzo. Uccidendolo sul colpo.

Allora la spina *era* speciale. Quanto gli spiaceva che i nani non fossero presenti!

Un coro di ringhi lo riportò alla realtà: rimanevano otto lupi, altrettanto grossi e feroci che il primo. Spina o non spina, tra poco lo avrebbero assalito tutti assieme e lui sarebbe morto. Difatti, dagli alberi provenne di nuovo il rauco sussurro e i lupi si prepararono a balzare.

In quel momento, squillante e sonora come una tromba, si alzò nella foresta la voce di Írgenas.

«Cuorsaldo! E per la fiamma azzurra!»

Le belve e il ragazzo si voltarono assieme e, ancora una volta, Damlo scoppiò a ridere: un nano in mutande, con la barba svolazzante, la faccia arrossata per la corsa e l'espressione feroce, si precipitava verso di loro impugnando un'ascia quasi piú grande di lui.

Ma Írgenas era un guerriero, e fu subito evidente. Piombò nel mucchio sventolando la pesante ascia bipenne come se fosse uno stecchetto di legno. Due lupi non fecero in tempo ad accorgersene, e i loro compagni si sparpagliarono in preda al panico.

«Sei ferito?»

«No.»

«Bene. Vedo che hai ucciso un lupo.»

«Sí.»

«Bravo. Ora ne rimangono sei.»

«Sette, ma forse quello non è un lupo.»

«Cosa intendi dire?»

«Qualcuno ha gridato un ordine, dal bosco. Non era una voce umana, però.»

«Sarà stato un ringhio. Comunque, sei o sette non fa differenza. Concentrati, ora, e stammi vicino: cerchiamo di tornare al carro. Pronto?»

«Pronto!»

I due corsero appaiati per non piú di sette od otto minuti, poi i lupi li raggiunsero. Erano una quindicina, adesso. I nuovi arrivati, grossi come i primi, si erano avvicinati di corsa, in silenzio e da dietro. Damlo e Írgenas non furono sopraffatti al primo assalto solo perché il nano si voltava spesso a controllare. Quando si era girato, pochi secondi prima, la strada era sgombra. Ora, voltando la testa, vide lupi dappertutto. Il piú vicino stava già balzando verso di loro.

«Attento!» gridò, girandosi del tutto e facendo compiere all'ascia un mezzo cerchio. Il primo lupo venne colpito a mezz'aria e cadde al suolo contorcendosi. Morendo, guaí come un cagnolino calpestato e gli altri si fermarono per valutare meglio gli avversari.

«Continua a muoverti, ragazzo, e guidami. Camminerò all'indietro.»

Schiena contro schiena, i due si avviarono. Riuscirono a percorrere in questo modo diverse centinaia di passi. Le belve li accompagnavano girando loro intorno.

«Perché non ci attaccano?» gridò Damlo.

Aveva paura, adesso; intensa come non ne aveva mai provata prima. Tremava e batteva i denti, detestandosi e vergognandosi perché l'altro, appoggiato alla sua schiena, se n'era certamente accorto.

«Pensano che siamo una preda pericolosa.» La voce del nano era calmissima. «Vorrebbero prenderci alle spalle, ma non trovano il nostro posteriore. Però non ti fare illusioni: ci attaccheranno lo stesso.»

«C'è qualcosa per terra, piú avanti.»

Il nano voltò rapidamente la testa e guardò oltre le spalle di Damlo.

«È la mia cotta di maglia. Non siamo lontani dal ponte.»

Damlo diresse la loro marcia sghemba in modo da passarci accanto e, quando vi furono sopra, il nano si chinò velocemente a raccoglierla. Bastò questo perché i lupi attaccassero: balzarono su di loro da tutte le direzioni.

«Non ti staccare dalla mia schiena!» gridò il nano.

Rialzandosi, sferrò un colpo dal basso verso l'alto e sventrò come un pesce il lupo piú vicino; poi, proseguendo il movimento, si mise a roteare l'arma. Le due lame, lorde di sangue, sibilavano di fronte alle bestie senza lasciar loro il minimo varco. Nella sinistra, il nano teneva la cotta di maglia. Impensabile cercare di indossarla, si disse, e la arrotolò alla buona intorno all'avambraccio sinistro. Contro le zanne avrebbe funzionato meglio di uno scudo. Quindi, senza smettere di roteare l'ascia, lanciò un'occhiata dietro di sé per vedere come se la cavava il ragazzo.

Damlo era immobile. Con la testa abbassata, fissava il cadavere di un lupo che giaceva ai suoi piedi, tagliato in due. Un'altra bestia gli si stava lanciando contro.

«Attento!»

Come se il grido l'avesse risvegliato, Damlo alzò contemporaneamente la testa e la spina. Benché rapido, fu un gesto naturale: non conteneva alcunché di minaccioso o di violento. Ma la spina passò attraverso il corpo del lupo come se fosse fatto d'acqua. Lo tranciò in due, dal ventre alle spalle, mentre era ancora a mezz'aria.

Il nano strabuzzò gli occhi. Aprí la bocca per dire qualcosa e poi la richiuse, perché non trovava le parole.

Lo stupore gli costò quasi la vita. Mentre il suo sguardo danzava incredulo tra la spina e il cadavere, Írgenas rallentò inconsapevolmente il movimento dell'ascia e un lupo ne approfittò per balzargli addosso. Il nano lo vide con la coda dell'occhio e alzò istintivamente la sinistra a protezione della gola. Le zanne gli si chiusero sul polso con un rumore sinistro. Metallico, per fortuna, perché l'avambraccio era avvolto nella cotta di maglia. Per la forza della stretta, Írgenas mugolò. Non un vero gemito: piú una esclamazione di sorpresa.

Damlo girò la testa. Aveva ammazzato tre lupi come se niente fosse e cominciava a sentirsi sicuro di sé. Troppo, forse. Contravvenendo alle istruzioni del compagno, si voltò rapidamente a sinistra e gli si affiancò; schivò l'ascia e menò un fendente sul collo del lupo. Si aspettava di tagliarlo in due ma non successe nulla. La spina affondò nel pelo come un bastone su un cuscino, senza nemmeno scalfire la pelle.

Írgenas fu colto di sorpresa, ma era un combattente esperto e reagí istantaneamente. Scorgendo il ragazzo alla propria destra, fece perno sulla stessa gamba e si voltò di scatto, riportando la schiena contro quella di Damlo. Il lupo non mollò la presa ma la forza del nano lo trascinò in tondo, mandandolo a sbattere contro un'altra bestia. Vedendo Damlo voltarsi, questa si era raccolta e stava per balzargli alla nuca ma le zampe posteriori del suo compagno, colpendogli il muso, ne spezzarono l'impeto. Il nano la spacciò con un rapido colpo d'ascia; quindi, con la punta di acciaio inserita nell'impugnatura, fracassò il cranio del lupo appeso al suo braccio.

«Incosciente!» gridò poi senza voltarsi e ricominciando a roteare l'ascia. «Ti avevo detto di non staccarti dalla mia schiena!»

«Ma...»

«Nessun 'ma'! Questa è una battaglia! Se non ci coordiniamo, ci lasciamo la vita!»

«Scusami.»

«Non perdere tempo con le scuse e concentrati sui lupi! Agita la spina verso di loro. Ma non a caso: puntagliela contro e fissali negli occhi individualmente. Scegline uno e fagli capire che ce l'hai con lui. *Personalmente.* E poi passa al successivo. Fallo con tutti, non solo con quello piú vicino: sembra piú pericoloso ma è lí solo per distrarti. Il vero attacco arriverà da un'altra parte. Chiaro?»

«Chiaro!»

«Coraggio: vedrai che ce la faremo!»

Come aveva detto il nano, fino a quel momento gran parte degli assalti erano stati delle finte. I lupi avevano attaccato davvero solo quando una delle prede si era distratta, e i cadaveri dei loro compagni testimoniavano che non era bastato. Perciò, poco a poco allargarono il cerchio e si fermarono, ricominciando a ululare. Ogni tanto uno di loro abbozzava un attacco, ma nell'insieme avevano perso convinzione: bastava un accenno di reazione da parte di Damlo o di Írgenas e si tiravano indietro ringhiando.

Pian piano, il nano e il ragazzo ricominciarono a muoversi. Ormai, dietro una curva a un centinaio di passi, sentivano rombare il torrente.

All'inizio i lupi si spostarono con loro, tenendosi a distanza; poi si radunarono a sud. Pareva che volessero coscientemente spingerli in direzione opposta: ogni volta che i due si muovevano verso la curva, le belve smettevano di ululare, ringhiavano ferocemente e balzavano verso di loro cercando di farli retrocedere.

Damlo e Írgenas riuscirono a non indietreggiare, ma spesso dovettero spostarsi di lato per evitare un assalto piú impetuoso degli altri. Poco a poco, questa sorta di strano balletto li condusse verso il ciglio della strada.

In quella parte di foresta gli alberi non erano molto fitti e il sottobosco, illuminato dal sole, era piuttosto rado.

«Peccato che non possiamo salire su un albero» disse Damlo.

«No, non possiamo» rispose il nano. «Clevas è rimasto al campo da solo.»

«Potrebbe arrampicarsi su una pianta anche lui. Io pensavo al mulo. È legato e i lupi lo sbranerebbero come hanno fatto con quel cervo.»

Il nano guardò nella direzione indicata dal ragazzo. Non molto distante, giaceva la carcassa di un grosso cervo adulto. Piú di metà dell'animale era ancora intatta e offriva uno spettacolo tanto macabro quanto affascinante. I quarti anteriori, il petto possente, il collo e la testa elegante, tutto era rimasto proteso in avanti, come se una parte dell'animale cercasse ancora la fuga. I lupi lo avevano sventrato divorandone le interiora e, dove una volta la pelle del ventre si curvava con pienezza, ora pendevano solo alcune strisce sbrindellate. Uno dei quarti posteriori mancava completamente e l'altro giaceva poco distante, sbranato quasi del tutto.

«Hai visto? Sembra che una parte di lui stia ancora correndo.»

«C'è molto di piú, in quella carcassa.» Adesso, nella voce del nano, la preoccupazione era pressante. «Sbrighiamoci a raggiungere il carro: il pericolo è piú grave di quanto sembri!»

«Non capisco.»

«Non c'è tempo per spiegare. Proviamo a sfondare. Subito dopo ci fermeremo, perché appena saremo passati ci assaliranno dai fianchi e da dietro. Stammi attaccato, chiaro?»

«Chiaro!»

«Cuorsaldo! E per la fiamma azzurra!»

Írgenas caricò roteando l'ascia, e la sua voce coprí gli ululati. Il ragazzo scattò dietro di lui.

«Waelton!» strillò ferocemente, con la sua voce da quattordicenne. Urlò d'istinto: se ci avesse pensato si sarebbe vergognato e non lo avrebbe fatto. Con sua grande sorpresa, il grido lo riempí di energia.

Continuando a urlare, il ragazzo superò il nano e si lanciò contro i lupi brandendo la spina. Le belve balzarono di lato e si sparpagliarono come di fronte alla carica di un cervo inferocito. E proprio come se i due fossero un cervo, subito dopo li assalirono ai lati e alle spalle.

Non li colsero di sorpresa: il nano si era arrestato bruscamente e aveva afferrato Damlo per la giubba fermandone la corsa.

«Spalla a spalla!» ordinò seccamente. Poi si voltò e fece volteggiare l'ascia prima ancora di avere visto il lupo che lo attaccava. La forza del colpo spaccò la bestia in due.

«E dieci!» gridò forte.

«E undici! Ahi!» gli rispose la vocetta di Damlo, trasformandosi in un grido di dolore.

I lupi si erano fermati e il nano guardò rapidamente verso il ragazzo. Un animale lo aveva attaccato da destra, e si contorceva per terra in una pozza di sangue. Ma da sinistra gli era balzata addosso anche una seconda bestia. Il ragazzo aveva fatto in tempo a proteggersi e, invece che nella gola, la belva gli aveva piantato le zanne nell'avambraccio.

Damlo non aveva una cotta di maglia arrotolata intorno al polso e, mentre sollevava l'ascia, Írgenas rabbrividí per lui: sentiva ancora il dolore per il morso di poco prima.

Non ebbe bisogno di uccidere il lupo; il ragazzo se lo spazzolò via di dosso con la spina, come se fosse una briciola di pane. L'animale cadde a terra privo della testa e delle zampe anteriori, e la manica della giubba di Damlo si impregnò di sangue.

«Non ti spaventare» disse il nano, girandosi a controllare i lupi. «Non è una ferita grave.»

«Non mi fa neanche male.»

Írgenas evitò di commentare: nel corso di una battaglia, per la foga del combattimento, anche le ferite mortali, a volte, non dolgono.

«Verso il carro, forza! Prima di perdere il vantaggio!»

I due scattarono, mantenendosi schiena contro schiena. L'azione di sfondamento li aveva portati fino alla curva e, mentre il roteare dell'ascia teneva a bada i lupi, Damlo e Írgenas svoltarono. A centocinquanta passi da loro c'era il torrente.

«Qualcuno ha bloccato il ponte!» esclamò Damlo.

Il nano rischiò una breve occhiata. Poi, facendo allegramente sibilare le lame, scoppiò a ridere.

«Bravo Clevas! Che trovata magnifica! Sbrigati, ragazzo, prima che queste bestiacce ci blocchino nuovamente il passo.»

Il ponte era ostruito da un semicerchio di rovi e legna secca. La barricata non era molto spessa e, dopo un po', il ragazzo intravide al di là di essa la parte posteriore del carro e un falò.

«Al centro!» Quasi invisibile dietro allo sbarramento, il vecchio nano continuava ad aggiungere materiale. La sua voce arrivava chiara nonostante gli ululati. «Al centro, in fretta! Ce ne sono altri, nel bosco!»

«Corri, ragazzo,» disse Írgenas «ma tieni conto che io dovrò farlo all'indietro e non ti staccare da me.»

Mentre spiccavano la corsa, un'altra dozzina di lupi sbucò dalla curva. Tenevano la lingua in fuori e si capiva che avevano corso molto e molto in fretta. Si unirono agli altri, allargandosi ai fianchi delle prede. Uno dei nuovi arrivati avvicinò Damlo, puntando alla caviglia. Probabilmente, l'esile bastoncino del ragazzo gli appariva meno minaccioso dell'affare scintillante che il nano continuava a roteare. Dopo un istante si ritirò guaendo, con un lungo taglio nel muso.

«Corri diritto, ragazzo, o ti infilzo come un pollo!»

La voce del vecchio si confuse con un sonoro ronzio e, improvvisamente, uno dei lupi inciampò e cadde. Stava ancora rotolando nella polvere quando il ronzio si ripeté e un'altra belva guaí dal dolore interrompendo la corsa. Il ronzio seguente si concluse con un tonfo davanti alle zampe di un terzo animale, che scartò. Questa volta Damlo vide il dardo conficcarsi per terra. Correndo, si domandava come avrebbe fatto a passare attraverso i rovi. Sulla sinistra, un tratto della barricata sembrava piú basso del resto, perciò il ragazzo cambiò direzione e si diresse verso quel punto.

I lupi sembravano impazziti: molto piú veloci delle prede, correvano intorno a esse ringhiando e ululando selvaggiamente. L'istinto impediva loro di mettersi davanti a qualcuno che avrebbe potuto caricarli, ma non osavano avvicinarsi troppo nemmeno di lato. Sfrecciavano, abbassando la testa e facendo scattare le mascelle come se potessero arrivare alle loro caviglie anche da quella distanza.

«Al centro! Ho detto di puntare al centro! Ma perché nessuno mi ascolta, quando parlo? Al centro c'è un passaggio!»

Mentre il vecchio strillava, un quarto ronzio si propagò nell'aria e un terzo lupo sembrò inciampare in qualcosa, rotolando per terra. Il muro di rovi era ormai a pochi passi e Damlo si portò verso il centro. Aveva deviato solo un pochino, pensò: che bisogno c'era di arrabbiarsi?

Il passaggio attraversava i rovi obliquamente, per questo era invisibile da lontano. Il ragazzo vi si infilò, poi afferrò per la vita il nano, che continuava a roteare l'ascia contro i lupi, e lo guidò a ritroso tra le spine. In ultimo, Írgenas uncinò con l'arma il mucchio di rovi e chiuse il varco.

Prima del carro c'era un piccolo spiazzo libero, al centro del quale ardeva un fuoco. Lo oltrepassarono rapidamente e arrivarono al ponte. In piedi sul veicolo, il vecchio nano puntava una balestra carica al di sopra delle loro teste.

«Dove credete di andare, voi due? Pensate che abbia acceso il fuoco per tenermi al caldo? Quei rovi non sono poi cosí alti. Se i lupi sono abbastanza affamati, possono saltarli. Date fuoco alla barricata!»

Velocemente, Damlo e Írgenas tornarono al falò, raccolsero dei tizzoni e li gettarono qua e là tra i rovi. Subito si alzò del fumo e le fiere, che fino a quel momento avevano esplorato il perimetro della barriera in cerca di una apertura, si misero a ululare come indemoniate. E di nuovo, dalla foresta, la voce rauca pronunciò seccamente un ordine.

«Eccolo!» disse Damlo. «È quello di prima.»

«Avevi ragione: non è un ringhio... Attento!»

Spronati dalla voce rauca, due lupi erano scattati volando con un grande balzo sopra la barriera. Il primo dosò male le forze, ricadde tra i rovi e vi si impigliò guaendo. Il secondo si ritrovò invece dall'altra parte. Írgenas si interpose in fretta tra lui e il ragazzo, ma un dardo di Clevas volava già verso la gola della bestia, uccidendola prima che il giovane nano potesse sollevare del tutto l'ascia.

Le fiamme si erano ormai alzate e, per quanto la voce dal bosco continuasse a gridare, nessun lupo osò piú tentare l'impresa. Írgenas allungò il braccio tra i rovi e, con un pietoso colpo d'ascia, finí l'animale che vi si era impigliato. Poi, dopo avere recuperato il dardo dal cadavere dell'altro lupo, afferrò Damlo per un braccio e lo trascinò verso il carro.

«Non ora, ragazzo! Forza! Ancora qualche passo e potrai star male quanto vorrai.»

Damlo barcollava vistosamente. Passata l'eccitazione del combattimento, di colpo gli era piombata addosso una debolezza spaventosa. Aveva il fiato corto e sentiva la testa stranamente leggera. Era piú terrorizzato adesso che durante la fuga: gli sembrava di sentire la paura cavalcargli dentro, calpestandogli stomaco, cuore e cervello. Vagamente, mentre Írgenas lo faceva salire sul carro, udí la voce del vecchio che gridava qualcosa.

D'un tratto, sentí l'odore della locanda. Il camino doveva essersi di nuovo intasato, perché c'era troppo fumo. Odore di bruciato: qualcosa in cucina? No, si disse confusamente, erano i rovi in fiamme. Però udiva le voci degli avventori. Forse aveva rovesciato una pentola o qualcos'altro, perché sentiva del liquido caldo scorrergli lungo il braccio sinistro. Doveva asciugare tutto prima che la zia Neila tornasse. Poi si accorse di trovarsi davanti al mulo e fu contento che si fosse salvato dai lupi. L'animale era tra le stanghe, ma qualcosa non quadrava. Damlo cercò di mettere a fuoco la vista, mentre alcune voci gli ripetevano nelle orecchie parole incomprensibili. Ecco: erano i finimenti! Povera bestia, chissà quanta strada aveva fatto con la bardatura al contrario. Pian piano, fibbia dopo fibbia, cominciò a liberarlo.

«Adesso ti porto nella stalla e ti rimpinzo come si deve, amico mio.»

Confusamente, sentí di nuovo quelle voci che gli gridavano nelle orecchie. Erano davvero fastidiose, ma si sa: spesso i clienti della locanda sono allegri e ancora piú spesso si ubriacano, facendo un gran baccano.

D'un tratto, un dolore accecante gli esplose nel braccio sinistro. Le gambe gli mancarono e, se qualcuno non l'avesse tenuto sollevato per le ascelle, sarebbe caduto. Quando la nausea passò, si sentiva piú lucido.

«Scusami se ti ho colpito la ferita, ragazzo, ma era indispensabile.» Accanto a lui c'era Írgenas. «Devi preparare il mulo per il viaggio, capisci? Io non so farlo e dobbiamo fuggire prima che i rovi finiscano di bruciare. Ci sono i lupi, ricordi? Damlo, mi capisci?»

«Sí, certo. Lasciami andare.» Sentiva la lingua impastata. Senza pensare, con gesti automatici corresse la bardatura al mulo e la collegò alle stanghe.

«È pronto» biascicò.

Mentre i nani l'aiutavano a salire sul carro, Damlo guardò i rovi in fiamme. Numerose faville guizzavano anche di lato e verso il basso; si erano gonfiate, assumendo forme strane, e non svanivano in alto come al solito. Erano graziosissime: certe sembravano buffi omini, altre delle piccole facce allegre; alcune portavano perfino un cappellino a punta, in bilico sulla testa. Damlo scoppiò a ridere: parecchie di loro facevano le smorfie ai lupi; tiravano fuori la lingua e li sbeffeggiavano. Gli stava bene: cosí imparavano a volerlo uccidere. Improvvisamente, l'odore di bruciato si fece piú intenso. Mangiarlo! I lupi avevano davvero cercato di mangiarlo. Di mangiarlo!

Come una piena di fiume, la furia sgorgò in lui dal profondo, travolgendo le sue difese indebolite. Udí se stesso gridare dal terrore e sentí il proprio corpo cominciare a scuotersi. Il palato gli bruciava e cercò di sputare fuori il calore, senza riuscirci.

Come sempre, una minuscola parte di lui rimase lucida; Damlo la sentí commentare che era troppo debole per lottare e che, questa volta, sarebbe morto. Si ritirò in essa, assistendo da lí all'imperversare della violenza. E da quel rifugio vide che il furore, senza trovare una sua dimensione definitiva, continuava a crescere e diventava ogni momento piú devastante. D'un tratto ebbe l'impressione che potesse ingrandirsi in lui fino a materializzarsi fisicamente, squarciandolo dall'interno.

Allora, ululando dalla disperazione, uscí dalla minuscola roccaforte di lucidità e si tuffò nel caos, iniziando a combattere. Gridava per l'orrore e lo sgomento e lottava con tutte le sue forze. Nemmeno la prima volta, all'età di otto anni, aveva dovuto combattere cosí duramente; e quando, alla fine, ricacciò la furia nella sua tana nascosta, sentí che non sarebbe sopravvissuto una seconda volta a una simile battaglia.

«Sono durate dieci minuti» gli disse Clevas, ancora impressionato. «Non avevo mai visto delle convulsioni cosí violente; francamente, pensavo che saresti morto.»

«Prima o poi succederà» rispose Damlo, con gli occhi chiusi e la voce fievole «Mi vengono spesso e ogni volta potrei morire. Lo so da quando ero bambino.»

«Non è detto, ragazzo. Ho già visto dei malati di questo tipo. Si chiamano epilettici e possono vivere fino a tarda età.»

Allora, mentre il nano gli esaminava il braccio ferito, Damlo raccontò la storia dei rosci di Waelton.

«Molto interessante. Vorrei parlarne nel mio libro, se me lo permetti.»

«Un libro?»

«Sicuro: si chiama *Erbe e Malanni.* Sai, fin da ragazzo usavo certe foglie per insaporire il cibo, e piú tardi, in guerra, mi sono accorto che molte di esse erano medicinali. La mia gente non se ne intende molto e per questo ho deciso di scriverne: sarò il primo nano a trattare le erbe curative. Ho quasi duecentosettant'anni, io, e ne ho di cose da dire. Prima di unirmi a Írgenas per questo viaggio ero arrivato al sesto capitolo e...»

«Clevas» lo interruppe il compagno. Seduto a cassetta, faceva trottare il mulo a tutta velocità. «Non pensi che il ragazzo dovrebbe riposare?»

«Per la mia barba! È vero! Ti sto stancando, con tutte le mie chiacchiere!»

Rapidamente, versò dell'acqua in una ciotola e vi aggiunse numerosi pizzichi di erbe secche e resine sminuzzate.

«Bevi» disse.

Spossato, Damlo eseguí senza neanche aprire gli occhi.

«Bisognerebbe che fosse calda» aggiunse il nano «ma non possiamo fermarci. Però dovrebbe funzionare lo stesso: ne ho messo una dose tripla.»

Poi, brontolando che senza accendere un fuoco si poteva fare poco, il vecchio nano gli lavò accuratamente la ferita. Infine la coprí con una polverina e gli bendò l'avambraccio.

«Adesso cerca di dormire» disse, coprendolo con un mantello di lana.

Il ragazzo lo sentí andare a cassetta e sedersi accanto a Írgenas.

«Speriamo che il morso non si infetti» disse Clevas in nanesco. «Gli ho messo della polvere di rospo sulla ferita, ma dovrebbe essere caldissima per avere effetto. Ti ho mai raccontato di quando ho scortato l'ambasciatore Grenvas Mazzapugno presso gli elfi, il secolo scorso?»

«Mille volte.»

«Alla Torre di Gothror» continuò imperterrito l'altro «ho conosciuto un principe elfo. Si chiama Rinelkind, ed è il miglior guaritore che abbia mai incontrato. È stato lui a insegnarmi come preparare la mistura: bisogna spellare il Turambo, un rospo giallo come l'invidia che vive sul Massiccio Centrale. Lo chiamano anche rospo-vanga perché scava i rifiuti degli orchetti e se ne ciba. Infatti lo si trova sempre intorno ai loro villaggi...»

Pian piano, mentre l'incessante chiacchierio del nano si fondeva con i cigolii del carro e sembrava provenire da sempre piú lontano, nelle orecchie di Damlo le parole assunsero una strana eco e poi si spensero.

# 4

Damlo si svegliò di nuovo con gli occhi bendati. Comincia a diventare un'abitudine, pensò. Nessuno aveva ancora ingrassato la ruota del carro: un ritornello di singhiozzi e lamenti striduli gli perforava i timpani. Gli zoccoli del mulo battevano il tempo e il suo braccio sinistro sembrava imitarli, pulsando dolorosamente a ritmo con il cuore.

Poi c'erano le grida. Non cosí monotone come il cigolio della ruota, ma piú fastidiose: salivano e scendevano di tono, brusche e irregolari. Damlo riconobbe la voce del vecchio nano e, preoccupato, cercò di togliersi la benda. Anche il braccio sano era pesantissimo. Faticò molto a sollevarlo e, quando riuscí a toccarsi la fronte, una mano ruvida glielo riportò lungo il corpo.

«Non toccarti le bende» disse Írgenas; poi si rivolse al compagno. «Smettila di cantare, Clevas, e passami le redini. Il ragazzo si è svegliato.»

«Era una... *canzone*?» balbettò Damlo.

«Sicuro!» rispose allegramente il vecchio nano. «Bella, vero? L'inno del mio reggimento. Per la mia barba! Ne abbiamo affrontate di battaglie, cantandolo. E le abbiamo vinte tutte!»

«Ci credo» rispose debolmente Damlo. Non aggiunse altro, ma Írgenas ridacchiò.

«E tu cos'hai da ridere, giovanotto?»

Clevas entrò nel campo visivo di Damlo mentre il compagno gli toglieva le bende. La testa gli apparve al contrario, stagliata contro il cielo, con la barba che faceva un ampio arco dal mento fino alla cintura in cui era infilata. Mentre Clevas parlava, la massa di peli grigio ferro sobbalzava e si scuoteva tutta. Damlo riuscí a non ridere, ma dovette mordersi la lingua.

«Abbiamo mai perso una battaglia? Forza! Nomina una battaglia in cui siamo stati sconfitti! Una sola, coraggio!»

«Suvvia, Clevas. Non ridevo di te né del tuo reggimento.»

«Oh.» Il vecchio sembrava quasi deluso. «Be', meno male! Sarebbe stato imperdonabile da parte tua. Adesso vai a cassetta: del ragazzo mi occupo io. Su, vai!»

Il mulo, sentendo le briglie lente, si era pressoché fermato. Fu un bene perché, nello scambiarsi la posizione, i nani diedero luogo a un balletto talmente impacciato che uno scossone improvviso li avrebbe mandati a gambe all'aria. Appena Írgenas ebbe ripreso le redini, lo scalpitìo degli zoccoli ricominciò vivace e regolare, insieme al gemito della ruota.

«I lupi?» Damlo parlò a occhi chiusi. Sentiva le palpebre pesanti.

«Sono rimasti indietro» rispose il vecchio finendo di levargli le bende dalla testa. «Il mulo deve avere capito quel che rischiava perché ha trottato tutta la giornata senza farsi pregare.»

Tutta la giornata? Damlo spalancò gli occhi. A occidente, il sole calava dietro gli alberi.

«Allora siamo a tre giorni di cavallo da Waelton.»

«Per la mia barba! Non penserai ancora di tornarci a piedi?»

«No, però passo il tempo svenuto. In tre giorni sarò stato sveglio al massimo tre ore.»

«Sei indebolito. La ferita alla testa era seria e il morso del lupo ha peggiorato la situazione. Hai perso molto sangue e dovrai avere pazienza finché il tuo corpo non lo avrà ricostruito.»

Il nano cominciò a sciogliere le bende del braccio. Aveva un tocco delicato e Damlo richiuse gli occhi; se non guardava, poteva quasi pensare che fossero le mani della zia Neila.

«Ah!» gemette.

«Scusami. Queste stupide bende mi impacciano le dita.»

Il ragazzo aprí gli occhi e notò che anche le mani di Clevas erano bendate.

«Sei ferito?»

«Cosa credi? Che i rovi si trovino ammucchiati in un angolo a fascine di dieci? Ho dovuto strapparli uno a uno, per la mia barba! E non c'era tempo per fare il delicato!»

Damlo rimase in silenzio per un po', mentre il vecchio trafficava con il suo braccio.

«È tutta colpa mia» sussurrò poi. «Mi spiace, io non volevo... Volevo solo tornare a casa.»

«Va bene, va bene. Quei lupi ci seguivano dal giorno prima. Ascoltami, piuttosto: la fascia si è incollata alla ferita e dovrò farti un po' di male. Pronto?»

«Sí.»

Il vecchio si mise a strofinare un pezzetto di stoffa imbevuto di olio tra le bende e la crosta. Benché Damlo sussultasse a ogni passaggio, riuscí a non gemere neanche una volta. Alla fine, quando il nano liberò la ferita, tra le palpebre strizzate del ragazzo brillavano alcune lacrime. Ma non avevano oltrepassato le ciglia.

«Írgenas, ferma il carro» disse Clevas in nanesco, con voce preoccupata. «Devo medicare di nuovo la ferita.»

«Puoi aspettare un po'?» rispose, nella stessa lingua, il nano giovane. «Mi ricordo di una collinetta ben difendibile, piú avanti. Lí potrò montare un campo sicuro.»

«Quanto, piú avanti?»

«Non lo so con precisione. Un'ora, forse.»

«Troppo.»

«Forse meno, Clevas, non ricordo esattamente. Cosa vuoi che faccia, un'ora in piú o in meno?»

«Stammi a sentire, giovanotto: o fai come ti dico, o ti prepari ad amputargli il braccio!»

Írgenas arrestò il carro cosí bruscamente che il mulo si impennò tra le stanghe.

«Amputargli il braccio?»

«Amputarmi il braccio?» gli fece eco Damlo. In nanesco.

«Per la mia barba, ragazzo! Perché non mi hai detto che parli la mia lingua?»

«E tu perché vuoi tagliarmi il braccio?»

«Non ho detto... Non intendevo... Oh, insomma! Volevo che Írgenas fermasse il carro e ho preso il tuo braccio come scusa. Non potevo immaginare che tu capissi!»

Damlo riappoggiò la testa sul mantello che gli faceva da cuscino e tirò un sospiro di sollievo.

«Ormai siamo fermi, tanto vale restare qui» disse Írgenas. Il tono della sua voce era piú alto del solito di almeno mezza ottava.

«Vi aiuto a staccare il mulo» propose Damlo.

«No, resta sul carro. Il mulo può aspettare.»

Rapidamente, Írgenas raccolse della legna e accese un fuoco. Poi, mentre Clevas si affaccendava con due pentolini, aiutò Damlo a scendere e lo portò accanto al falò.

Il nano aveva fermato il carro all'interno di un circolo irregolare di abeti e, appena il ragazzo fu sistemato, impugnò la propria arma e si allontanò tra gli alberi. Per un bel po', i colpi dell'ascia risuonarono nella foresta. Ogni tanto Írgenas tornava al campo con un alberello sottobraccio e lo incastrava fra i tronchi. Quando ebbe costruito una solida palizzata, fece scorta di legna secca e la portò all'interno del cerchio difensivo. Infine piazzò il carro a chiuderne l'ultimo varco.

«Che vengano, ora!» disse, scavalcando un grosso ciocco.

«Attento a dove metti i piedi!» scattò il vecchio.

Per terra, sopra un panno pulito, Clevas aveva disposto numerosi sacchetti di cuoio da cui traeva piccole quantità di polverine ed erbe finemente sminuzzate. Usando una spatolina d'argento leggermente concava, dosò con cura le sostanze e le mescolò. Poi fece cadere la mistura in uno dei pentolini, in cui l'acqua bolliva furiosamente.

«Cosa sono?» domandò il ragazzo, mentre il nano riponeva i sacchetti.

«Ingredienti per medicine. Questi sono addomi di formiche azzurre, animaletti belli e pericolosi che vivono a sud delle Montagne Aguzze. A dire il vero sono rosse: di azzurro hanno solo le mandibole. Poi, vediamo: qua c'è la pelle del rospo Turambo, essiccata e tritata. Quest'altro sacchetto, invece, contiene viscidume cristallizzato del rospo-mannaia: è una bestiola insignificante, ma sul dorso ha una cresta di quella forma e la tiene sempre alzata per sembrare pericoloso. Be', poi ci sono calendula sminuzzata, polvere di zinco e un mucchio di altre componenti... Basta: altrimenti mi metto a chiacchierare per un mese di fila. Dimmi, piuttosto: come mai parli nanesco?»

«Un po' l'ho imparato alla locanda, dai mercanti, e il resto in biblioteca. Non dovrò bere quella roba, vero?»

Clevas aveva tolto il pentolino dal fuoco, versandone il contenuto sul panno e facendo colare l'acqua residua in una ciotola. Nella stoffa era rimasta una poltiglia nauseabonda che il nano aveva mischiato a dello strutto in una seconda ciotola. Per il calore il grasso si era sciolto, formando un intruglio che puzzava da far paura.

«No» rise Clevas. «Quando si sarà raffreddata, la metterò sulla ferita. Adesso, invece, ti preparerò una pozione. Dormirai fino a domani sera: hai bisogno di molto riposo.»

«E cosí» sospirò Damlo «i giorni di sonno saranno quattro. È la prima volta che viaggio e, invece di guardarmi intorno, passo il tempo a dormire.»

Il vecchio versò il liquido della prima ciotola nell'altro pentolino, in cui bollivano due dita d'acqua, e vi aggiunse alcune erbe.

«Per il sapore» disse. «Senza queste erbette è imbevibile; e anche cosí... Ma in fondo si tratta di una medicina.»

Pochi minuti piú tardi la pozione fu pronta e il ragazzo la trangugiò senza fiatare. Nel frattempo anche la poltiglia si era raffreddata, assumendo l'aspetto di un unguento.

«Ora dovrai essere coraggioso» disse Clevas, prendendo la ciotola e guardando Damlo negli occhi, «perché ne devo mettere anche dentro alle piaghe e ti farà male.»

«Molto?» chiese il ragazzo, inghiottendo saliva.

«L'unguento no, ma le ferite abbastanza. Dovrò levare il pus e sarà doloroso. Non posso aspettare che l'infuso faccia effetto perché le condizioni del tuo braccio peggiorano di minuto in minuto.»

«Fallo» disse il ragazzo, cercando di nascondere la paura.

E Clevas lo fece. Gli squarci si erano infettati malamente, ed emanavano un odore ripugnante. Intorno ai fori lasciati dalle zanne, il braccio era caldo, gonfio e bluastro. Quando il nano cominciò a spremerne fuori il pus, Damlo non resisté. Urlò forte e svenne.

«Meglio cosí,» sospirò il vecchio «perché il peggio deve ancora arrivare.»

Finí, e lavò accuratamente le ferite. Poi prese l'unguento e lo inserí negli orifizi slabbrati. Usando il manico della spatolina d'argento, lo premette in fondo con forza fino a riempirli completamente. Infine bendò nuovamente l'arto e lo fissò al collo del ragazzo.

«Perderà il braccio?» domandò Írgenas, ansiosamente.

«Dipende da come reagirà all'unguento. Domani sera lo sapremo.»

«È un ragazzo coraggioso: non meriterebbe di restare invalido. Ti ho raccontato che ha ucciso sette lupi?»

«A parte il fatto che l'ultima volte erano cinque, direi di sí: almeno tre volte.»

«Dovevi vederlo» continuò Írgenas. «Quando sono arrivato, era circondato da un branco di lupi grossi come vitelli. E invece di essere paralizzato dal terrore, rideva!»

«E quattro» sospirò il vecchio, mettendosi piú comodo.

Damlo non dormí soltanto fino alla sera dopo, ma anche per tutta la notte seguente. Quando si svegliò era già mattina avanzata e il carro avanzava cigolando. Entrambi i nani erano seduti a cassetta.

«Ehi! Mi sono svegliato!»

«Bentornato tra noi!» Clevas si era voltato e gli sorrideva.

«Mi sento benissimo. Il braccio non mi fa piú male e ho una fame da lupo.»

«Bene, bene,» ridacchiò il vecchio alzandosi «ma questa volta dovrai accontentarti di gallette: lo stufato è finito.»

«Andranno benissimo: dove sono?»

«Sotto quel fagotto» rispose il nano, indicandolo con un cenno del capo; stava passando nel retro del carro e faticava a mantenere l'equilibrio.

Damlo spostò la pila di mantelli e, d'un tratto, impallidí

violentemente: sul pianale del carro era distesa la spada con cui lo straniero aveva umiliato Pelno. Non poteva sbagliarsi, con quella lama nera, lunga e sottile. Il vecchio lo fissò.

«Davvero ti senti bene?»

Lentamente, con la bocca dello stomaco aggrovigliata, Damlo afferrò la spada per la guardia e la sollevò verso il nano.

«Dove l'avete presa?»

«Non ti riguarda» rispose Clevas. «Ricordati che ficcare il naso negli affari degli altri è da maleducati.»

«L'ultima volta che ho visto questa spada, era infilata nella bocca di mio zio.»

«Írgenas...» sospirò il nano.

«Ho sentito» rispose l'altro senza voltarsi; poi fermò il carro a lato della strada.

L'impugnatura dell'arma, profondamente zigrinata e sormontata da uno strano pomo di ossidiana nera, sembrava chiamare una mano intorno a sé. Con un gesto spontaneo, Damlo la strinse.

Immediatamente, fu invaso da una straordinaria sensazione di potenza. Si sentí fortissimo e invincibile e, guardando i nani, si accorse a un tratto che adesso poteva vederli come erano in realtà: due creature grette, misere e insignificanti. Peggio: due pericolosi imbroglioni!

Fu come se un velo gli cadesse dagli occhi. Perché non l'avevano riportato a casa? Qual era il vero motivo? Perché gli avevano nascosto la spada nera? E poi, perché Clevas lo guardava con aria allarmata? E perché Írgenas aveva fermato il carro? Cosa complottavano contro di lui?

Di colpo, si rese conto di essere stato ingannato fin dall'inizio. Sentí montare dentro di sé un odio gelido, carico di livore. Detestava quei falsi amici con tutte le sue forze.

Li voleva morti. Desiderava vederli contorcersi e rantolare sotto i colpi della sua nuova spada. A lungo, possibilmente. Per fortuna mi sono accorto delle loro macchinazioni, si disse, cercando di individuare la gola di Clevas sotto la folta barba.

Poi intorno a lui ci fu un guizzare frenetico: decine e decine di figure a forma di omini, foglie e fiorellini animati volteggiavano convulsamente attorno al veicolo. In qualche modo, Damlo sapeva che i nani non potevano scorgerle e, per qualche istante, le osservò con astio. Strani pensieri gli corsero per la mente: sperava che i loro scherzi si facessero pesanti; che iniziasse presto la catena di vicendevoli dispetti, ognuno in risposta a un altro ma sempre piú cattivo del precedente, che avrebbe portato gli spiritelli a odiarsi a vicenda. A incupire anche quella zona di foresta. Sarebbero cresciute loro zanne e artigli, pensò; si sarebbero ingobbiti e contorti e l'avrebbero finita con quelle melensaggini ripugnanti.

Le piccole figure, infatti, guizzavano disperatamente attorno a lui; gli passavano sotto le braccia e tra le gambe, senza che mai ne sentisse il tocco, come se volessero implorarlo. Sfiorando la lama tremavano e gli facevano segni angosciati.

Lo so cosa vogliono, si disse Damlo, ma ora che l'ho trovata non la lascerò. Con questa spada non avrò mai piú paura e, quando tornerò a casa, obbligherò Proco a riconoscere il mio coraggio. L'ammazzerò, altrimenti, e forse lo ucciderò comunque. Gli taglierò la testa. A lui e a Busco Sinistronco.

«Posala, Damlo. Presto, lasciala andare!» Il vecchio nano sembrava pietrificato e lo guardava a occhi spalancati.

Ti piacerebbe, schifoso imbroglione traditore, pensò il

ragazzo. Credevi di riuscire a ingannarmi? Ammazzerò anche te, fidati, ma prima devo togliere di mezzo Írgenas. Alle spalle e subito, in modo che non abbia il tempo di impugnare l'ascia.

Sentí crescere dentro di sé l'esaltazione e si preparò a colpire. Poi, insieme all'euforia, percepí un odore di bruciato e sentí agitarsi la furia. 'Quella cosa'.

Sí! Morte! Sangue! Devastazione!

No! No! No! Il ricordo dell'ultima battaglia era ancora troppo vivo: terrore e istinto di sopravvivenza agirono fulmineamente, e Damlo aprí le dita, lasciando cadere la spada.

Fu subito invaso da una lancinante sensazione di mancanza e si chinò per raccoglierla di nuovo; ma dentro di sé udí ruggire forte e la paura lo spinse a combattere 'quella cosa' prima che potesse uscire dalla sua tana. Rimase immobile, chino sull'arma, respirando forte. Poi, attraverso le palpebre semichiuse, vide la mano di Clevas che afferrava la spada per il forte della lama.

«Adesso la metto via» disse il vecchio, dolcemente. «È un oggetto pericoloso e ho sbagliato a lasciarlo in giro.»

Con il fiato corto, Damlo alzò gli occhi su di lui. Il nano lo guardava fisso e nei suoi occhi antichi c'era solidarietà e comprensione. Di colpo, il ragazzo scoppiò in lacrime.

«Non puoi sapere. Non puoi sapere!» gridò tra i singhiozzi.

«No, ma posso immaginare: ti era cambiata la faccia, ragazzo.»

Damlo pianse a lungo e senza interruzione. Continuò, mentre Clevas apriva una cassa e vi riponeva l'arma, finché le lacrime non lo purgarono degli ultimi residui di odio.

«Stavo per uccidervi» disse semplicemente, quando si fu calmato.

Si sentiva spossato, ma anche tranquillo e stranamente forte. Adesso voleva sapere e guardò Írgenas dritto negli occhi. Il nano, pensieroso, ricambiò il suo sguardo per un po'; quindi si rivolse al proprio compagno.

«Raccontagli della spada, io torno a cassetta. Il mulo si è riposato abbastanza.»

«Vedi,» disse il vecchio, mentre il carro si avviava cigolando, «noi non viaggiamo di fretta solo per arrivare a Drassol prima della concorrenza.»

«Voi non siete mercanti» lo interruppe Damlo.

«Írgenas?»

«Di' pure al ragazzo come stanno le cose. Non tutto, ma abbastanza perché possa capire.»

«Perché non tutto?» scattò il waeltoniano. «E poi io sono Damlo Rindgren, non 'il ragazzo'.»

«Hai ragione. E io sono Írgenas Cuorsaldo, per servirti.»

«Non puoi chiamarti cosí: Cuorsaldo è il re dei nani.»

«Infatti: Thundras Cuorsaldo è mio padre.»

Damlo spalancò gli occhi. E Clevas pure.

«Per la mia barba! L'altro ieri mi hai rimproverato per un accenno e ora glielo dici chiaramente!»

«Nel frattempo abbiamo combattuto insieme. Si è comportato bene e merita di sapere chi siamo.»

Improvvisamente, Damlo si sentí piú alto di tre piedi.

«Come mai» chiese «l'erede al Trono di Pietra viaggia travestito da mercante?»

«Innanzitutto devi capire che ci sono delle cose che non ti posso raccontare» rispose Clevas. «Questa faccenda riguarda anche affari di stato e non mi è permesso parlarne. Anche quello che ti rivelerò è un segreto e devi promettere di conservarlo.»

«Ti do la mia parola.»

«Bene. Ora sai che Írgenas è il principe ereditario dei Cuorsaldo. Io, Clevas Barbacciaio, godo del privilegio di essere il suo tutore, cosí come lo fui di suo padre. Piú di un mese fa, re Thundras mi ha ordinato di accompagnare Írgenas a sud delle Montagne Colorate. Essendo un viaggio ufficiale, siamo partiti verso Kurtin e il Passo Bianco con una scorta di venti guerrieri. Pensavamo che sarebbero stati sufficienti, sia per la dignità dell'erede che per la difesa del convoglio. Purtroppo ci sbagliavamo. Viviamo in tempi difficili, Damlo: da quando L'Egemone è stato avvelenato, un anno fa, la successione... Sai chi è l'Egemone d'Èria, vero?»

«Certo» rispose Damlo, e iniziò a recitare: «'L'Egemone d'Èria è il sovrano dell'Egemonia d'Èria. L'Egemonia d'Èria è un'alleanza di stati che si stende a sud fino alle Montagne Aguzze, a est fino al Massiccio Centrale, a nord fino ai Monti Colorati e a ovest fino al Lago Morto. La capitale dell'Egemonia d'Èria si chiama Èria e sorge in riva all'omonimo lago...'»

«Va bene, va bene» ridacchiò Clevas. «Insomma: ci sono difficoltà nella successione e la mancanza di un sovrano ha creato molti problemi. Soprattutto nelle zone periferiche. Viaggiare non è piú sicuro come una volta e infatti noi siamo caduti in una serie di imboscate al Passo Bianco.»

«Una serie?»

«Ci hanno attaccati, inseguiti mentre ci ritiravamo, e assaliti di nuovo. Piú volte. Ti assicuro che non è facile sconfiggere venti guerrieri della guardia reale nanesca; eppure, siamo tornati a Kurtin soltanto in due.»

«Chi vi ha attaccati?»

«Briganti, ma stranamente accaniti. Vedi, noi trasportiamo qualcosa di molto prezioso. Deve arrivare a ogni costo e, forse, esiste qualcuno interessato al fallimento della nostra missione.»

«Chi è? E cosa trasportate?»

«Mi spiace: non posso parlare degli oggetti, né di dove siamo diretti.»

«Ma se vi hanno attaccati non è piú un segreto!»

«Speriamo di no. Forse erano davvero briganti, anche se certe cose si spiegherebbero meglio con una fuga di notizie.»

«Chi vorrebbe fermarvi?»

«Non lo sappiamo e questo è parte del problema. Temiamo che il Signore dell'Oscurità abbia nuovamente trovato un Primo Servo, ma è solo una ipotesi. Per certo, sappiamo che nell'Egemonia sono all'opera forze malvagie che approfittano del caos esistente per tessere le loro trame.»

«Chi è il Signore dell'Oscurità?»

«Il Signore Nero, il Signore della Paura, dell'Inganno, del Dolore, del Buio... L'Ombra possiede tanti nomi, esiste da sempre ed esisterà fino alla fine dei tempi. È immateriale e può agire nel mondo solo attraverso un tramite.»

«Il Primo Servo?»

«Esatto: l'essere che, nel caso l'Ombra si fosse davvero risvegliata, bisognerebbe trovare e combattere. Per individuarlo serve ciò che trasportiamo, ed ecco perché deve arrivare a destinazione. In fretta.»

«E la spada nera?»

«Come hai scoperto, è maligna. Sospettandolo, noi l'abbiamo sempre maneggiata con attenzione... Mi spiace di averla lasciata sotto quel fagotto di mantelli. Non immaginavo che qualcuno potesse viaggiare con noi e impugnarla per sbaglio.»

Damlo annuí e il carro proseguí per un po', mentre il cigolio della ruota infrangeva ritmicamente il silenzio. Il ragazzo era confuso: l'Inganno, il Dolore e la Paura, sí, pensava. Ma non il buio, non l'ombra e neanche il nero. Il buio gli era sempre stato amico, come le ombre, e lui amava il nero quanto gli altri colori. Eppure, in un certo senso era vero: insieme all'odio c'erano stati buio e nero. Un buio e un nero diversi dal solito: vischiosi e malvagi come l'aspetto dello straniero che lo aveva preso a calci.

Ripensò al senso di mancanza provato quando aveva lasciato cadere la spada. L'aveva impugnata solo per qualche istante e già abbandonarla era stata una sofferenza. Allora capí che lo straniero era morto.

«Cosa è successo quando siete tornati a Kurtin?»

«Pensavamo di proseguire verso le Montagne di Pietra, per rientrare a palazzo e organizzare una nuova spedizione. Arrivati in città, però, abbiamo cambiato idea: eravamo in ritardo di venti giorni e, se fossimo tornati a casa, ne avremmo persi altrettanti. Inoltre, c'era il rischio che sua maestà rifiutasse di mettere nuovamente in pericolo gli oggetti: già la prima volta si era fatto convincere a fatica. Bisognava quindi continuare il viaggio, nonostante fossimo rimasti in due. Ora, se davvero volevano noi, i banditi avrebbero cercato l'erede al Trono di Pietra: un principe che viaggia in gran pompa, scortato dai suoi guerrieri. Perciò abbiamo comperato questo carro e, travestiti da mercanti, siamo partiti verso il Passo Azzurro. Nessuno, credevamo, avrebbe fatto caso a due modesti commercianti diretti alla fiera di Drassol. Invece, poco prima di Waelton, abbiamo incontrato il proprietario di quella spada che ci ha attaccati a vista.»

«Come faceva a sapere di voi?»

«Non riesco a capirlo. Un piccione viaggiatore, forse; ma non riesco a immaginare che al Passo Bianco ne avessero proprio uno addestrato a tornare da queste parti. Nemmeno noi sapevamo che ci saremmo diretti verso il Passo Azzurro e tra i due valichi corrono piú di cento leghe.»

«Il corvo! Lo straniero portava un corvo sulla spalla e lo ha lanciato come un piccione.»

«Impossibile. Non si possono addestrare i corvi a portare messaggi: non hanno l'istinto di tornare a casa.»

«Io non gliel'ho visto fare di persona. Però me l'ha raccontato mio cugino Trano, e non sembrava una invenzione.»

«Come hai conosciuto il proprietario di quella spada?»

Vergognandosi un po' per la faccenda della legna, Damlo raccontò dello straniero.

«Tuo zio è fortunato,» commentò Clevas «quegli uomini sono pericolosi e si battono con grande abilità.»

«Quegli uomini?»

«Il capo dei banditi, al Passo Bianco, sembrava il gemello di quello che ti ha picchiato. Impugnava un'arma identica e durante un contrattacco, prima di ritirarsi, ha ucciso personalmente due dei nostri guerrieri. Non è da tutti, ripeto. Noi stessi abbiamo avuto dei problemi, con quello che hai incontrato. Ha caricato appena ci ha visti e se non ci fossimo buttati dal carro saremmo morti al primo assalto. Il nostro cavallo è rimasto ucciso e il suo ferito; per questo abbiamo comperato il mulo della locanda.»

«Per fortuna, Clevas portava l'ascia alla cintura» disse Írgenas. «La mia era rimasta sul carro e quello è balzato dalla nostra parte con la spada in pugno. Guizzava come una donnola e, se Clevas non avesse scagliato la sua arma mentre ancora rotolava per terra...»

«Sí, sí, va bene, va bene» riprese il vecchio. «Intanto, Kasn Sorn si trova in fondo a un burrone, piantata nel petto di quel furfante.»

«Krasson?» si impappinò Damlo.

«Kasn Sorn. È il nome della mia ascia. Nell'antica lingua significa 'musica di morte'. Non avevamo il tempo per andarla a riprendere, ma quando questa storia sarà finita puoi star certo che setaccerò quel burrone fino a che non l'avrò ritrovata. È un'ottima arma, e non riuscirei a procurarmene un'altra simile.»

«Sei un vecchio brontolone» sogghignò Írgenas. «Ed è inutile che cambi discorso. Quel lancio è stato formidabile: uno dei colpi migliori che io abbia visto.»

«Sciocchezze! Insomma, Damlo: quando l'ho colpito, l'uomo ha lasciato cadere la spada, ed ecco perché l'arma si trova in questo carro.»

«Capisco, e scusatemi se ho dubitato di voi.»

«Avevi dei motivi per farlo» rispose Clevas. «In effetti, il nostro travestimento lascia a desiderare.»

«Non è il travestimento ma la maniera in cui parlate. E anche come vi muovete. Ora mi accorgo di avere intuito subito che non eravate mercanti, però me ne sono reso conto solo quando ve l'ho detto. E adesso, ripensandoci, mi viene in mente che un mercante non avrebbe combattuto i lupi come ha fatto Írgenas. Cosa significa 'la fiamma azzurra'?»

«È un grido di guerra» rispose Írgenas «che risale a molto tempo fa. A quell'epoca, un fabbro il cui nome è andato perduto scoprí il segreto di una fiamma caldissima e senza fumo. Era azzurra, ed è grazie a essa che noi nani lavoriamo i metalli nel modo che ci ha reso famosi.»

Mentre Írgenas parlava, Damlo ficcò le mani nella cassetta delle gallette e, dopo averne fatta una buona scorta, le divise e le distribuí.

«Sono buone» disse poi rivolto a Clevas «ma il tuo stufato è mille volte migliore. Ti prometto che prima di andarmene prenderò un sacco di conigli, cosí potrai prepararne uno grande come una collina.»

«Prima di andartene?»

«Appena incroceremo qualcuno tornerò a casa, no?»

«Non è cosí semplice...» sospirò il vecchio.

«Come, no?» si allarmò Damlo. «Io devo tornare a casa! Gli zii penseranno che sono morto per le convulsioni!»

«Hai dimenticato i lupi?»

«Ma in compagnia sarei al sicuro! Io voglio tornare alla locanda. Voglio tornare dai miei zii!»

«Vieni qui» gli disse Írgenas.

Il vecchio lo accompagnò a cassetta, facendolo sedere tra sé e il compagno, poi gli mise un braccio intorno alle spalle. Per qualche momento, nessuno parlò.

«Vedi...» cominciò quindi il principe. Cercò le parole adatte, non le trovò e cambiò approccio.

«Cosa sai del modo in cui cacciano i lupi?»

«Formano branchi per uccidere prede piú grandi di loro.»

«Giusto. E perché cacciano?»

«Per mangiare.»

«Giusto anche questo. Ora, ripensa ai nostri lupi: perché ci hanno aggrediti?»

«Per mangiarci, l'ho appena detto. I lupi uccidono solo quando hanno fame.»

«Proprio cosí, Damlo. Ma allora perché, prima di prendersela con noi che eravamo armati, non hanno finito di sbranare quel cervo?»

Damlo spalancò la bocca.

«Non è tutto. Ogni branco di lupi ha un proprio territorio e quando due gruppi vengono a contatto significa che uno ha sconfinato; perciò nascono delle zuffe. I lupi combattono tra loro anche quando si uniscono per formare un branco piú grande: lo fanno per stabilire nuove gerarchie. L'altro ieri, invece, nonostante molti animali provenissero da lontano e appartenessero certamente a branchi diversi, prima di attaccarci non si sono neanche annusati.»

Il ragazzo lo guardò senza parlare; poi, siccome il nano non proseguiva, si voltò verso Clevas.

«Non mi guardare come se avessi diciotto teste: te l'ho detto che ci sono all'opera forze oscure. Solo cosí si spiega il comportamento di quei lupi!»

«E poi hanno attaccato un waeltoniano» mormorò Damlo, dopo un po'. Quindi si rivolse a Írgenas: «Quella voce rauca, nel bosco, che lingua parlava?»

«Orchesco.»

Di nuovo, il ragazzo spalancò la bocca.

«Ma non ci sono orchetti da queste parti!»

«Infatti vivono nel Massiccio Centrale e nelle foreste dell'est,» assentí il nano «ma questi non sono tempi normali e quello che comandava i lupi era certamente un orchetto.»

«Capisci, adesso, perché non puoi tornare a casa?» domandò Clevas. «Quell'orchetto è certamente ancora in agguato, e i suoi compagni lo avranno ormai raggiunto. Siete stati fortunati a incontrarlo mentre era solo: di solito girano in bande.»

«Però, se incontrassimo una carovana di mercanti potrei unirmi a loro.»

«Solo se sei disposto a rischiare una battaglia. E comunque, da Waelton a qui non abbiamo ancora incontrato nessuno. Ieri, mentre dormivi, abbiamo passato il Bivio del Tasso: la baracca del cantoniere era bruciata e le tracce piú recenti erano vecchie di un mese. Cinque giorni di viaggio, Damlo, e non un mercante, né un messaggero, né un qualsiasi viaggiatore. Nemmeno un semplice viandante. Nessuno.»

«Ma la stagione del passaggio è appena cominciata» mormorò il ragazzo, lui per primo poco convinto. «Forse i primi mercanti sono in ritardo, oppure quest'anno hanno scelto la via del Passo Bianco.»

I nani non risposero. Guardavano la strada davanti al mulo: dritta, lunga e vuota.

Il silenzio si fece pesante. A un certo punto Damlo si piegò in avanti e appoggiò la fronte sulla mano sana. I nani si guardarono, sopra le sue spalle, poi Clevas si schiarí la gola.

«Insomma... Che cosa fai tutto il giorno, a Waelton?»

Damlo rialzò la testa e lo guardò come se fosse impazzito. Poi capí che il nano cercava di distrarlo e, vincendo il bisogno di piangere, si sforzò di parlare con voce normale.

«Lavoro alla locanda dei miei zii e, due mattine alla settimana, vado a scuola nell'albero del consiglio. Poi aiuto Melvo Boscorame in biblioteca, oppure giro per la foresta.»

«Bene, bene» disse Clevas. E poi: «Bene» ripeté, senza motivo. «E dimmi: cosa impari, a scuola?»

«A leggere e a scrivere. E storia, geografia, l'arte di intagliare e la musica. Anche la scienza dei numeri, ma in quella non sono molto bravo.»

«Oh... E cosa ti piace, della scuola?»

«La storia. Nei lavori di intaglio sono il piú bravo, ma preferisco la storia.»

«Già, la storia. Sí, bella, la storia.»

«Non solo quella vera: anche le storie inventate. Mi piacciono molto le leggende, ma a scuola ne impariamo poche. Però, in biblioteca ne ho scoperti interi scaffali e, ogni tanto, Melvo Boscorame mi presta un libro. Non i piú antichi, naturalmente, perché quelli non li può toccare nessuno: certi hanno piú di mille anni!»

«Quali leggende preferisci?»

«Quelle dei draghi e, in generale, quellc di prima che i maghi rubassero la magia.»

I nani si scambiarono una rapida occhiata.

«Però la mia preferita è quella di Brabantis. Diventò un cacciatore di orchetti perché gli avevano ucciso i genitori, e spesso io...» Damlo si riprese appena in tempo. «Voglio dire che un tempo, quand'ero piccolo, spesso giocavo a essere Brabantis perché anch'io sono senza genitori.»

«Ah, mi spiace» disse Clevas imbarazzato. «E dove hai sentito la leggenda di Brabantis?»

«Sono andato a spiare la Legione di Waelton» spiegò fieramente Damlo. «Loro fanno le riunioni epiche e raccontano un sacco di storie. Proco Radicupo, soprattutto. Siamo nemici ma devo ammettere che quando racconta una storia è davvero bravo.»

«Proco? Ma non è il nome del mulo?»

Damlo arrossí.

«Veramente non proprio. Sono io che lo chiamo cosí perché ho deciso che è piú intelligente del vero Proco e che merita piú di lui un nome di persona. E poi...» aggiunse lasciandosi scappare una risatina «è un animale che ama farsi insultare: non si è mai offeso per il paragone.»

I nani scoppiarono a ridere e Damlo si rese improvvisamente conto di sentirsi bene. Non ricordava un'altra volta in cui si era trovato cosí a suo agio, fuori dalla locanda. Forse con il vecchio Melvo Boscorame, che però lo trattava con un po' di supponenza e non rideva mai. Non fosse stato per Neila e Pelno, si accorse, gli sarebbe piaciuto moltissimo continuare il viaggio insieme ai nani.

* * *

Il carro proseguí il cammino, sfilando tra pini e abeti profumati di resina. Ogni tanto, lontano, qualche animaletto attraversava furtivo la strada. Per un po' tutti tacquero. Era ormai mezzogiorno e il sole splendeva alto nel cielo. Intorno a loro la foresta viveva quietamente la sua esistenza di piccoli rumori e fruscii improvvisi. Non faceva proprio caldo ma la temperatura era piacevole.

«Però i conigli li prendo lo stesso!» esclamò a un certo punto Damlo.

«Bene, bene. Mi sembra di capire che qualcuno, qui, ha ancora fame» ridacchiò Clevas.

«Da lupo» ammise il ragazzo. «Negli ultimi cinque giorni ho mangiato solo un po' di stufato e qualche galletta.»

«Quelle sono lí: prendine quante ne vuoi» disse Clevas voltandosi a indicare la cassetta.

Damlo saltò agilmente sul retro del carro, fece rifornimento e cominciò a sgranocchiare.

«Certo che il tuo stufato era un'altra cosa!» esclamò con la bocca piena.

«Ho capito, ho capito,» rise il vecchio «ma non posso prepararlo mentre viaggiamo. Lo farò questa sera e, prima, dovrai catturare quei famosi conigli.»

«Te l'ho promesso, no?»

«Clevas, la balestra!» La voce di Írgenas schioccò come una frustata, mentre il carro si arrestava bruscamente.

Il vecchio era ancora voltato verso Damlo, ma con tutta evidenza riconobbe quel tono. Senza perdere tempo a guardare, saltò nel retro del carro, prese l'arma e, sebbene avesse le mani ancora parzialmente bendate, la caricò con gesti abili e veloci. Si voltò soltanto quando la poté puntare.

A qualche centinaio di passi, quattro carri erano fermi a

lato della strada. Non si scorgeva alcun essere vivente; neanche un cavallo o un mulo. Írgenas aveva impugnato l'ascia e preso un largo scudo metallico da sotto il panchetto di guida. Damlo, contagiato dalla tensione, sguainò la spina.

«Stai giú, ragazzo. Stenditi fra le casse. Anche tu, Clevas.»

Damlo obbedí e il vecchio si chinò accanto a lui. Sempre puntando la balestra, scrutò fra gli alberi intorno alla strada. Rimasero tutti immobili per un po', con le orecchie tese, ma udirono soltanto i consueti rumori della foresta.

Cautamente, Írgenas fece ripartire il mulo. Pian piano si avvicinarono ai carri. Damlo alzò leggermente il capo e spiò oltre la sponda. I veicoli erano fermi in ordine sparso, un po' fuori dalla carreggiata, cosí inclinati verso la foresta che non se ne scorgeva il contenuto.

«Stai giú, ho detto!» scattò Írgenas. «Vuoi prenderti una freccia in un occhio?»

Poi emise un grido selvaggio e frustò il mulo. Sfrecciarono accanto ai veicoli come saette e proseguirono di volata per circa duecento passi. Quindi, il nano fermò la corsa.

«Non c'è nessuno» affermò. «Fosse stato un agguato ci avrebbero attaccato adesso, per impedirci di fuggire. Ora possiamo tornare e dare un'occhiata come si deve.»

Fece compiere al mulo un'inversione e lo condusse fino ai carri. Poi, seguito da Clevas e Damlo, balzò a terra.

«Imboscata» dichiarò, dopo avere esaminato il primo veicolo. «Strano: hanno lasciato le mercanzie.»

«E non c'è in giro nemmeno un cadavere» commentò Clevas.

«Già. Neanche dei resti: non sono stati i lupi o i corvi a far sparire i corpi.»

«Forse i banditi li hanno fatti schiavi» disse Damlo, tutto emozionato.

«No» replicò Írgenas. «C'è stata una vera battaglia, qui. Con morti e feriti. I mercanti erano armati e si sono difesi: osserva questo carro.»

La ruota posteriore destra del veicolo, cosí come quella di tutti gli altri, era in frantumi. Il lato esterno della fiancata era sporco di fango, ma facendo attenzione si vedevano numerosi fori scheggiati. Il bordo superiore era tagliuzzato e, anche lí, qualcuno aveva sporcato tutto di mota. In alcuni punti gli spacchi erano particolarmente profondi.

«Guarda la sponda» continuò il nano, togliendo la terra dai fori con un rametto. «Vedi? Qui si sono piantate le frecce. Dopo la battaglia, qualcuno si è preso la briga di estrarle, scheggiando il legno, e poi ha coperto i segni con del fango. Questi tagli sul bordo sono dovuti ai fendenti andati a vuoto. Se ne osservi l'inclinazione, puoi distinguere quelli dei difensori da quelli degli attaccanti; queste sono sciabolate e questi, piú profondi, colpi d'ascia.»

Damlo ascoltava avidamente. Gli pareva di essere in uno dei suoi giochi.

«Strani banditi, quelli che perdono ore a estrarre le frecce dalle sponde di un carro» commentò Clevas.

«Meno strani di quelli che assalgono una carovana e poi abbandonano la merce.»

«Se non erano banditi, chi erano?» chiese Damlo.

«L'unica risposta che mi viene in mente» rispose Clevas pensoso «non mi piace affatto. Comunque è proprio ciò che hanno voluto nascondere. A parte il fango nei fori, non si perde tempo a recuperare dardi inutilizzabili se non per eliminare una traccia. Esaminando una freccia si capisce facilmente chi l'ha costruita. Osserva: hanno cancellato ogni segno dal terreno, ripulendo perfino i carri dal sangue della battaglia. Non è inquietante? Non ti sembra una carovana di fantasmi? A un occhio poco esperto potrebbe sembrare che tutti gli esseri viventi della carovana siano spariti per un motivo soprannaturale. Hanno addirittura tolto i finimenti alle bestie, disponendoli per terra come se gli animali si fossero dissolti nell'aria.»

«Ma perché?»

«Paura» sospirò il nano. «Un conto è sfidare un pericolo conosciuto: serve coraggio, ma ci si può preparare. Tutt'altra cosa è affrontare qualcosa che non si conosce e non si capisce. La paura è contagiosa, Damlo, e qualcuno non vuole che la gente frequenti questa strada. Le voci corrono e si amplificano da sole. Se hanno fatto anche altrove il giochetto che vedi qui, non mi stupisce che la via fosse deserta. E questo spiega anche perché il tuo orchetto è rimasto nascosto: era solo, non era sicuro di poterci ammazzare tutti e non voleva si sapesse che ci sono orchetti in questa foresta.»

Mentre il vecchio e il ragazzo si spostavano tra i carri cercando indizi, Írgenas traversò la strada e si addentrò fra gli alberi. Teneva il capo rivolto verso l'alto. Dopo alcuni minuti, Damlo lo raggiunse di corsa.

«Hai scoperto altro?» gli chiese eccitato.

«Non ancora» rispose il nano.

«Cosa cerchi?»

«Mmmh... Forse siamo troppo lontani.»

Tornò sul ciglio della strada e ricominciò a guardare verso gli alberi. Damlo lo seguí come un cagnolino.

«Là!» esclamò a un certo punto Írgenas, e cominciò ad arrampicarsi su un abete.

«Vado io!» gridò il ragazzo e, nonostante il braccio al

collo, gli passò davanti con l'agilità di uno scoiattolo.

«Cosa devo cercare?»

«Vediamo se trovi qualcosa da solo» rispose il nano, sedendosi su un ramo basso.

Damlo rallentò l'arrampicata e cominciò a osservare con attenzione tronco e rami.

«C'è stato qualcuno, qui» gridò all'improvviso. «Un ramo è spezzato e quello di sotto è scorticato. Nella polpa del legno ci sono delle scalfitture, come se una suola chiodata fosse scivolata.»

«Bravo! Vedi altro?»

«No» rispose Damlo dopo un attimo.

«Sali piú in alto.»

«Qui c'è un taglio nel legno; leggermente obliquo. È solo un graffio ma l'ha fatto un attrezzo tagliente, ne sono certo.»

«Complimenti. Continua a salire.»

Il ragazzo salí ancora. Ormai era quasi in cima e il tronco si inclinava sotto il suo peso. Infilò la testa tra due rami vicini e, a un tratto, scorse l'impennatura rossa e nera di una freccia. Il dardo si era appoggiato sui rami senza conficcarsi nel tronco, quindi l'asta non sporgeva. Dal basso, la freccia era completamente invisibile.

«Trovata!» gridò Damlo, fierissimo. «Ma come hai fatto a vederla?»

«E chi ha mai detto che l'avevo vista?» sogghignò Írgenas, mentre il ragazzo gli riportava il dardo. «C'era un ramo spezzato e ho sperato che chiunque l'avesse rotto fosse troppo pesante per salire piú in alto. Il resto è stata una scommessa: non si sarebbe arrampicato se non per recuperare una freccia, e se ce n'era una, poteva essercene anche un'altra.»

Il nano raggiunse Clevas e gli consegnò il dardo. Pensoso, il vecchio lo studiò per un po'. Poi sospirò e, senza dire nulla, lo mise nella cassa in cui aveva riposto la spada nera. Írgenas era salito a cassetta e si preparava a ripartire.

«Forza, ragazzo. Ce ne andiamo!»

«Lasciamo tutto qui?»

«Il danno è fatto e noi siamo già abbastanza carichi. Sbrigati!»

Damlo corse fino al primo dei carri, si chinò e raccolse alcuni finimenti. Stava per rialzarsi, quando vide qualcosa pendere sotto il pianale. Quando tornò verso i compagni, insieme alle cinghie portava un barilotto.

«Cosa te ne fai di quella roba?» gli chiese Clevas.

«Ci prendo i conigli, naturalmente. Altrimenti come faccio a ricattarti?» rispose il ragazzo, sogghignando.

«Ricattarmi?»

«Certo! Prima mi dici che da come è fatta una freccia si può riconoscerne il proprietario. Poi, quando Írgenas ti dà quella che ho trovato io, la studi per un'ora e la metti via senza dire niente. Mi hai fatto venire il mal di pancia dalla curiosità! Perciò bada: o mi racconti di quella freccia, oppure quando avrò preso i conigli li mangerò tutti io. Crudi e con la pelliccia.»

«Va bene!» scoppiò a ridere Clevas. «Prima, però, ti devo cambiare la medicazione.»

Il vecchio gli tolse le bende. I fori provocati dai canini del lupo si erano chiusi e, sul braccio, si vedevano solo dei grossi tagli dai bordi arrossati, un po' gonfi intorno alle croste. Anche il resto degli squarci aveva cominciato a rimarginarsi.

«Ti rimarrà una bella cicatrice, ma sta guarendo bene. Piú in fretta del previsto.»

«Mi prude.»

«Bene. È un buon segno. Ottimo, anzi. Secondo me non hai piú bisogno di tenere il braccio al collo.»

Clevas lo bendò nuovamente, poi controllò la ferita alla testa.

«Anche questa guarisce piú rapidamente del solito. Forse voi waeltoniani siete come le vostre piante.»

Il vecchio ridacchiò e Damlo rise insieme a lui. Poi il nano prese la freccia e la consegnò al ragazzo.

«Ecco,» disse «osserva la cocca. Vedi come è irregolare? È di cattiva fattura, non trovi? Guarda il budello che fissa le penne e la punta all'asta. È annodato malamente: regge, ma i nodi sono grossi e disordinati. Nota anche il modo in cui è stato avvolto intorno alla bacchetta per fissare i calami: rivela malagrazia e poca cura. Questa freccia può essere mortale, ma certo non è di qualità. Sei d'accordo?»

Damlo annuí.

«Bene, stai osservando una freccia orchesca.»

Damlo si sorprese a maneggiare il dardo con una specie di reverenza: quante ne aveva schivate, di quelle frecce, nelle sue fantasticherie. E ora ne teneva in mano una vera!»

«Adesso osserva la punta» riprese Clevas.

Era una sorta di triangolo metallico grigio, ricoperto da una sottile patina di ruggine. Il vertice superiore, ossia la punta vera e propria, era acuminatissimo, e i bordi tagliavano come rasoi. Uno dei vertici inferiori, accanto all'asta, si prolungava verso il basso in un corto spunzone seghettato.

«Fa impressione.»

«Sí, ma non noti nulla di particolare?»

«È molto affilata.»

«Mmmh, dimenticavo che non sei un nano. È una punta d'acciaio, Damlo.»

«Non dovrebbe?»

«*Acciaio*, capisci? E gli orchetti non lavorano l'acciaio! Le loro armi sono scadenti e il poco ferro che usano lo riservano alle sciabole. Solo i capi, a volte, hanno armi decenti; ma soltanto perché le hanno razziate. Questa punta è d'acciaio, per la mia barba!»

«Allora, forse non è una freccia orchesca.»

«Certo che lo è! Il modo in cui è stata costruita è inconfondibile!»

«Com'è possibile?»

«Non lo so, dannazione! Quel maledetto cimitero di carri era una miniera di informazioni, ma piú ne raccolgo piú mi si confondono le idee! Le lance, per esempio.»

«Ma non c'erano lance!»

«Perché le hanno raccolte, dopo. Hai notato che dalla parte della foresta ogni veicolo aveva una ruota spaccata?»

«Sí.»

«Succede cosí quando una sbarra di ferro finisce tra i raggi. L'ho visto accadere durante un assedio: i nomadi dell'ovest attaccarono la fortezza in cui prestavo servizio e il proiettile di una balista rimbalzò nella ruota di un cocchio. Però il gioco non funziona con le lance normali: devono avere l'asta di metallo pieno e allora sono troppo pesanti per essere scagliate a mano. Ci vuole, appunto, una balista; e non è possibile che degli orchetti ne possiedano una. Anzi: piú di una, perché i carri erano vicini tra loro e quindi li hanno fermati piú o meno insieme. Inoltre erano in corsa e una balista non è un giocattolo che punti muovendo il mignolo.»

«E allora?»

«E allora solo un troll sarebbe abbastanza forte per scagliare a mano una lancia di acciaio, sempre che qualcuno gliene regalasse una. Ma i troll vivono nel Massiccio Centrale e, comunque, non si accompagnano agli orchetti: li frequentano solo all'ora dei pasti.»

«Forse sono schiavi del Signore della Paura. Sarebbe una prova del fatto che si è risvegliato!»

«Non è detto. È piú verosimile che la loro presenza in questa parte del mondo sia dovuta ai problemi dell'Egemonia.»

«Però, sia le Spade Nere che i troll sono stranezze. Sarebbe logico che fossero collegate.»

«Il mondo è grande, figliolo, e lo conosciamo poco. Contiene molte cose strane e non tutte sono in relazione tra loro. A Waelton la vita è tranquilla, ma altrove si incontrano spesso fatti inspiegabili; e la maggior parte delle volte sono estranei uno all'altro. Del resto, seguendo il tuo ragionamento bisognerebbe pensare che tu sia un servo dell'Oscuro perché è una stranezza anche il modo in cui sei comparso tra noi. Comunque, ne sapremo di piú quando arriveremo da Áilaram.»

«Chi è?»

«Gli oggetti che trasportiamo sono per lui. Lo conoscerai, Damlo, perché a questo punto non puoi certo tornare a Waelton: contro dei troll, non ce la farebbe nemmeno una grossa carovana.»

La sera scese pian piano sulla foresta. Non fu un tramonto acceso come quello dei giorni precedenti. Sembrava che anche il cielo fosse triste e preoccupato: la luce si ingrigí, diminuí gradatamente e, alla fine, il giorno si fece spingere via senza opporre resistenza.

Per fare il campo, Írgenas scelse una zona di rovi. Allargò a colpi d'ascia lo spazio ma non rinforzò la protezione con alberelli: contro i lupi sarebbe bastata cosí e, contro i troll, non sarebbe bastata comunque. Evitarono di accendere il fuoco e Damlo si occupò del mulo alla luce fioca della luna. Era quasi piena, quella notte, ma le nuvole la nascondevano per la maggior parte del tempo.

I nani sedettero accanto al carro, ognuno con la propria arma a portata di mano. La tensione era cosí evidente che Damlo si alzò e andò a prendere la spina. Stettero tutti e tre in silenzio, immersi nei propri pensieri, cibandosi di gallette. Ogni tanto la luna faceva capolino tra le nuvole, illuminando il roveto. Vedendo Damlo tremare dal freddo, Clevas lo mandò a scegliersi un mantello tra la mercanzia.

«È lana di Kurtin» specificò. «Caldissima.»

Tornando, il ragazzo fu colpito da un riflesso sull'ascia di Írgenas.

«Posso vedere la tua arma?» gli chiese.

Il nano gliela porse in silenzio. Era pesantissima. Le due lame erano forgiate in modo da sembrare pergamene che si svolgevano a partire da un rotolo centrale, in cui era fissato il manico. Sullo stesso rotolo, da una parte e dall'altra, erano incise delle antiche rune. Nonostante l'aspetto micidiale, era una vera opera d'arte.

La luna sembrava voler restare affacciata ancora un po' e, lentamente, Damlo si mise a decifrare lo scritto.

«Kasn Trait» disse ad alta voce. «Cosa significa?»

«Sei pieno di sorprese!» esclamò Írgenas. «Dove hai imparato a leggere le rune nanesche?»

«Alla biblioteca di Waelton. Alcune leggende sono scritte con le rune e io vorrei leggerle.»

«Dovrai imparare anche l'antica lingua, allora: l'alfabeto non ti basterà. In nanesco antico, Kasn significa 'morte', e Trait vuol dire 'portale'.»

«È un oggetto splendido» mormorò Damlo.

Lo pensava davvero, anche se non gli era sfuggita una imperfezione: il tratto verticale della seconda runa Tyr, nella parola 'Trait', benché sottile come gli altri, era troppo profondo. Lo strumento doveva essere sfuggito di mano all'artefice. Per una frazione di pollice, nulla piú, ma la minuscola asimmetria offendeva il senso estetico del ragazzo. L'avesse incisa un waeltoniano, pensò con fierezza, quel difetto non ci sarebbe stato.

«A proposito di armi» riprese Írgenas. «Mentre eri svenuto, l'altro ieri, ho esaminato la tua spada. A parte colore e dimensioni, si direbbe la spina di un animale; da dove proviene?»

«L'ho trovata sul pavimento di una grotta. È troppo grande per essere di un istrice e poi il colore è sbagliato. A Waelton abbiamo una leggenda che parla di un drago e io...» Damlo esitò, vergognandosi un po'. «Insomma: ho pensato che fosse la zanna di un drago.»

I nani si scambiarono una rapida occhiata.

«No» disse quindi Clevas. «Anche se i draghi si sono estinti da tempo, al mondo ne esistono ancora dei resti e io ho avuto occasione di vedere una zanna. Ti assicuro che sono diverse.»

«Non importa, tanto era solo una fantasia; quando l'ho trovata ero piccolo e fantasticavo sempre.»

«Però, forse non ti sbagliavi del tutto» aggiunse il nano. «Alcuni draghi erano dotati di spine e la tua potrebbe essere una di quelle. Anche perché, a sentire Írgenas, è certamente magica.»

«Magica!» sussurrò Damlo.

La sfoderò e la guardò come se fosse la prima volta. Per l'emozione, sentiva il cuore battergli fin nei polpastrelli stretti sull'oggetto.

«Suvvia, Damlo,» intervenne Írgenas «non dirmi che non te l'eri immaginato!»

«A dire il vero, sí. Però mi sembrava anche impossibile e, siccome tutti mi rimproverano perché fantastico troppo, mi sono detto che era solo una fantasia.»

«Conosco dei lupi che non sarebbero d'accordo» sogghignò Clevas.

«Però non capisco perché a volte sembra un rasoio e altre un bastoncino. Ha tranciato una lancia di frassino come se fosse paglia, e l'altro giorno mi ha fatto fare una figuraccia con voi. Poi ha tagliato quei lupi come fumo, ma non ha nemmeno graffiato quello che ha morso Írgenas.»

«Io non mi intendo di magia,» disse Clevas «tuttavia so che gli oggetti magici funzionano secondo regole precise. Tutti. Vedrai che con il tempo scoprirai anche quelle della tua spada.»

«Che sia una spina di Kaxalandríll?» si chiese piano il ragazzo.

«Di chi?»

«Kaxalandríll: la draghessa della leggenda di Waelton. Un giorno ve la racconterò; lei e Maspo Gemmalampo hanno fondato Waelton, mille anni fa, e poi sono scomparsi. Forse si sono nascosti nella mia grotta!»

«O forse tu hai scoperto la *loro* grotta» ridacchiò Clevas.

«Potrebbe darsi davvero, sapete? Del resto, se non fosse cosí antica non potrebbe essere magica, perché la magia è stata rubata mille anni fa.»

«Per la mia barba!» esclamò il vecchio nano. «È la seconda volta che ti sento dire questa sciocchezza! Va bene amare le storie, ma un conto sono le leggende e un altro le superstizioni. Forza: cosa sai della magia?»

«Nelle epoche antiche era presente dappertutto. C'era un mago in ogni villaggio e c'era una grande torre in cui veniva insegnata. Proco Radicupo dice che lí mangiavano gli animali magici per aumentare la potenza degli incantesimi. Poi, mille anni fa, i maghi la rubarono e da quel momento...»

«Ma ragiona, diamine! Per quale stupidissimo motivo i maghi dovrebbero rubare una magia che, ovviamente, già possiedono?»

«In effetti non ci avevo pensato. Però la leggenda dice cosí e allora... E comunque, scusa, perché ti arrabbi?»

«Perché faccende come questa generano odio e ingiustizia! Perché quando si rinuncia a usare il cervello si finisce col perseguitare gli innocenti. E quanti morti hanno causato, queste chiacchiere? Sai quanta sofferenza?»

«No... Ma io detesto l'odio. Non ho mai odiato nessuno.»

«Non importa! Se rinunci a pensare con la tua testa, avalli le idee di coloro che odiano. E questi, poi, uccidono e torturano!»

«Ma io non pensavo... Insomma, i maghi non esistono piú da mille anni e io non pensavo di fare del male a qualcuno...»

«Lo so, per la mia barba! Ma se avessi vissuto quanto me, saresti altrettanto vigile di fronte a certe cose. Sai cosa è successo davvero *mille anni fa*, quando i maghi, come dici tu, *rubarono* la magia?»

«No» rispose Damlo, mogio mogio.

«Allora apri bene le orecchie perché questa è Storia, non leggenda. Tanto per cominciare, ogni volta che senti dire 'mille anni fa' rizza le antenne come una formica e comincia a dubitare: è soltanto la frase con cui iniziano le leggende e significa semplicemente 'tanto tempo fa'.»

Il vecchio nano afferrò una galletta e cominciò a mangiucchiarla, radunando le idee.

«Fino a qualche secolo fa,» iniziò infine «come hai giustamente detto, la magia era molto diffusa. All'epoca esistevano ancora animali magici: i grifoni e gli unicorni, per esempio; ma non c'entravano nulla con la magia umana e puoi star certo che i maghi non li mangiavano. È vero che c'era un incantatore quasi in ogni villaggio: erano capaci di spegnere gli incendi, di rendere fertili i campi e prolifiche le mandrie. Spostavano grossi macigni, prevenivano o arrestavano le inondazioni e rimediavano ai danni della siccità. Ma erano maghi di paese, quelli, e non molto potenti. I migliori, i piú dotati, vivevano in un grande edificio ai bordi del Massiccio Centrale: la Torre di Belsin.»

«Questo lo so» lo interruppe Damlo. «Era tutta bianca, alta come dieci alberi e i tevilani l'hanno incendiata.»

«Non era affatto cosí alta e gli abitanti di Tevilan non riuscirono nemmeno a trovarla. Se mi lasci raccontare, ci arriveremo.»

Damlo ammutolí e il vecchio continuò a parlare.

«La Torre di Belsin, detta anche Torre Bianca, era la principale fra le torri della magia; pare ve ne fossero molte, sparse per il mondo. Io conosco quella di Gothror, che sorge a est tra il fiume Sloprol e il Líssomrim, e so che ve n'era un'altra, nella città di Èria. È stata bruciata, quella sí, molto tempo fa. Comunque, a quell'epoca molti umani nascevano con il talento magico. Chi ne aveva abbastanza diventava un mago e andava a perfezionarsi alla Torre di Belsin; come in tutti i campi, infatti, anche nella magia il talento non basta: bisogna lavorarlo molto perché dia i suoi frutti. La Torre Bianca era retta da un consiglio, a capo del quale veniva eletto il Maghiarca. La sua carica era a vita e, in quel luogo, 'a vita' significava davvero a lungo. I maghi, infatti, possedevano il segreto della longevità. A Belsin, lo studio e il sapere avevano raggiunto livelli mai piú eguagliati. Vi si riunivano i maghi piú potenti e autorevoli del mondo, immergendosi per anni nello studio di magie complesse e difficili. Poi avvennero i fatti di Gothror. Li conoscerai, immagino, visto il tuo amore per le leggende.»

«Veramente, no. Forse sono raccontati in un libro che Melvo Boscorame non mi ha ancora permesso di leggere.»

«È una storia lunga e te la racconterò un'altra volta. Per ora ti basti sapere che il Signore dell'Oscurità si impadroní di Ghaznev, il Maghiarca della Torre di Gothror. Ci fu una grande guerra, l'ultima in cui nani, elfi e umani combatterono insieme. Alla fine Ghaznev fu ucciso e, con la sua morte, l'Ombra venne sconfitta. La torre sullo Sloprol, che aveva assunto il nome di 'Torre Nera', venne affidata alla custodia degli elfi, che ci vivono ancora oggi.»

«Li hai incontrati?»

«Sí, ma torniamo alla Torre di Belsin. Tempo dopo i fatti di Gothror, ma in relazione a essi e alla scoperta di un incantesimo particolarmente potente, il Maghiarca dichiarò che era necessario spegnere la magia umana. Tutta e in tutto il mondo.»

«Perché?»

«Non te lo so dire. Però non era impazzito. L'elezione di un Maghiarca era un evento solenne e non veniva mai presa alla leggera; perciò, lui era il migliore tra i maghi esistenti. E comunque dovevano esserci delle ragioni valide perché la proposta venne discussa a lungo nel consiglio dei maghi. Ne dissertarono per oltre un anno e, alla fine, giunsero alla conclusione che il Maghiarca aveva ragione. I libri di magia vennero quindi bruciati e i maghi della Torre Bianca pronunciarono un potente controincantesimo. Tutti insieme, perché la magia necessaria superava le forze di ognuno di loro preso singolarmente. Fu cosí che spensero in tutto il mondo la magia umana; e, da quel momento, nessun uomo nacque piú con del talento magico.»

«Come fai a sapere tutte queste cose? Sui libri di storia non c'è scritto nulla!»

«Me le ha raccontate Rinelkind, un principe elfo che ho conosciuto molto tempo fa. Capisci, Damlo? La magia non fu rubata: fu spenta. Gli stessi maghi della Torre non poterono nemmeno accendere piú un fuocherello, senza usare l'acciarino. E i piú anziani morirono quasi subito di vecchiaia. Maghiarca compreso. Basterebbe questo a provare che la decisione doveva essere giustificata, ma la gente comune non lo capí. Tutto ciò che sapeva era che nessuno la difendeva piú dalle inondazioni e che i campi fruttavano di meno. E subito ci fu qualche imbecille pronto a dire che i maghi mentivano perché volevano la magia tutta per sé. Ben presto cominciarono le violenze. Quasi tutti i maghi di paese vennero arsi vivi, mentre la gente li sfidava a spegnere i roghi con la magia che avevano rubato. E solo quando quei poveracci morivano davvero, i loro aguzzini capivano che veramente la magia non funzionava piú. Ma i soliti imbecilli non erano soddisfatti: voleva soltanto dire, affermarono, che qualcuno aveva rubato la magia anche ai maghi di paese. E, naturalmente, non potevano essere stati che i maghi piú potenti: quelli delle Torri. Molte furono bruciate, come quella di Èria, e la gente di Tevilan provò a incendiare anche quella di Belsin. In questo avevi ragione, Damlo, ma non sul resto, perché i tevilani non la trovarono. Al suo interno, i maghi erano ancora impegnati per stabilizzare il controincantesimo, unica magia umana rimasta al mondo, e le potenze in gioco erano talmente grandi che fecero scomparire la Torre alla vista di chiunque fosse all'esterno. La folla inferocita si divise in gruppi e batté la foresta di Belsin per settimane. Alla fine, i tevilani scorsero del fumo levarsi da una collina e, dopo averla raggiunta, videro bruciare un edificio. È la Torre, si dissero, credendo ognuno che a incendiarla fosse stata un'altra banda. Stettero lí finché non rimasero che macerie fumanti, poi tornarono a Tevilan e raccontarono di aver dato alle fiamme la Torre Bianca. Invece era bruciato soltanto un casolare. Nessuno che fosse già stato alla Torre avrebbe potuto confondersi, ma tanto sono potenti le dicerie che le poche voci sensate vennero semplicemente ignorate. E cosí, a tutt'oggi, la Torre di Belsin è ancora lí, intatta, nascosta da qualche parte in quella foresta.»

Di colpo si mise a piovere. Írgenas, Clevas e il ragazzo fecero appena in tempo a coprire la mercanzia con il telo impermeabile, poi cominciò a diluviare e i tre si strinsero sotto il veicolo. Il vecchio propose a Damlo di dormire nel carro, sotto il telo, ma c'era posto solo per uno e lui non voleva rimanere solo. Cosí si sdraiò insieme ai nani sopportando gli schizzi di pioggia che rimbalzavano dai raggi delle ruote. Per fortuna la lana del mantello era tessuta in modo da renderlo impermeabile e le gocce scivolavano sulla stoffa senza venire assorbite. Damlo se lo strinse addosso e si calò il cappuccio fin sul naso. Speriamo che ripari anche dall'umidità, si disse.

Non fu una notte piacevole. Tra la pioggia e la paura dei troll, il ragazzo dormí pochissimo. I nani, invece, piú adusi al viaggiare, fecero i loro turni di guardia dandosi il cambio con regolarità e, per il resto del tempo, dormirono profondamente.

Quando il sole si levò dietro le nubi Damlo era disteso sulla schiena con gli occhi aperti. Pian piano, come se un pennello invisibile ne tracciasse il contorno sul nero della notte, il ragazzo vide apparire il carro sopra di sé. Non avendo altro da fare continuò a guardare il fondo del veicolo che si rivelava lentamente con l'aumentare della luce. C'era qualcosa di strano, ma Damlo non capí cosa fosse finché l'alba non divenne giorno.

Un doppiofondo! Non era cosa rara nei carri dei mercanti, soprattutto in quelli dei nani che spesso trasportavano gioielli e pietre preziose. Di solito, però, si trattava di scomparti piccoli, oppure di finti pianali accessibili dall'alto dopo avere scaricato il carro. Questo, invece, era piuttosto grande, poteva essere aperto unicamente da sotto il veicolo e soltanto da chi avesse saputo cosa cercare, perché era assai ben nascosto. Damlo aveva osservato le assi per piú di un quarto d'ora, prima di notare qualcosa di strano; ed essendo un waeltoniano, di lavori in legno se ne intendeva. Adesso capiva come mai Írgenas si ostinasse a dormire sotto il carro: gli oggetti speciali si trovavano nel sottofondo, non in una delle casse del carico!

L'avere scoperto il segreto dei nani restituí al ragazzo il buon umore. Strisciò fuori da sotto il carro e si stirò come un gatto.

«Ben svegliato. Hai dormito bene?» Clevas era appoggiato al fusto di un acero e impugnava la balestra. Avvolto nel mantello scuro, con il cappuccio tirato fino agli occhi, risultava quasi invisibile.

«Per nulla» rispose Damlo, sorridendo. «Ma ho fatto

scorta di sonno negli ultimi cinque giorni.»

«Cercati qualche galletta sotto il telo» gli disse il nano, ridendo. «E già che ci sei, portane una anche a me.»

Quando il ragazzo tornò con la colazione, stringeva sottobraccio i finimenti raccolti presso i carri dei mercanti. In mano teneva un coltellaccio da scalco.

«È per i conigli» rispose ridacchiando all'occhiata curiosa di Clevas. «Non ho dimenticato il tuo stufato.»

«Guarda che non abbiamo il tempo di preparare una trappola.»

«Trappola? E chi ha parlato di trappole?» sogghignò Damlo.

«Ti metti a fare il misterioso, adesso?»

«Chi, io?» scherzò il ragazzo. «Dammi il tempo di rovinare camarra e cappuccio e capirai.»

Srotolò la cinghia di cuoio e la tagliò, ricavandone una striscia lunga circa due braccia. Poi la appoggiò su un ramo morto e la divise in due, per il lungo. Clevas lo guardava, decisamente incuriosito. Il cappuccio di cuoio, a giudicare dalle sue condizioni, aveva riparato la testa ad almeno tre generazioni di muli. Il ragazzo lo incise fino a ricavarne una larga banda a forma di rombo, leggermente concava al centro. Infine afferrò una delle sottili funicelle ricavate dalla camarra, la piegò in due e appoggiò il rombo di cuoio all'estremità del cappio.

«Una fionda!»

«Esatto. Spero che nel carro ci sia una cordicella con cui fissare la culla al laccio, perché altrimenti è stata una fatica inutile.»

«C'è del budello, prendilo pure.»

Damlo si alzò e si diresse verso il veicolo.

«Cosa c'è nel barilotto che hai raccolto assieme alle cinghie?» domandò Clevas, mentre il ragazzo sceglieva alcuni sassi.

«Una medicina.»

«Una medicina?»

«Sí» ridacchiò Damlo. «Per le orecchie.»

«Ragazzo! Mi stai prendendo in giro!»

Damlo posò sotto il telo i sassi e i pezzi della fionda. Poi, senza rispondere, prese il contenitore. Dopo averlo aperto, lo fissò a lungo in silenzio. Ogni tanto osservava di sottecchi il vecchio nano che friggeva dalla curiosità.

«Per la mia barba! Vuoi farmi morire?» sbottò infine Clevas. «Che cosa contiene quell'affare?»

Sogghignando, Damlo prese una corta spatola dal barilotto e raccolse un grumo della sostanza di cui era pieno. Lo tenne sollevato sopra la sua testa per un po', senza dire nulla. Poi decise di avere pietà.

«Vedi? È proprio una medicina per le orecchie: non sei stufo di viaggiare con quel cigolio per sottofondo?»

Detto questo, si avvicinò alla ruota posteriore destra del carro e cominciò a ingrassarne il mozzo.

«E ci voleva tanto, a dirmelo?»

«Cosa succede?» domandò Írgenas, uscendo da sotto il carro.

«Questo ragazzo si prende gioco di me. Ecco cosa succede. Guarda cosa sta facendo!»

«Sta ingrassando la ruota. Non vedo cosa ci sia da lamentarsi: mi sembra un'ottima idea.»

Írgenas, che ovviamente aveva seguito la scena, fece l'occhiolino a Damlo, il quale continuò il lavoro soffocando una risatina.

«Ecco, ecco! Adesso si alleano contro di me!» protestò il vecchio.

«Via, Clevas, non ti arrabbiare» lo interruppe Damlo sorridendo, mentre riponeva il barilotto di grasso. «Eri cosí curioso...»

«Ci vuol altro, per farmi arrabbiare» borbottò il nano. Ma si capiva che era divertito.

Damlo si diresse verso il mulo. Era la prima volta che si sentiva tanto in confidenza con qualcuno da prenderlo in giro apertamente. A volte aveva scherzato con la zia e altre, meno numerose, con lo zio. Ma erano scherzi di altro genere. Si rideva sui clienti, o sulle vicende del paese; a volte anche ferocemente ma sempre in assenza degli interessati. Prendersi cosí smaccatamente gioco di qualcuno, guardandolo in faccia, era un'esperienza nuova. Inebriante. Paradossalmente, lo riempiva di sensazioni di concordia e amicizia. Si sentiva molto piú legato a Clevas, ora, dopo averlo preso in giro.

Improvvisamente, capí perché i membri della Legione di Waelton si sfottessero continuamente a vicenda. Certo, non lo facevano affettuosamente: erano duri tra loro quasi quanto lo erano con lui. Però, fermo restando quel che pensava di Dusco e Proco, adesso li comprendeva meglio. In qualche modo si sentí piú grande: come se li avesse compiuti in quel momento, i tanto attesi quattordici anni.

Allegro, slegò il mulo e lo insultò di santa ragione. Poi, mentre l'animale gli rispondeva con piccole musate affettuose, lo portò tra le stanghe del carro.

Ignorava di averlo preso a male parole per l'ultima volta.

# 5

A metà della mattinata il carro dei nani uscí dalla foresta. Damlo, finiti gli ultimi ritocchi alla fionda, intagliava un pezzo di legno a forma di croce asimmetrica: voleva ricavarne una cicogna in volo. Quando i nani lo chiamarono, corse a cassetta e sedette insieme a loro. Non aveva mai visto le pianure erbose e le immaginava come una radura molto grande; perciò, appena gli alberi finirono, rimase senza fiato.

Di fronte a lui si allargava un'infinita distesa verde chiaro, la cui immensità rimpiccioliva sotto un cielo nuvoloso mille volte piú ampio. Fin dove arrivava lo sguardo, la pianura era coperta da alti ciuffi d'erba, spesso fioriti di bianco e di giallo, tanto fitti che si distinguevano soltanto per le sommità un poco arrotondate. In lontananza, molto distanziate tra loro, erano sparse macchie di vegetazione piú alta, offuscate da veli d'acqua che parevano nebbiolina. La pioggia cadeva in scrosci successivi, piegando i lunghi steli a migliaia per volta. E mentre gareggiava con le raffiche di vento nello strapazzarli, sembrava mormorare litanie arcane.

La vastità dell'orizzonte dava le vertigini e Damlo si aggrappò alla panchetta di guida stringendola forte. Poi, dentro di lui, qualcosa si rilassò di colpo e il ragazzo percepí se stesso fondersi con quella grandiosità. Ne divenne parte, come neve precoce in una polla sorgiva, e tacque, profondamente emozionato.

«Non eri mai uscito dalla foresta, vero?» domandò Clevas, male interpretando il suo silenzio. Quindi, senza aspettare una risposta, continuò: «All'inizio la pianura è terrificante, lo so: ricordo ancora la prima volta che l'affrontai. Eravamo in guerra coi nomadi delle steppe occidentali e, per raggiungere il fronte, bisognava traversare la pianura di Tresin. Io viaggiavo con le salmerie e la cosa non mi piaceva affatto: pensavo di essere un guerriero e volevo stare con i guerrieri. Cosí, quando l'istruttore Brávenas Scuotiroccia mi chiamò insieme agli altri, ne fui felice. Non mi avvidi che riuniva tutti i novellini, né mi accorsi di come i guerrieri piú esperti ci osservassero, sogghignando. Marciavamo felici, noi pivelli, cantando a squarciagola. Ma appena le montagne sparirono all'orizzonte la canzone si fece meno baldanzosa e, poco a poco, tacemmo tutti. Nessuno voleva ammettere per primo di sentirsi male e, per nasconderlo, compimmo dei veri atti di eroismo. Intanto, i veterani scommettevano su chi avrebbe ceduto per primo. Ricordo che marciavo con lo sguardo fisso sulla punta degli stivali. Vedevo benissimo che passo dopo passo si piantavano saldamente nel terreno, eppure mi pareva di essere sempre sul punto di cadere. Io: un nano cresciuto tra i dirupi, avevo le vertigini! Non osavo nemmeno alzare la testa, perché l'avevo già fatto una volta e mi era sembrato di camminare in una gigantesca padella d'erba. Perciò capisco quello che provi, ragazzo: è una brutta sensazione. Orribile, anzi.»

«Cosa è successo, poi?» chiese Damlo, che si sentiva benissimo.

«Ci pensò Brávenas, alla sua maniera. Appena il primo di noi si chinò per aggrapparsi a un ciuffo d'erba, Scuotiroccia si mise a sbraitare come un orso ferito. Voleva distrarci, naturalmente, e ci riuscí a meraviglia. Rammento che desideravo soltanto scavare un buco per terra e nascondermici dentro; invece mi ritrovai a lucidare elmo e corazza con una foga bastante a ridurne lo spessore della metà. Quando un istruttore vuole sgridare un pivello, di solito lo fa a proposito dell'equipaggiamento; cosí, mentre Brávenas continuava a gridare, marciammo per piú di tre ore regolando le cinghie degli zaini e togliendo invisibili macchioline di ruggine dagli scudi. Alla fine, perfino lui dovette arrendersi: eravamo cosí lucidi e scintillanti che l'unica cosa rimasta da pulire era la suola degli stivali tra un passo e l'altro!»

«E intanto la paura vi era passata» rise Damlo.

«Neanche per sogno!» sogghignò Clevas. «Eravamo piú terrorizzati di prima, ma da Scuotiroccia! Fu davvero in gamba: una sfuriata di tre ore! Non è facile, sai? D'accordo, l'equipaggiamento di una recluta ha sempre qualcosa che non va. Ma prova a elencarne le parti: ci metti un minuto. Aggiungi qualche descrizione delle magagne, magari colorita, e arriverai a due, tre minuti al massimo. Con le imprecazioni e le minacce di rito non supererai i cinque minuti. Diciamo che hai molta fantasia? Raddoppiamo a dieci. Ma tre ore... E bada che non ti puoi ripetere, altrimenti perdi mordente. Brávenas era davvero un fuoriclasse e, a ogni campagna, i veterani scommettevano sulla durata delle sfuriate. Anch'io, dopo un po', divenni istruttore, ma non sono mai riuscito a batterlo.»

«Qual è stato il tuo massimo?» chiese Damlo.

«Due ore e tre quarti» sussurrò Írgenas, badando bene che l'anziano tutore lo sentisse. «E non ha superato Scuotiroccia soltanto perché mio nonno lo volle nella guardia reale dopo meno di due anni.»

«Be', sí, non me la cavavo male neppure io» si pavoneggiò il vecchio nano.

«È vero» continuò Írgenas, questa volta ad alta voce e strizzando l'occhio al ragazzo. «In effetti non conosco nessun altro capace di lamentarsi cosí a lungo per faccende di cosí poco conto.»

«Cosa, cosa?» si inalberò Clevas. «Io non mi lamento mai! E soprattutto non per cose da nulla! Mi accusi sempre senza motivo, tu. Non sei capace di considerare...»

E mentre Írgenas continuava a punzecchiare l'amico, e quello, cascandoci, gli rispondeva impermalito, il carro proseguí attraverso la pianura. La strada era diventata poco piú di una pista segnata dai solchi di mille ruote. Gli zoccoli del mulo non facevano quasi piú rumore e, nelle pause tra le raffiche di pioggia, si udiva strisciare l'erba sul fondo del veicolo

Dopo qualche ora di cammino le macchie di vegetazione si fecero piú frequenti e la via iniziò a serpeggiare tra minuscoli boschetti. Alcuni erano radi e lasciavano scorgere la pianura al di là dei tronchi e degli arbusti; altri erano invece molto fitti. Nel primo pomeriggio divennero cosí ampi che, a volte, la strada li attraversava.

Uscendo da uno di questi, la pioggia era appena cessata, Damlo si accorse che il mulo zoppicava.

«Niente di grave» spiegò ai nani, dopo avere esaminato la zampa anteriore destra dell'animale. «Ha solo perso un ferro.»

«È comunque un problema» mugugnò il principe. «Non ne abbiamo di scorta e, in ogni caso, non saprei come metterlo.»

«Io l'ho visto fare» replicò Damlo. «Potrei provare, se aveste dei chiodi adatti; ma senza il ferro...»

«Arriviamo fino allo Sweldal, ormai siamo vicini. Alla capanna del traghettatore troveremo...»

Improvvisamente Írgenas si irrigidí e Damlo, stupito, ne seguí lo sguardo. Verso sud, prima di immergersi in un vasto bosco, la strada proseguiva allo scoperto per circa un quarto di miglio. E dagli alberi, lontano, era appena sbucato un cavaliere al galoppo. Cavalcava sghembo sulla sella, aggrappandosi alla criniera, con una freccia conficcata nella schiena.

Il cavallo percorse di gran carriera un centinaio di passi, poi, fendendo l'erba alla propria destra, abbandonò la strada. Con tutta evidenza, il ferito voleva nascondersi in una macchia di alberi che cresceva poco lontano, ma non fece in tempo. Dal bosco spuntarono altri cavalieri, una decina. Si tuffarono anch'essi nell'erba alta, avvicinandosi obliquamente alla preda. Gridavano e, ogni tanto, tiravano altre frecce, senza riuscire a colpirla. Erano tutti vestiti con pelli di lupo, tranne quello che cavalcava in testa, avvolto in un mantello nero.

«Non ti muovere per nessun motivo» sussurrò Írgenas a Damlo. «Siamo in piena vista e anche il piú piccolo movimento attirerebbe l'attenzione.»

Miracolosamente, il fuggiasco riuscí a rimanere in sella e a continuare la fuga. Sparí nel boschetto, seguito dopo qualche istante dai banditi. Con un misto di paura e di eccitazione, Damlo guardò i nani.

«Non c'è modo di aiutarlo» dichiarò Írgenas, scuotendo

la testa. «Sarà molto se riusciremo a traversare il fiume senza problemi: quella gente proveniva da lí.»

«Avete visto? Li comandava una Spada Nera!» disse Damlo.

«Non dare mai nulla per scontato» replicò Clevas. «La verità è che abbiamo visto un bandito con un mantello scuro.»

Írgenas fece ripartire il mulo. Dopo aver traversato velocemente il tratto erboso, si inoltrò nel bosco dal quale erano usciti i cavalieri, che si rivelò essere quello che costeggiava il fiume. Venti minuti piú tardi, infatti, i nani e Damlo si trovarono di fronte lo Sweldal. Sulla riva c'era un largo spiazzo privo di piante, a lato del quale sorgeva una grossa capanna. A una trentina di passi dalla costruzione si ergeva una impalcatura piramidale di tronchi e, accanto a essa, galleggiava una piattaforma di legno munita di due parapetti.

«Siamo fortunati» disse Írgenas. «Il traghetto è su questa sponda.»

Guidò il carro fino alla capanna, le cui finestre erano chiuse con pesanti scuri di legno.

«Il traghettatore era sposato» spiegò, scendendo in fretta dal veicolo. «Può darsi che la moglie sia ancora viva. Darò un'occhiata, poi traverseremo il fiume.»

«Forse è legata e bendata» aggiunse Damlo, emozionato. «E all'inizio crederà che siamo banditi, ma noi la salveremo!»

Con un salto si portò accanto al nano che stava già aprendo la porta.

Inizialmente la capanna era solo un riparo per il traghettatore. Poi l'uomo si era accasato e, al passaggio della prima carovana, sua moglie aveva imposto alcuni cambiamenti. La piattaforma non poteva trasportare piú di un carro alla volta e, aspettando il proprio turno, gli altri veicoli formavano lunghe file nel piazzale. Lasciare i clienti all'aperto, aveva dichiarato la donna senza ammettere repliche, è una grave mancanza di rispetto. E cosí, due giorni piú tardi, la casupola era diventata un luogo di ristoro. Con l'aiuto degli stessi carovanieri, in cambio di un passaggio gratuito, la giovane aveva inserito nel camino i sostegni necessari per arrostire grossi pezzi di carne. Poi, piazzati nello stanzone due tavolacci e una ventina di sgabelli, aveva svuotato il nascondiglio sotto la terza asse, spendendo tutti i risparmi del marito in botti di birra e boccali. Non era un gran lusso, ma bastava ad arrotondare le entrate della nuova famiglia.

Damlo si aspettava di vedere qualcosa di simile e già si preparava a fare paragoni con il salone del Melofrassino. Ma quando Írgenas aprí la porta della capanna, sia lui che il nano rimasero senza fiato.

La luce era fioca ma bastava a mostrare, in un angolo, la moglie del traghettatore: era morta. Sul davanzale interno della finestra era appollaiato un grosso corvo nero con il becco sporco di rosso, e attorno al tavolaccio, al centro della stanza, sedevano quattro uomini sporchi e irsuti, vestiti con pelli di lupo. Sull'asse erano ammucchiati una quindicina di boccali e di fronte a ognuno dei briganti era piantato un lungo coltellaccio.

Rimasero tutti immobili per un attimo. Poi, il nano e i banditi si mossero contemporaneamente.

«Clevas, le armi!» gridò Írgenas, lanciandosi verso il tavolo.

«Visite!» biascicò uno degli uomini, mentre si alzava di

scatto e strappava dal tavolo la propria lama. Il brusco movimento lo fece barcollare indietro di due o tre passi.

Anche gli altri balzarono in piedi, facendo rotolare gli sgabelli di legno e allungando le grinfie verso i coltelli. Due di essi riuscirono a estrarli dal legno. Il terzo, quello piú vicino alla porta, non fu abbastanza svelto. Mentre stendeva la mano verso l'impugnatura, Írgenas gli schiantò il pugno nel fianco, facendogli uscire di botto tutta l'aria dai polmoni. L'uomo si piegò in due, boccheggiando; in una frazione di secondo, il principe si impadroní del suo coltello e gli fracassò la nuca con l'impugnatura.

I banditi erano decisamente ubriachi, ma nessuno di loro sembrava un novellino. Resi cauti dalla fulminea morte del loro compare, si sparpagliarono per la stanza. Mentre il corvo svolazzava per la capanna come un pipistrello intrappolato, lanciarono a Damlo una rapida occhiata; poi, giudicandolo inoffensivo, non gli badarono piú.

Il nano, concentratissimo, saltava tra un avversario e l'altro fintando affondi e fendenti. Gridava, batteva forte i piedi per terra e sommava finte alle finte, sforzandosi di frastornarli e confonderli mentre cercava un varco nelle loro guardie. Ma le braccia degli umani sono piú lunghe di quelle dei nani e i banditi lo tenevano lontano semplicemente allungando i coltelli verso di lui.

Damlo guardava, immobile. Sentiva le gambe molli; le braccia gli si erano fatte di granito e sembravano concentrare il loro peso sulla bocca dello stomaco. Il cuore gli batteva cosí in fretta che sembrava un picchio affamato.

Tre contro uno, pensava il ragazzo, e fra poco lo attaccheranno tutti insieme! Aveva la spina al fianco, ma la mano non voleva saperne di sfoderarla. La mente dava l'ordine e le membra non obbedivano. Benché sentisse il corpo vibrare di energia, non riusciva a usarla; la percepiva ingolfarsi nel petto con l'unico risultato di ostacolargli il respiro. Molto, molto lontano, dentro di lui, una vocina gridava 'vigliacco!'; ma non era abbastanza forte per scuoterlo.

Poi, i banditi circondarono il nano e cominciarono a stringere il cerchio, avvicinandosi da tre direzioni diverse. Írgenas prese a roteare su se stesso, cercando di non rimanere con le spalle scoperte abbastanza a lungo perché un bandito riuscisse a colpirlo. Damlo si chiese come mai Clevas non fosse già arrivato e si rese conto con stupore che non erano passati piú di quindici secondi da quando erano entrati nella capanna.

Non si poteva contare sul vecchio, dunque, ed era chiaro che Írgenas non avrebbe resistito a lungo. Adesso doveva veramente fare qualcosa. Con uno sforzo gigantesco cercò di muovere la mano verso la spina, ma non riuscí a spostarla neanche di mezzo pollice. La rabbia, la vergogna e il senso di impotenza si fusero in lui formando come un blocco solido e vischioso. Quasi senza rendersene conto si mise a soffiare tra i denti e, improvvisamente, la frustrazione si sciolse in un grido disperato. Rauco e distorto dalla paura, si riversò fuori come un potente conato di vomito, scorticandogli la gola e riempiendo la capanna. Urlò a lungo. Per ore, gli parve; come se possedesse il fiato di tutti i falliti del mondo. Poi le ginocchia gli mancarono. Cadde per terra, tremando con violenza, senza nemmeno la forza di attutire l'urto con le mani.

«La fiamma azzurra!»

Mentre la voce di Clevas echeggiava tra le pareti, Damlo scorse un rapido scintillio, udí un tonfo, e vide qualcosa di metallico comparire tra le scapole di un bandito. L'uomo crollò come un sacco. Con due balzi il vecchio nano si portò accanto al cadavere e recuperò l'ascia di Írgenas. Poi, facendola roteare sopra la testa, si mise a cantare l'inno del reggimento.

Fu troppo. I due superstiti non erano affatto disposti ad affrontare un combattimento alla pari e si diedero alla fuga. In preda al panico, uno si lanciò contro la finestra piú lontana e, non riuscendo a liberare il fermo, cercò di sfondare gli scuri con un pugno. Nella capanna echeggiò un crepitio di ossa spezzate seguito da una sfilza di orribili bestemmie. Con la mano rotta il bandito era fuori combattimento e i nani si rivolsero verso l'ultimo rimasto.

Se nell'angolo non ci fosse stato ancora il corpo della donna, forse il superstite avrebbe avuto una possibilità. Ma non era cosí. Con un gesto fluido, Clevas scagliò l'ascia verso la testa dell'uomo che, pur ubriaco, si chinò rapidamente. Il movimento fu utile a schivare l'ascia, ma non a salvargli la vita: il pugnale di Írgenas gli penetrò con forza sotto il mento, fulminandolo.

Mentre l'uomo scivolava in terra, un fiotto di luce inondò l'interno della capanna; l'ultimo bandito era finalmente riuscito a sbloccare gli scuri e stava freneticamente cercando di scavalcare la finestra. In un lampo, Írgenas raccolse l'ascia e la scagliò contro il fuggitivo. Per un attimo, l'arma volò affiancata al corvo; poi, mentre l'uccello guadagnava la libertà, l'uomo fu colpito in pieno e crollò pesantemente sul davanzale.

Nella stanza si diffuse un aroma pungente, e Damlo si ritrovò alla locanda con il libro sottobraccio, Trano arrabbiato e quello stesso odore nell'aria.

Mentre Clevas si chinava sulla donna, Írgenas andò a recuperare l'ascia. Cadendo, il bandito aveva infranto una boccetta di terracotta; il nano ne raccolse un frammento, sporco di una sostanza rossa e granulosa, storcendo il naso.

«È per il corvo» cercò di dire Damlo; ma la voce gli uscí stridula e gracchiante e le parole rimasero incomprensibili. La voce di un vigliacco, sentí dire alla vocina dentro di sé.

Allora si detestò. Consapevolmente. Con forza, rabbia e disperazione. E abbassò lo sguardo, perché la vista dei nani gli era insostenibile.

«Non abbiamo nemmeno il tempo di seppellire la donna: gli altri banditi torneranno presto.»

Alle parole di Clevas, Damlo fu invaso da un nuovo fiotto di terrore e percepí distintamente il sudore imperlargli la fronte. Soffriva per la paura, soffriva perché la provava, soffriva perché si disprezzava e soffriva perché non sapeva reagire altrimenti che detestandosi.

Si accorse vagamente che il vecchio nano copriva il corpo della donna con uno dei mantelli dei banditi e, poco dopo, si sentí sollevare da terra e accompagnare fuori per un braccio, delicatamente.

Clevas provava pietà per lui! Al pensiero, gli venne la nausea. Si sentí trattato come un infermo e udí aleggiare nell'aria parole non espresse: 'Poverino, non si guarisce dalla vigliaccheria!' Lacrime gli gonfiarono gli occhi e la vista gli si annebbiò. Era concentrato sul proprio patimento, come se non volesse perderne nemmeno una stilla. E mentre la sofferenza nutriva il disprezzo di sé, Damlo vi si immerse completamente.

«Andiamo, forza» esclamò Írgenas. «Non devono sorprenderci su questa sponda!»

Il ragazzo si arrampicò sul carro come un sonnambulo. Non voleva che arrivassero i banditi perché, uccidendolo, avrebbero messo fine alla sofferenza. E invece lui ne ave-

va bisogno. Sentiva che non avrebbe potuto sopportare la propria vigliaccheria, senza almeno pagarla a questo modo.

Improvvisamente si rese conto di quanto si stesse commiserando e, senza transizione, l'odio verso se stesso si trasformò in rabbia. Densa e incattivita, gli si gonfiò dentro con violenza. E con essa si risvegliò la furia: uscí dalla sua tana ruggendo e Damlo ne fu terrorizzato. Ma la paura, questa volta, non fece che alimentare la sua collera e invece di tentare di soffocare la bestia il ragazzo la chiamò fuori. Voleva distruggerla, frantumarla, massacrarla! Sentiva il bisogno di picchiare e rompere, e tutta l'ira, tutto il disprezzo, tutta la sofferenza per il non essere coraggioso si trasformarono in forza devastante.

E di colpo fu la belva nascosta in lui ad avere paura. Il ragazzo la inseguí per tutto se stesso gridando il proprio trionfo, finché essa si sciolse in fumo portandosi via la rabbia, la violenza e il dolore.

Non c'era stato nemmeno l'accenno di una convulsione.

«Maledizione!» sbottò Írgenas.

L'esclamazione riscosse Damlo, che lo guardò senza capire. Chiusi in un silenzio comprensivo, i nani avevano condotto il carro sino alla riva del fiume, fermandolo accanto alla struttura piramidale di legno. L'impalcatura era formata da cinque o sei grossi tronchi scortecciati, profondamente conficcati nel terreno e assicurati tra loro con fasce di ferro arrugginito. Dalla cima pendeva un canapo grosso come la coscia di un uomo, il cui capo libero era tutto sfrangiato.

«Hanno tagliato il cavo guida!» esclamò il nano. «Il traghetto è inservibile!»

I tre si guardarono in silenzio. Non avevano dubbi su quel che sarebbe successo quando i banditi fossero tornati.

«Non ci sono dei remi?» chiese Damlo.

La tempesta emotiva lo aveva lasciato debole, ma in qualche modo si sentiva anche molto forte: avvertiva che per la maniera in cui aveva sgominato 'quella cosa', aveva di nuovo il diritto di guardare gli amici negli occhi.

«No, lo facevano scorrere lungo la fune» rispose Írgenas, osservando preoccupato lo Sweldal; in quel punto era largo piú di duecento braccia.

«Potremmo costruirli noi.»

«Non ne abbiamo il tempo.»

«Forse alla capanna ci sono dei pali.»

«Al centro, il fiume è profondo. Il palo non toccherebbe e la corrente ci porterebbe via.»

«Appunto: traverseremmo il fiume discendendolo.»

«È solo una zattera. Affonderemmo di sicuro.»

«Ma non può affondare: è un pavimento di assi inchiodato su dei tronchi!»

«Chi lo sa? Io non mi fido.»

«Con il cavo ti saresti fidato. Perché non vuoi provare con i remi?»

«Perché no, dannazione!» esplose infine Írgenas. «Sono un nano, io! Dammi montagne e picconi, e ti scavo da solo tutta una miniera. Ti spiano un intero monte, se vuoi, ma non chiedermi di navigare, per la barba di mio padre!»

«Hai un'idea migliore?» intervenne piano Clevas.

Per un lungo istante il nano lo guardò come se gli avesse inferto una pugnalata alle spalle.

«E va bene!» gridò infine, avviandosi di corsa verso la capanna. «Ma non aspettatevi aiuto da me, quando affonderemo: sarò tre piedi piú sotto!»

Cercò in fretta dentro e intorno alla costruzione, poi tornò al carro con un lungo bastone.

«Questo basterà appena a staccarci dalla riva.»

«Allora bisognerà tagliare un alberello» sospirò Damlo.

Írgenas posò l'asta sul veicolo, impugnò l'ascia e corse verso il bosco.

«Portate il carro sulla zattera» gridò.

Damlo si avvicinò al mulo e lo carezzò. L'animale percepiva la tensione e si muoveva di continuo tra le stanghe. A fatica, il ragazzo lo condusse fino al minuscolo pontile.

In quel punto, lo Sweldal aveva percorso piú di sessanta

leghe e raccoglieva abbastanza acqua perché la sua portata subisse notevoli sbalzi a seconda della stagione. L'imbarcadero era fisso ma, dato che il livello del fiume cambiava spesso, il traghettatore aveva predisposto delle robuste assi per consentire ai carri di salire e scendere dalla piattaforma.

Il nano e il ragazzo le trascinarono in avanti e le sistemarono, costruendo tre solidi ponticelli: due per le ruote del carro e il terzo, al centro, per il mulo. Damlo vi saltellò sopra per saggiarne la tenuta; poi, soddisfatto, alzò lo sguardo verso Clevas.

Gli mancò il fiato. Dietro le spalle del nano, ancora a metà del piazzale, Írgenas correva verso di loro come se fosse inseguito da cento demoni.

«Arrivano!» gridò da lontano. «Salite sul traghetto!»

A Damlo si fecero nuovamente molli le ginocchia, mentre un flusso di energia gli si ingolfava nella bocca dello stomaco. Per un attimo rimase paralizzato, poi riuscí a scuotersi. Si precipitò alle redini e tirò il mulo sulle assi nonostante l'animale, innervosito, si impuntasse.

«Riparati: tra poco voleranno le frecce» gli disse Clevas, caricando la balestra.

Con un ultimo sforzo, Damlo portò mulo e carro sulla zattera. Poi inserí i freni per bloccare le ruote e si voltò.

Írgenas era ormai a pochi passi e, lungo la strada del bosco, si vedevano già galoppare i banditi. Con un balzo il nano saltò sulla piattaforma. Cinque secondi piú tardi gli ormeggi erano tranciati e Írgenas, puntato il lungo palo contro il pontile, spingeva la zattera nella corrente.

I cavalieri erano già a metà dello spiazzo. Cavalcando uno splendido stallone baio, li guidava un uomo che pareva il gemello della Spada Nera di Waelton. Sopra la sua testa volava il corvo fuggito dalla capanna, gracchiando senza interruzione. L'uomo sembrava furibondo e gridava, incitando gli altri. Alcuni impugnavano archi con le frecce già incoccate, pronti a lanciarle appena fossero arrivati a tiro.

«Vale qualcosa quella tua fionda per conigli?» chiese con calma Clevas, puntando la balestra.

Damlo balzò sul carro. La paura, adesso, gli fluiva nelle vene come un torrente. Gli vibrava dentro e lo faceva scattare prima ancora che avesse deciso cosa fare. Si trovò ad agitarsi senza concludere nulla, come se il muoversi in fretta fosse piú importante del portare a termine l'azione. Quando se ne rese conto cercò di fermarsi, ma non ci riuscí; allora provò semplicemente a rallentare i movimenti e, in questo modo, poté recuperare il controllo. Mentre rovistava sotto il telo, sentí lo scatto della balestra. Alzò la testa in tempo per vedere uno dei cavalli rotolare per terra, travolgendo il proprio cavaliere.

Finalmente trovò la fionda e, recuperata una pietra messa da parte per i conigli, la fece roteare sopra la testa. Il rumore fischiante lo riportò indietro di qualche giorno. Si ritrovò a Waelton, inseguito dalla Legione. C'era Busco e c'era quel sasso dalla traiettoria tesa che gli passava accanto all'orecchio...

Il secondo scatto della balestra lo riscosse. Un istante piú tardi, mentre un bandito si rovesciava sulla sella con un dardo piantato nel petto, il proiettile del ragazzo sfiorava la testa di un altro cavaliere. I banditi esitarono visibilmente e la carica quasi si sfaldò. Ma la Spada Nera si alzò sulle staffe voltandosi verso i suoi uomini.

«In acqua, maledetti!» gridò rabbiosamente. «In acqua prima che la zattera si allontani! E usate quei dannati archi!»

In seguito alle spinte di Írgenas, la piattaforma si era già staccata dalla riva di una quindicina di braccia e la corrente la stava trascinando a valle. Sferzati dalla voce dell'uomo in nero i banditi rinsaldarono le fila e, precipitandosi verso il fiume, scoccarono un nugolo di frecce. Il tiro era difficile, data la velocità dei cavalli, ma alcuni dardi si conficcarono tambureggiando nelle assi del carro.

«Per la mia barba, ragazzo, riparati!» gridò Clevas con voce stridula.

Damlo balzò giú dal veicolo, dalla parte del mulo, e vi si nascose dietro.

«Se mi riparo non posso usare la fionda» borbottò tra sé. Poi, vedendo che l'animale era agitatissimo, gli si avvicinò e cercò di calmarlo.

Il gruppo era intanto arrivato al fiume. La Spada Nera, seguita da uno dei banditi, deviò verso valle galoppando lungo la riva per precedere la zattera.

Gli altri cavalieri, invece, presi dalla foga, si lanciarono nell'acqua all'altezza della piattaforma, spronando i loro animali perché nuotassero velocemente. Ma la corrente vicino alla sponda era assai meno veloce di quella piú al largo e i cavalli non riuscivano ad avvicinarsi al traghetto.

Quando la Spada Nera si accorse dell'errore, sembrò impazzire dalla rabbia. Gridando come un ossesso coprí i suoi uomini di invettive, poi diede seccamente un ordine al bandito che l'aveva seguito. Prendendo accuratamente la mira, l'uomo tese l'arco e scoccò quattro frecce una dopo l'altra. Le prime due si piantarono nelle assi del carro, e la terza passò accanto alla testa di Damlo, perdendosi nel fiume. L'ultima colpí il mulo.

Con un tonfo molle gli si infilò nel collo fino all'impennatura. Lo traversò da parte a parte, spuntando davanti agli occhi del ragazzo come un rapido fiore luccicante e rosso.

Damlo gridò come se fosse stato colpito, ma la sua voce

venne coperta dal rantolo dell'animale. Poi il mulo scattò in avanti, come per fuggire la morte che già lo abitava. Di fronte aveva solo il bordo della zattera, senza nemmeno un parapetto, e se Damlo non avesse prima inserito i freni la bestia si sarebbe lanciata nel fiume con tutto il veicolo.

Il carro era pesante e aveva le ruote bloccate, ma l'approssimarsi della morte dotava l'animale di una forza straordinaria. Quasi immobile, con il corpo che tremava violentemente e gli zoccoli che raschiavano il pavimento di assi, pollice dopo pollice il mulo trascinò il veicolo verso il bordo della piattaforma.

Il sangue, però, gli usciva dalla ferita a fiotti e la forza infusagli dall'agonia diminuiva gradualmente. Infine l'animale ebbe un ultimo, travolgente sussulto: con una scossa furiosa spostò il carro di quasi tre piedi e rimase sul traghetto solo con le zampe posteriori, come se stesse impennandosi verso il fiume. Poi il cuore gli cedette e la povera bestia crollò di schianto, piombando per metà nell'acqua.

Disperato, Damlo si voltò verso gli amici; e immediatamente si lasciò cadere sulle assi: morto il mulo, era completamente esposto alle frecce avversarie. Strisciò sotto il carro fino a raggiungere i nani.

«Mi rimangono solo due dardi» stava dicendo Clevas.

«Fanne omaggio alla Spada Nera, come lo chiama Damlo» rispose Írgenas sogghignando. «Ne sarà certamente deliziato.»

Il capo dei banditi si era fermato sulla riva del fiume e gridava oscenità contro i suoi uomini. La freccia gli si conficcò in fronte mentre il cavetto della balestra vibrava ancora. Rigido come un paletto, l'uomo crollò da cavallo senza neanche un gemito.

Vedendolo cadere, gli altri si guardarono tra loro con

una espressione stupita e un po' disorientata. Poi voltarono i cavalli e si diressero verso la sponda del fiume. Solo l'uomo che aveva seguito la Spada Nera non rinunciò. Sfilò la lama maledetta dal fodero del cadavere e la impugnò. Damlo vide distintamente il suo volto cambiare espressione e, al pensiero di ciò che il bandito stava provando, rabbrividí. L'uomo balzò sullo stallone senza neanche toccare le staffe e partí al galoppo. In pochi secondi fu al limite dello spiazzo, là dove gli alberi ricominciavano a crescere in riva al fiume. La zattera stava per arrivare a quell'altezza. Il bandito scese di cavallo e si tuffò. Era un nuotatore provetto e filava assai piú velocemente di quanto avrebbe fatto l'animale. Si avvicinò alla piattaforma tenendo la spada nera tra i denti, e Clevas puntò la balestra carica dell'ultimo dardo.

«No» lo fermò Írgenas. «Ho un messaggio per lui.»

Con due salti arrivò al bordo della piattaforma e sollevò l'ascia. Coraggiosamente il nuotatore impugnò la spada, ma il nano non gli lasciò il tempo di fare altro.

«Con gli omaggi della traghettatrice» mormorò. E lo uccise.

Poi, tra le imprecazioni e gli insulti degli altri banditi, tornò velocemente al riparo. Un istante piú tardi, mentre una inutile pioggia di frecce si piantava nelle sponde del carro, il traghetto superò il piazzale e proseguí la discesa lungo il fiume.

Al centro dello Sweldal la corrente era piuttosto forte, ma a una ventina di braccia dalla sponda, dove si trovava la zattera, l'acqua scorreva con meno irruenza. La riva alberata sfilava quindi lenta e maestosa accanto alla piattaforma. Platani giganteschi crescevano tra salici selvatici, ontani e frassini. Alti pioppi bianchi si alternavano qua e là ai salici piangenti, le cui cascate di foglie novelle si inchinavano al fiume in un tripudio di verde, acceso dalla recente pioggia.

Nel corso degli anni molti alberi erano invecchiati e morti, adagiando spesso i loro tronchi a cavalcioni della riva. I piú grossi avevano resistito alla forza delle piene e la vegetazione che prospera sulle piante morte li aveva colonizzati. Quei tronchi, macchiati di cento verdi diversi, si protendevano di tanto in tanto verso la zattera.

Fu contro uno di questi che il traghetto si arrestò, dopo avere navigato per alcune miglia. Il platano secolare sporgeva dalla sponda dritto come un fuso. Nel crollo era affondato abbastanza da trovarsi a pelo d'acqua, ma era caduto da poco e non aveva fatto in tempo a marcire. I suoi rami sporgevano eretti dal fiume, maculati e nudi come alberelli invernali cresciuti per sbaglio lontano dalla riva.

La zattera si fermò con un tonfo, seguito da un raschiare violento e dal crepitio dei rami piú piccoli che si spezzavano. Poi cominciò a ruotare su se stessa, mentre la corrente cercava di farle oltrepassare l'ostacolo.

Írgenas Cuorsaldo era un guerriero famoso tra i suoi come fra i nemici. In battaglia nessuno lo superava per coraggio e abilità. Ancora da adolescente, all'età di venticinque anni, aveva caricato da solo una ventina di guerrieri nomadi che circondavano quattro dei suoi compagni. A colpi d'ascia, si era aperto un varco sanguinoso tra quei temibili combattenti e, una volta raggiunti i commilitoni, aveva nuovamente spezzato l'accerchiamento portandoli in salvo. Nonostante fosse conosciuto come uno dei nani piú prodi e coraggiosi, non aveva mai saputo scendere a patti con la naturale avversione della sua razza per l'acqua fonda.

Svanita la frenesia del combattimento, durante la breve e placida navigazione era quindi rimasto strettamente abbrancato al parapetto della zattera, occhieggiando sospettosamente le grigie acque del fiume.

Appena decise che l'urto non avrebbe affondato il traghetto, lasciò la presa, si arrampicò sul carro e afferrò due rotoli di corda nuova. Poi si precipitò verso l'albero morto e vi assicurò la piattaforma, creando una bizzarra ma robustissima ragnatela di nodi e contro nodi. Infine seguí col fiato sospeso il movimento che la corrente imprimeva al traghetto. E quando capí che la zattera non avrebbe spezzato i rami a cui era ormeggiata, né si sarebbe trascinata dietro l'intero platano, si accasciò sul pavimento di assi.

«Salvi!» mormorò tra sé.

Restarono tutti in silenzio per un bel po'. I nani, intenti a riflettere sul viaggio compromesso dalla morte del mulo, e Damlo, seduto accanto al corpo semisommerso dell'animale, con l'animo appesantito dal rimpianto.

Il ragazzo aveva tremato durante tutto il tragitto, senza riuscire a distogliere gli occhi dalle frecce piantate nel carro. La vittoria sulla furia, aveva capito, non significava la fine della paura, e ora gli sembrava irrilevante. Nel suo cuore, l'angoscia si mischiava alla vergogna: adesso, i nani sapevano! Non ne avrebbero fatto cenno perché erano diversi da Proco e Busco; ma d'ora in poi, a ogni occasione, lui avrebbe cercato sui loro volti i segni del compatimento. Sarebbe stata una espressione inconsapevole? Una rapida occhiata scambiata con il compagno? O forse, addirittura, un sorrisino mezzo nascosto? In ogni caso, lui se ne sarebbe accorto e avrebbe fatto finta di niente, sentendosi morire dentro.

Per non mettersi a piangere cominciò a levare i finimenti

al mulo. Non fu un'operazione semplice perché la parte anteriore dell'animale era sott'acqua; a un certo punto dovette persino immergersi, mentre i nani lo guardavano inquieti. Non gli dispiacque: il freddo avrebbe giustificato il suo tremore.

«Povero Proco» sospirò infine, rivestendosi, mentre la corrente si portava via il mulo. «Mi mancherà.»

«Mancherà anche a noi» aggiunse Írgenas. «Soprattutto quando avremo attraversato il fiume.»

«Come faremo a proseguire?» mormorò Damlo.

«Ci penseremo quando saremo dall'altra parte» rispose il nano.

«E non saranno pensieri facili» aggiunse Clevas «perché rimarremo bloccati: senza una strada, il carro non può uscire dal bosco.»

«Non è detto» ribatté Írgenas. «La riva meridionale dello Sweldal non è molto alberata e l'approdo sarà facile. Poi troveremo una soluzione. Probabilmente andrò fino a Drassol e comprerò un cavallo. Dista all'incirca trenta leghe: se l'animale riuscirà a seguire il mio passo, dovrei farcela in quattro o cinque giorni.»

«Sessanta leghe in quattro giorni?» chiese Damlo stupito.

«Noi nani siamo resistenti: non ci fermiamo mai a riposare e, quando è necessario, dormiamo poco. I veri problemi sono altri. Il ritardo, innanzitutto, e poi i banditi; se attraversassero il fiume, in due non riuscireste a batterli.»

Damlo lo guardò attentamente, cercando di capire se aveva detto 'due' per non ferirlo.

«Clevas,» proseguí il nano «hai idea di come dovrebbero essere dei remi, per spostare una zattera pesante come questa?»

Mentre i nani si consultavano a vicenda, Damlo rimase

in silenzio. Non trovava il coraggio di formularla per intero, ma nella mente gli frullava un'idea.

Il ritardo dei suoi amici era talmente grave da averli spinti a prendere con sé uno sconosciuto pur di non perdere due giorni di viaggio. E quel che gli avevano raccontato in seguito giustificava la loro urgenza. Per la fretta, Clevas aveva perfino abbandonato la sua ascia nel corpo della Spada Nera! Eppure, l'erede al Trono di Pietra era tornato indietro per salvarlo dai lupi, rischiando la propria vita e la missione.

E lui? Alla prima occasione si era fatto rimbecillire dalla paura, abbandonando Írgenas nel pericolo; e ora, che sapeva dove trovare un cavallo per i nani, non osava confessarlo neppure a se stesso. Sospirò. Poi, a un tratto, si rivide mentre spiava la Legione di Waelton.

In fondo i banditi sono ubriachi, si disse. Potrei almeno andare a vedere. Solo un'occhiata, senza dirlo a nessuno. Se avrò troppa paura tornerò indietro e i nani non lo sapranno mai. Anzi: tornerò indietro di sicuro. Vado solo a vedere.

Si alzò, combattendo la nausea; assestò il fodero della spina e si legò la fionda intorno alla vita, sotto il mantello.

«Vado in cerca di conigli» mentí, mentre camminava in equilibrio sul platano morto.

«Non ti allontanare troppo» lo ammoní distrattamente Clevas, quindi ricominciò a discutere con Írgenas.

Arrivato a terra, il ragazzo si voltò verso la zattera e guardò a lungo gli amici. Poi si inoltrò fra gli alberi con la loro immagine stampata negli occhi.

Camminò per una buona mezz'ora, immerso nell'odore di foglie umide e fiori nascosti, destreggiandosi tra grovigli di tronchi, arbusti e rampicanti. Benché fosse cresciuto in una foresta, faticò parecchio ad avanzare. Cercava di mantenersi lungo la sponda dello Sweldal e deviava verso l'interno solo quando la vegetazione era cosí densa da impedire il passaggio; poi, appena poteva, tornava verso il fiume. Anche gli alberi erano fitti. Oltre alla miriade di piante giovani, ve n'erano molte grandi e vecchie. Alcune erano proprio antiche e, ogni tanto, lui si fermava a salutarle, appoggiando le mani sulla corteccia. Gli piacevano, e il contatto con esse, cosí come la difficoltà della marcia, lo aiutavano a non pensare ai banditi.

Successe con un faggio piangente. Cresceva sulla riva e l'acqua scorreva limpida accanto alle sue enormi radici, corteggiando i ciuffi di foglie piú bassi e formando intorno a essi placide onde e minuscoli gorghi. La pianta era cosí imponente che, all'inizio, Damlo la scambiò per un boschetto a sé. Si trattava di un albero magro, naturalmente, perché gli alberi grassi esistevano solo a Waelton. Ma penetrando nella cascata di fronde, il ragazzo si sentí ugualmente un po' a casa sua. I lunghi rami tortuosi parevano scendere dal cielo come spessi capelli, circondati ognuno da spirali di foglie lucide e verdi. Benché Damlo li scostasse con delicatezza, dopo il suo passaggio ondeggiavano a lungo frusciando maestosamente.

Infine la sua mano incontrò il vuoto. Il tronco era circondato da uno spazio libero largo un paio di braccia e sei adulti avrebbero faticato ad abbracciarlo. Si ergeva dritto e liscio per almeno cinquanta piedi, e solo a quell'altezza si dipartivano i rami primari, grossi ognuno come una pianta normale.

«Sei magnifico!» mormorò il ragazzo, appoggiando le mani sulla corteccia.

«Questo è molto gentile da parte tua» gli rispose una voce salda e profonda.

Per un istante a Damlo si fermò il cuore. Poi si voltò di scatto: stavolta aveva distinto perfettamente le parole.

«Chi è?» domandò. Non gli piacque il tono stridulo della propria voce.

«Questo è curioso, giovane rosso: prima ti rivolgi a me e poi chiedi 'chi è' come se non mi avessi appena parlato.»

«Il faggio?»

«Naturale! Anzi, non esattamente, però sí. Sono io, insomma: mi hai fatto un complimento e ti ho ringraziato.»

«Ma gli alberi non parlano!»

«Questo è piuttosto vero.»

«E allora chi sei?»

«Te l'ho appena detto, sono io. Noi, anzi. Cioè di nuovo io. Oh, insomma! È difficile da spiegare nella tua lingua... Facciamo cosí: chiamami 'Bosco'.»

«Ma nemmeno i boschi parlano!»

«Ho detto 'Bosco', non *un* bosco.»

«Non capisco.»

«Se ti fermi un attimo cercherò di spiegartelo meglio.»

Damlo, infatti, aveva fatto due o tre volte il giro del tronco, saltando qua e là per sorprendere la persona che si prendeva gioco di lui. Curiosamente, non provava la minima paura.

Dal lato del fiume sporgevano grosse radici contorte e, alle parole di Bosco, il ragazzo sedette su una di esse. Per un attimo pensò a quelle dell'albero del consiglio, il suo sogno proibito, poi si rialzò di scatto.

«Oh, scusa... Posso sedermi su questa radice?»

«Possiedi modi garbati, giovane rosso. Siedi pure dove preferisci.»

«Perché mi chiami giovane rosso?»

«Perché sei giovane e perché sei rosso.»

«Ah, i miei capelli» disse Damlo facendo una smorfia.

«Sí, anche quelli.»

«Cosa significa anche quelli?»

«Significa *anche* quelli: hai molto di rosso, tu. Non solo i capelli.»

«Non capisco. Cosa ho di rosso?»

«Moltissimo. La coda, tra l'altro.»

«Ma io non ho la coda!»

«Ah no? E cos'è quella cosa che ti pende dietro?»

Damlo si portò di scatto le mani al posteriore e si accorse che la spina, durante il tragitto, si era spostata dal fianco alla schiena. Stupido, si disse, che controlli a fare? Pensavi ti fosse spuntata una coda? Sfoderò l'arma.

«Questa, dici?» rise mostrandola al faggio «Ma è solo la mia spina!»

«Sí, appunto. Ognuno usa le parole a modo suo e chiama le cose come preferisce.»

«Hai ragione: io la chiamo spada, anche se è solo una spina. L'ho trovata in una grotta.»

«Questo è sorprendente. Avrei proprio detto che fosse la tua coda.»

«Ma gli uomini non hanno la coda!» ridacchiò Damlo.

«Se vuoi pensarla cosí... È come per le parole: ognuno crede alla sua maniera e solo a ciò in cui vuole credere.»

«Questa è davvero una circostanza curiosa» intervenne una seconda voce. «Perché se vuoi sapere come la penso, amico verde, ti dirò che secondo me lui non sa.»

Proveniva dalla parte del fiume, ed era assai diversa dalla prima: piú liquida e mormorante, pur essendo altrettanto maestosa. Benché non avesse capito perfettamente le parole, Damlo ammutolí, guardandosi intorno.

«In questo caso dev'essere ancora piú giovane di quanto sembri» rispose il faggio.

«Era parecchio tempo che non osservavo qualcosa di tanto interessante!» Man mano che la seconda voce parlava, Damlo capiva sempre piú la sua maniera di pronunciare le parole, e il loro significato gli si chiariva. «Davvero molto, molto tempo.»

«Cosa, è interessante?» chiese il ragazzo.

«Anch'io, amico grigio» disse il faggio. «Migliaia e migliaia di stagioni, direi.»

«Migliaia?» chiese Damlo.

«Naturale! Questo posto esiste da tantissimo tempo.»

«Questo posto?»

«Sí: io. Bosco. Anzi, noi, ossia di nuovo io.»

«Non capisco.»

«Hrrrumm! Come spiegarlo? Provaci tu, amico Sweldal; scorrendo anche nelle città, conoscerai certamente piú parole di me, nella sua lingua.»

«Sweldal? Vuoi dire che sto parlando con il fiume Sweldal?»

«A dire il vero mi sembra che tu stia parlando con me, non con lui.»

«Sí, ma voglio dire: tu sei il bosco e l'altro è il fiume?»

«Non è carino da parte tua chiamarmi 'l'altro'.»

«Oh! Mi dispiace, non volevo offenderti: sono molto confuso e non capisco bene quello che succede.»

«Sei perdonato» frusciò la seconda voce; «Si sa che i giovani torrentelli schizzano dappertutto, quando incontrano per la prima volta le rocce.»

«Allora tu sei il fiume e lui, cioè tu» Damlo si voltò verso il faggio «sei il bosco? Anzi, Bosco?»

«Né l'uno né l'altro, gemma rossa, eppure qualcosa di simile. Io sono Sweldal, ma non sono precisamente il fiume, e il mio amico verde è Bosco, senza essere precisamente il bosco. Gli umani ci chiamerebbero 'Luogo', forse. C'è un vecchio schiavo, molto piú giú, nella città di Botinar; pur non potendo udirmi né conoscermi direttamente, mi porta amicizia e io lo ricambio. Lui mi chiama *essenza* del fiume e credo che si possa dire la stessa cosa di tutti noi: siamo l'essenza dei luoghi. Poi, come per le parole, ognuno usa i concetti come preferisce. Puoi immaginarci come Spiriti dei luoghi, se vuoi. Ci sono molti fiumi e molti boschi nel mondo; io sono lo spirito di questo fiume, mentre il mio amico verde è lo spirito di questo bosco. È per questo motivo che non vuole essere chiamato *un* bosco: perché è *lui*, non un altro.»

«Non sapevo che gli spiriti dei luoghi parlassero.»

«Naturale che parlano!» disse Bosco. «Però è vero che non tutti sanno ascoltare.»

«E perché io vi sento?»

«Perché sei una gemma rossa.»

«Ma cosa vuol dire?»

«Se non lo sai significa che è troppo presto perché tu lo sappia» intervenne Sweldal. «Devi portare pazienza: a tempo debito lo scoprirai. Nella natura tutto ha un ritmo e sarebbe sbagliato affrettare i tempi.»

«Adesso capisco molte cose; vi sento da alcuni mesi, ma questa è la prima volta che distinguo le parole.»

«Vedi? Ogni cosa a suo tempo.»

«Allora siete anche i guizzi?»

«Cosa sono i guizzi?»

«Non lo so spiegare. Ma una volta ho pensato a loro come a degli spiritelli.»

«Vediamo un po'» disse Bosco. «Forza, forza, correte, unitevi, formatevi! Coraggio, giochiamo insieme!»

La sua voce assunse il suono di un rapido stormire di fronde e, improvvisamente, tutto intorno ci fu un guizzare allegro. Decine e decine di figure si libravano a mezz'aria, palpitando e scherzando tra loro in modo buffissimo.

«Eccoli! Sono questi!» rise Damlo.

«Sono i bambini» disse Bosco, unendosi alla risata.

«I vostri figli?»

«No, li ho chiamati cosí solo per farti capire. Puoi chiamarli spiritelli, se ti piace. Loro sono me, ma molto tempo fa, e io sono loro, ma tra molti anni.»

«Non riesco a capire.»

«Vedi,» intervenne Sweldal «a ogni luogo partecipano innumerevoli esseri e ognuno possiede uno spirito. Ogni foglia, ogni rametto, ogni bacca e ogni seme del bosco; cosí come ogni goccia d'acqua, ogni ansa e ogni roccia da cui sono formato io.»

«Anche le rocce?»

«Naturale! Loro, però, sono piuttosto sonnacchiose.»

«E perché vedo solo alcune decine di spiritelli? Dovrebbero essere migliaia!»

«Non migliaia: milioni! Ma sono minuscoli e impercettibili. Tu li vedi soltanto quando si combinano tra loro per giocare. Finché sono giovani si fondono e si scindono tutto il tempo, mischiandosi, divertendosi e scherzando. Con l'età, poi, alcuni si scelgono a vicenda e si ritrovano piú spesso insieme, separandosi meno facilmente. Sono sempre spiritelli, come li chiami tu, ma di entità piú complesse; una pianta, per esempio, e non solo una fogliolina; un roveto, e non solo un rametto o una bacca.»

«Mirabilmente esposto!» intervenne Bosco. «Vedi, gemma rossa, con il tempo gli spiritelli si consolidano sempre di piú, acquistando... Forma? Nome? Hrrrumm! Come è difficile la tua lingua!»

«Individualità» intervenne Sweldal.

«Ecco, sí. Insomma: alla fine arriveranno a unirsi a me, contribuendo a formare questo luogo.»

«E come mai, ogni tanto, formano figure umane?»

«Perché ti sentono» rispose Sweldal «e si plasmano su di te. Non hanno ancora una personalità precisa e sono sempre in cerca di nuovi giochi; si divertono a prendere forma e, per farlo, si ispirano alle emozioni e alle aspettative che percepiscono.»

«Però non parlano, vero?»

«Non come noi e, a questo stadio, non possono agire direttamente su di te; toccarti, per esempio. Però hanno un modo di comunicare tutto loro e riescono a esprimersi benissimo.»

«È vero: una volta mi hanno salvato dalla Legione di Waelton e un'altra hanno cercato di farmi posare un oggetto pericoloso.»

«Strano» intervenne Sweldal. «Di solito non interferiamo nelle vicende umane.»

«Perché?»

«A dire il vero non lo so, ma è cosí da sempre.»

«Peccato: volevo chiedervi aiuto perché devo fare una cosa pericolosa, tra un po'.»

«Però tu sei... Tu non sei... Hrrumm! Insomma, mi sembri un caso speciale» disse Bosco. «Cosa ne pensi, amico grigio?»

«Forse hai ragione, amico verde. In fondo ci può sentire e vedere.»

«Proprio vedere no» disse Damlo.

«Ah no?» rispose Bosco facendo allegramente stormire le sue fronde «E su chi credi di avere appoggiato le mani, poco fa?»

«Sul faggio, ma tu sei il... Se tu sei Bosco, non puoi essere un solo albero. Sei tutto questo bosco, no?»

«Anche le sue parti, non solo il tutto; e in particolare, sono questo faggio. Noi Luoghi, con l'età, preferiamo sceglierci un essere e abitarlo, piuttosto che stare in giro come i bambini.»

«Succede anche agli umani» disse Sweldal. «Ognuno ha un angolino preferito, nella propria abitazione. Cosí è per noi, soltanto che noi diventiamo quell'angolino.»

«Chissà dove abita lo spirito di Waelton.»

«Se è il tuo paese, forse non ha uno spirito. I luoghi artificiali che ne possiedono uno sono molto rari: nelle città ci sono pochissimi di noi, e solo nei luoghi piú antichi.»

«Waelton è speciale: sono sicuro che ha uno spirito. Però è vero che in paese non ho mai visto gli spiritelli.»

«Si mostrano solo se vogliono loro. Si riuniscono e si formano piú facilmente quando sei emozionato, perché ti sentono e si lasciano influenzare, ma anche in quel caso dipende dal tipo di emozione e dallo stato d'animo in cui si trovano.»

«Alla capanna non li ho visti, prima. Le mie emozioni non saranno piaciute nemmeno a loro.» Damlo storse la bocca. «Comunque adesso ci devo tornare. Mi aiuterete?»

«Come pensi che potremmo farlo?» chiese Sweldal.

«Non lo so. Potreste distrarre i banditi, o magari rinchiuderli nella capanna!»

«No, gemma rossa» disse Bosco. «Questo non lo possiamo fare; però ti posso dire che sono già tutti dentro. Forse potrei avvisarti, se ne escono, ma non so se riuscirò a parlare come faccio qui. Quello è un abitato umano e io mi ci trovo con difficoltà: quando sono lí, mi sento assai meno presente.»

«Grazie, anche solo un improvviso stormire di fronde sarebbe un aiuto prezioso. Adesso però vi saluto perché devo proprio andare.»

«Questo è piuttosto brusco» disse Sweldal.

«Hai ragione, scusami tanto; anche tu, Bosco, ma i miei amici mi aspettano e devo fare in fretta, altrimenti penseranno che mi sia successo qualcosa.»

«È proprio un germoglio» disse Bosco. «Ancora non è spuntato del tutto e già vuol mettere le foglie.»

«Già» aggiunse Sweldal. «Un vero torrentello primaverile.»

«Vai gemma rossa, vai pure. È stato un piacere incontrarti!» lo salutò Bosco.

«Anche per me!» gridò Damlo attraversando di nuovo la cascata di fronde. «Arrivederci a tutti e due!»

Tre quarti d'ora piú tardi, nascosto dietro un cespuglio di agrifoglio che cresceva al limitare del piazzale, Damlo spiava la capanna. Pioveva di nuovo e lui si era tirato sul capo il cappuccio del mantello. Come preannunciato da Bosco, in giro non c'era nessuno; ma dalla porta della costruzione, socchiusa, provenivano grida e risate attutite dalla pioggia. Mantenendosi tra gli alberi, il ragazzo girò intorno allo spiazzo e si portò sul retro della capanna.

Accanto alla baracca, tredici cavalli erano legati a un lungo palo orizzontale.

Adesso non poteva piú fingere di voler dare un'occhiata e basta. E sentí la paura. Non il solito timore paralizzante, ma una strana esaltazione che lo riempiva di energia e gli scorreva dentro solleticandogli la bocca dello stomaco. Come se avesse preparato un bello scherzo e la vittima stesse per cascarci.

Il terreno scoperto, meno di trenta passi, era costellato di piccoli cespugli, malerba e giovani piante. Scivolando tra un arbusto e l'altro, Damlo si avvicinò ai cavalli. Erano nervosi: scalpitavano e, di tanto in tanto, sbuffavano forte. Arrivato a una decina di passi da loro, il ragazzo percepí un odore dolciastro e leggermente nauseabondo. Gli ricordava qualcosa, ma per quanto si sforzasse non riusciva a mettere a fuoco la memoria. Appena vi rinunciò, la scena gli tornò in mente: l'albero del macellaio a Waelton. Ora sapeva cosa cercare e infatti lo trovò subito. Poco distante, seminascosti tra i cespugli, giacevano i cadaveri spogliati dei banditi e della Spada Nera. C'era anche il corvo, con il becco spalancato e completamente sporco della sostanza rossa e granulosa. Odore di sangue, pensò Damlo: ecco perché gli animali sono agitati.

Si avvicinò ancora. Non s'intendeva veramente di cavalli, ma tra quelle bestie anche un cieco avrebbe scelto lo stallone della Spada Nera. Alto e carico di spalle, con la testa elegante e le orecchie ardite, non avrebbe sfigurato nelle scuderie di un re. Come gli altri era ancora sellato, ma al contrario di essi non sembrava infastidito dall'odore del sangue. Damlo se lo immaginò tra le stanghe del carro: una corona di zaffiri in testa a un maiale.

Sempre meglio che in mano ai banditi, si disse, e strisciò verso la costruzione. Da quel lato, la capanna presentava un'unica finestra, socchiusa. Tra essa e il palo a cui erano assicurati gli animali c'erano meno di tre piedi e, per sciogliere le redini, sarebbe dovuto passare da lí; i cavalli erano infatti troppo nervosi per passare loro tra le zampe.

Raggiunse la parete di tronchi. Quasi accanto a sé udiva scoppi di voce, risate e bestemmie. La paura, ora, aveva cambiato veste: non gli vibrava piú nel petto, ma l'opprimeva con un groppo vischioso sotto lo sterno.

Lo stallone era legato di fronte alla finestra. Cercare di rubare proprio quel cavallo era un rischio folle. Però se i banditi lo avessero inseguito, con quell'animale li avrebbe lasciati indietro. Silenziosamente, arrivò accanto agli scuri. In quel momento smise di piovere.

Privato dell'esile sicurezza fornita dagli scrosci, il ragazzo si sentí completamente esposto. Per qualche attimo i suoi sensi smisero di funzionare, lasciandolo a galleggiare in un vuoto colmo di paura. Poi, di colpo, si riaccesero in una esplosione di percezioni.

Poteva distinguere ogni piccola scheggia o scalfittura nei tronchi della parete. Di ognuno scorgeva nitidamente il disegno delle venature e il colore, in una gamma di toni straordinariamente ampia. Distingueva i singoli peli del manto dei cavalli e, sui ciuffetti d'erba, le gocce di pioggia gli apparivano nitide come pietre preziose. Dietro al costante fruscio del fiume coglieva lo sgocciolio sporadico dell'acqua che finiva di colare dalle foglie e dal tetto della capanna. Erano mille singole voci che gli parlavano insieme ma senza sovrapporsi, raccontandogli ognuna la propria storia. Nell'aria, oltre al forte sentore di cavallo, percepiva il profumo dell'erba umida e l'odore del sangue. E poi, ancora, il fumo, la carne arrostita, la birra stantia, l'aroma residuo della sostanza rossa. Era persino in grado di sentire il tanfo di grasso rancido e di sporco emanato dai banditi, nella capanna.

Lo stallone lo guardava, calmo, puntando le orecchie verso di lui. Pian piano, il ragazzo allungò la mano e staccò le briglie dal palo; poi si avvicinò gattoni al cavallo e gli accarezzò i muscoli del petto. L'animale chinò il muso verso di lui, lo studiò un poco, quindi rialzò la testa come se niente fosse. Con i capelli erti per la tensione, Damlo si mise in piedi. Un passettino alla volta, perché il rumore degli zoccoli non apparisse diverso da quello di un cavallo che cambia posizione, fece indietreggiare lo stallone portandolo fuori dalla fila.

Mentre stringeva la cinghia della sella provò una sensazione di euforia: ce l'aveva fatta! Anche se i banditi fossero usciti in quel momento, infatti, gli sarebbe bastato saltare sul cavallo e fuggire al galoppo.

Già si vedeva arrivare dai nani e raccontare, fingendo indifferenza: 'Ho pensato che non valesse la pena di perdere quattro giorni aspettando il nuovo mulo, cosí sono andato a prendere un cavallo.' Loro lo avrebbero guardato strabuzzando gli occhi e gli avrebbero chiesto: 'E i banditi?' E lui avrebbe risposto con noncuranza: 'Mi hanno inseguito, naturalmente, ma ho scelto il cavallo piú veloce, perciò non mi hanno raggiunto.'

S'impietrí. I banditi l'avrebbero inseguito davvero! Non poteva arrivare allo Sweldal senza farsi scoprire. E se anche i loro cavalli non avessero raggiunto lo stallone, braccandolo giú per il fiume sarebbero arrivati al traghetto!

Fremette di paura. C'era un solo modo per impedire ai briganti di inseguirlo: portare con sé tutti gli animali. Condusse lentamente lo stallone in cima alla fila e girò un paio di volte le briglie intorno al palo. La paura era diventata un corpo solido che gli premeva dentro, arrochendogli il respiro. Strisciò, un pollice alla volta, fino al cavallo piú lontano; poi si alzò di nuovo in piedi. Cercò di legare le bestie tra loro, ma le dita gli tremavano talmente che aveva l'impressione di sbatterle apposta una contro l'altra. Finalmente, a fatica, sciolse le redini del primo animale.

In quell'istante il vento cominciò a scuotere gli alberi. Ululava, malignamente, tra gli scuri socchiusi. Per la paura, Damlo si mise quasi a piangere. Aspettandosi a ogni istante che un bandito andasse alla finestra per chiuderla, o peggio, per aprirla del tutto, staccò dal palo un cavallo dopo l'altro e ne assicurò le redini alla sella di quello accanto.

Poi afferrò le briglie dello stallone, gli abbassò la testa all'altezza della propria bocca e gli riassunse brevemente la situazione. Se non lo avesse aiutato a condurre gli altri cavalli al fiume, spiegò, i banditi avrebbero catturato prima lui e poi i nani. Li avrebbero torturati e uccisi, e questa era una cosa brutta come un branco di lupi che ammazza un puledrino. La cosa piú importante, si raccomandò, era muoversi silenziosamente e non nitrire finché avessero girato intorno alla capanna e raggiunto il piazzale. Poi, tutto sarebbe dipeso dalla velocità.

Il cavallo lo guardava con un'aria cosí intelligente che Damlo, per un attimo, temette di ricevere una risposta. Gli accarezzò il collo e, dopo avere snudato i denti, l'animale lo ricambiò con un piccolo morso affettuoso sul petto.

Sembrò che lo stallone avesse capito perfettamente la situazione perché, appena il ragazzo montò in sella, fece un paio di passi lenti per mettere in moto l'intera fila. Quindi si avviò davvero e svoltò.

Dietro l'angolo, c'era un bandito.

# 6

Soltanto in quel momento Damlo si rese conto che il bosco, o meglio Bosco, frusciava da un po' in modo strano.

L'uomo stava facendo pipí contro la parete della capanna e, alla vista del ragazzo sul baio, spalancò la bocca senza trovare il fiato per dire nulla. Poi, quando notò che Damlo aveva con sé anche tutti gli altri animali, per lo stupore smise addirittura di orinare.

Irrigidito dalla paura, il ragazzo pensò che non era giusto. L'impresa era riuscita, ormai. Quell'uomo non poteva essere lí. Non *doveva* essere lí. Istintivamente, invece di spronare il cavallo e travolgere il nemico, decise che il bandito non c'era. Lo fece senza riflettere, come se si trovasse in uno dei suoi giochi dove orchetti e ponti di pietra apparivano e scomparivano a piacere.

Incredulo, l'altro continuò a guardarlo a bocca aperta.

Vergognandosi da morire, Damlo arrossí. Avevano davvero ragione gli zii, pensò in un lampo: doveva proprio controllare le sue fantasticherie, altrimenti sarebbe finito male. Anzi, era *già* finito male! Se non avesse fatto qualcosa di molto intelligente, e se non l'avesse fatta subito...

«Buon giorno, signore» esclamò. Poi si diede dello stupido e arrossí ancora di piú.

L'uomo rispose con un verso inarticolato e, a quel grugnito, Damlo smise di pensare.

«Al galoppo!» urlò, sferrando una manata allo stallone. «Al galoppo, presto! I lupi! I lupi!»

Il bandito sussultò. Poi, senza nemmeno riassettarsi i vestiti, imprecò forte, estrasse dalla cintura un lungo coltellaccio e si lanciò verso il ragazzo.

Si rivelò una mossa sbagliata. Le urla di Damlo non avevano smosso il baio, e la manata sulla groppa gli era parsa un amichevole buffetto. Ma lo stallone era un cavallo da battaglia e, alla vista di un uomo che gli si lanciava contro brandendo una lama, reagí istantaneamente. Nitrí forte, si impennò e colpí con gli zoccoli la fronte del bandito; quindi scosse la testa e partí al galoppo, seguito dal resto dei cavalli.

La mandria sfrecciò davanti alla capanna proprio mentre i banditi ne uscivano. Non riuscirono neppure a sfiorare la coda dell'ultimo animale.

Tutto ciò che Damlo sapeva riguardo al cavalcare l'aveva imparato a Waelton, che certo non era un paese di cavalieri. Montare uno stallone da guerra, scoprí, era tutt'altra cosa che sedersi sui ronzini dei mercanti. L'animale si precipitava in avanti come se avesse la coda in fiamme, e il ragazzo faticava perfino a tenersi in arcione. Inoltre, invece di puntare al fiume, il baio si dirigeva verso il bosco.

Come fargli cambiare idea? Quando il cavallo si era impennato, Damlo aveva lasciato cadere le redini per aggrapparsi alla criniera. Erano bastate poche falcate perché le briglie finissero sotto gli zoccoli, spezzandosi con uno schiocco secco.

Mille volte il ragazzo aveva letto di come gli eroi delle leggende guidassero il proprio destriero usando le ginocchia e, una volta stabilizzatosi sulla sella, provò anche lui.

Quando, alla fine, rinunciò, la mandria galoppava ormai da un pezzo verso la pianura erbosa.

Lo stallone si fermò da solo qualche minuto piú tardi e cominciò a brucare un ciuffo di erba novella. Erano penetrati nel bosco per alcune miglia e non c'era piú da temere a causa dei banditi, perciò Damlo smontò e frugò con tutta calma nelle tasche delle selle. Ebbe fortuna: cercava solo una fune ma trovò una cavezza bell'e pronta. Dopo aver tolto le briglie all'ultimo animale della fila poté quindi assicurarlo di nuovo al compagno di fronte. Applicate infine le redini al baio, si sentí pronto per tornare alla zattera.

Ai nani serviva però un solo cavallo. Cosa fare degli altri dodici? Non poteva liberarli, capí, e nemmeno lasciarli legati. Nel primo caso rischiava che tornassero alla capanna da soli e, nell'altro, che i banditi li recuperassero comunque il giorno seguente. Se avessero deciso di traversare il fiume a nuoto, con i cavalli avrebbero raggiunto il carro facilmente; magari di notte. Troppo pericoloso. Doveva quindi portarsi dietro tutta la mandria. Ma come attraversare il bosco, con tutti quegli animali al seguito? Durante la marcia verso la capanna erano stati piú i momenti in cui schivava i rami che quelli in cui camminava eretto. I cavalli non ce l'avrebbero mai fatta.

Sospirò: bisognava ripassare davanti alla capanna. Del resto, i banditi vi erano certamente rientrati; che motivo avrebbero avuto di rimanere fuori? E poi, sicuramente non si aspettavano che lui tornasse da quelle parti. Avrebbe attraversato il piazzale al galoppo lasciandoli ancora una volta con un palmo di naso. Ridacchiò, in parte consapevole della propria incoscienza, e si arrampicò sullo stallone.

Adesso che non era sotto tensione si permise di osservare per bene la magnifica sella. Il cuoio antico e rossastro, ornato d'argento e di rame, era stato ingrassato e lustrato fino a renderlo morbido e splendente. Il pomello d'argento brunito recava una targhetta dorata su cui era inciso un nome: Zúrkin d'Eránto. A giudicare da cavallo e sella, la Spada Nera doveva essere stata piuttosto ricca.

«Zúrkin» mormorò piano. Lo stallone stronfiò, voltando il capo verso di lui. «Sí, tu sei Zúrkin. Io, invece, sono Damlo. E sono contento di fare la tua conoscenza.»

Il ragazzo si avviò in direzione del piazzale. Tredici cavalli al galoppo fanno un bel rumore, pensava. A quale distanza li si sente? Sotto gli scrosci di quella mattina, probabilmente sarebbe potuto arrivare fino al limitare del bosco. Ma adesso non pioveva e lui non poteva rischiare che i banditi lo udissero troppo presto. Al passo fino allo spiazzo, decise, e da lí in poi, a tutta velocità.

Mezz'ora piú tardi, scorse in lontananza lo sbocco della strada sul piazzale.

«Ora si tratta di correre come il vento, Zúrkin. E di farsi una bella nuotata.»

Colpí con i calcagni i fianchi dello stallone e il cavallo scattò. Accelerò progressivamente, con gli zoccoli che mordevano il terreno. Sembrava che potesse aumentare la velocità all'infinito perché ogni falcata era piú rapida della precedente. Gli altri animali faticavano a seguirlo e tutte le redini erano tese al massimo.

Irruppero nel piazzale con un rombo di tuono e si diressero verso il fiume. Damlo corresse leggermente la direzione e puntò a valle: doveva entrare in acqua proprio al limitare degli alberi, perché nel fiume i cavalli sarebbero stati lenti e bisognava evitare che i banditi, correndo sulla riva, potessero tuffarsi e raggiungerli.

Non guardò verso la capanna: era troppo occupato a tenersi in sella. Zúrkin pareva volare e i suoi zoccoli sollevavano dal terreno sassi e schizzi di fango. Solo all'ultimo istante Damlo si rese conto che la velocità della cavalcata non avrebbe potuto continuare anche nell'acqua. In un lampo, immaginò dodici cavalli che gli piombavano addosso prima che lo stallone facesse in tempo ad allontanarsi dalla riva.

Ebbe pochissimi istanti per avere paura. Zúrkin spiccò l'ultimo balzo e sprofondò nel fiume sollevando enormi spruzzi. Mentre il ragazzo si irrigidiva, però, invece di riassorbirsi gli schizzi s'incapricciarono; si arrotolarono nell'aria e si gonfiarono formando una sorta di culla spumeggiante. L'ondata innalzò il baio di svariati piedi, quindi scivolò di lato con naturalezza accompagnandolo in salvo.

Andò a questo modo per tutti i cavalli. Man mano che si tuffavano, le acque dello Sweldal li accoglievano; poi si ergevano sotto di essi, li abbracciavano e li spostavano, conducendoli al sicuro.

Damlo capí subito cosa fosse avvenuto e, tutto allegro, portò gli animali a una decina di braccia dalla sponda, dove la corrente li avrebbe aiutati ad allontanarsi dal piazzale. Poi si voltò verso la capanna: i banditi correvano sfiatati verso di lui, senza nessuna speranza di raggiungerlo.

Allora il ragazzo si mise a ridere come un pazzo e li salutò, agitando la mano. Infine, sempre ridendo, accarezzò l'acqua del fiume.

«Sei stato tu, vero?»

«Naturale!» rispose Sweldal «Ma non farmelo fare piú, intesi? È molto faticoso.»

«D'accordo» promise Damlo. «E grazie mille, e mille e mille ancora!»

Continuò a ridere per tutto il tratto di fiume che lo separava dalla zattera e vi arrivò talmente emozionato e fiero da dimenticarsi la battuta che aveva preparato.

Nel frattempo, i nani avevano compiuto l'opera: un graticcio coperto da un mantello e legato a un palo. Come remo non sembrava molto funzionale e, quando scorse il corteo nel fiume, Írgenas lo stava appunto facendo notare allo stizzito Clevas.

Da lontano si vedevano solo dei puntini e i nani pensarono subito ai banditi; perciò, quando si accorsero di Damlo, strabuzzarono gli occhi. All'inizio credettero che il ragazzo avesse trovato una fattoria; poi si resero conto che nei dintorni non ve n'erano, che il giovane non aveva con sé abbastanza denaro e che, in ogni caso, non avrebbe comperato un'intera mandria. Solo allora pensarono ai cavalli dei banditi, ma rifiutarono di crederci: Damlo pareva troppo assennato per osare una simile pazzia. Accettarono la verità solo perché, dopo molti tentativi, non riuscirono a immaginarsi un'alternativa plausibile. Attoniti, osservarono il ragazzo avvicinarsi alla piattaforma.

Scoppiando visibilmente di orgoglio, Damlo portò gli animali vicino alla riva, dove potevano appoggiare gli zoccoli sul fondo. Poi salí sulla zattera, allargò le braccia e sorrise.

I nani riacquistarono di colpo la favella e si misero a parlare tutti e due contemporaneamente. Presero il ragazzo a male parole, sommergendolo di compiaciute pacche sulle spalle e, per lungo tempo, lo investirono con un miscuglio di rimproveri e complimenti. Sembravano gareggiare tra loro per mostrarsi alternativamente il piú fiero di lui e il piú arrabbiato per la sua incoscienza.

Infine, assicurati i cavalli al traghetto, si fecero trainare dall'altra parte dello Sweldal. Approdarono sulla sponda meridionale diverse miglia piú a valle, scegliendo un'ansa ghiaiosa il cui retroterra era sufficientemente sgombro da consentire al carro di raggiungere la prateria. Da lí si diressero verso est fino a incontrare nuovamente la strada, dopodiché si accamparono.

Accanto al fuoco, Damlo fu costretto a raccontare la sua impresa cosí tante volte che, alla fine, si addormentò a metà di una parola.

Durante i giorni seguenti, il ragazzo rimase sul carro pochissimo tempo, impiegandolo quasi tutto a intagliare la cicogna nel pezzo di legno. Per il resto, nonostante l'apprensione dei nani, percorse la pianura erbosa in lungo e in largo a cavallo di Zúrkin.

Lo stallone era un destriero di razza. Non soltanto correva come il vento, ma la sua personalità era viva e presente in ogni istante; perciò, in principio, le cose non filarono proprio lisce e Zúrkin fece ciò che piú gli piacque. Probabilmente si chiedeva perché quel cucciolo d'uomo gli si agitasse cosí scompostamente sulla groppa e come mai cadesse dalla sella ogni volta che lui saltava un ostacolo anche minimo. Comunque Damlo doveva ispirargli simpatia perché, quando finiva per terra, il baio si faceva una galoppatina per conto suo e poi tornava regolarmente da lui. Lo fissava con i suoi occhi intelligenti come a dirgli: 'Be'? Ricominciamo?' E il ragazzo ricominciava, caparbio, nonostante i lividi e le ammaccature.

Per fortuna capitò che volessero entrambi le stesse cose: scorrazzare di qua e di là godendosi il vento, l'erba e il profumo dei fiori. Perciò, a parte dettagli irrilevanti come l'esatta direzione da prendere o i momenti precisi in cui fermarsi e ripartire, Damlo riusciva a condurre lo stallone in maniera soddisfacente.

Poi il ragazzo cominciò ad afferrare le regole del gioco. Zúrkin era un cavallo ben addestrato, capí: a determinati segnali, rispondeva istintivamente con determinate azioni. Ma era anche un animale troppo nobile per eseguire dei banali ordini; perciò, decise, indubbiamente considerava quella faccenda come un divertentissimo gioco d'abilità, in cui la sua parte consisteva nel reagire fulmineamente e quella del cavaliere nel comunicargli le proprie preferenze in modo chiaro e preciso.

Data la sensibilità del baio, tuttavia, sostenere il proprio ruolo nel gioco non si rivelò una faccenda da poco. Bastava sfiorarlo appena con un tallone o spostare una gamba per caso e quello svoltava di scatto, partiva al galoppo, o si fermava di colpo. Quando poi, una volta risalito in sella, Damlo cercava di ripetere il comando, Zúrkin reagiva in modo differente; di solito mettendosi a brucare.

Pian piano, tuttavia, il ragazzo apprese a dosare i movimenti. Cominciò a sentire la propria posizione sul cavallo e, un po' alla volta, imparò a comunicare con lo stallone spostando semplicemente il proprio peso sulla sella. Questo, insieme al fatto di aver trovato una corretta misura di forza da applicare alle redini, fece sí che Zúrkin smettesse di piroettare come una trottola, o di non reagire affatto, ogni volta che lui cercava di fargli cambiare direzione.

La terza sera, quando i nani fecero il campo in un piccolo querceto, per la prima volta il baio si fermò accanto a loro invece che dietro al carro tra gli altri cavalli.

Fra le stanghe del veicolo, Damlo aveva piazzato l'animale piú robusto: un castrone orribile che il ragazzo aveva chiamato 'Maestà'. Nonostante la possente muscolatura lo rendesse quasi deforme, infatti, trattava le altre bestie dall'alto in basso e si dava un sacco di arie. Quella sera, dopo avere accudito Zúrkin, Damlo gli tolse i finimenti e lo strigliò a dovere. Poi si muní della fionda e s'allontanò tra gli alberi.

Rientrò all'accampamento dopo meno di mezz'ora, con tre conigli appesi alla cintura. Gli erano costati l'ultima caduta della giornata, raccontò ai nani, perché mentre lui e Zúrkin tornavano al carro, lo stallone aveva messo la zampa in una delle loro buche. Il baio non s'era fatto nulla, ma lui era volato, atterrando in mezzo a un brulichio di animaletti pelosi e saltellanti che scappavano da tutte le parti.

«Te l'ho detto mille volte» brontolò Clevas, preparando due dei conigli per lo stufato. «Finirai per romperti la testa, cavalcando quella bestia.»

«Ormai ho imparato a cadere» rise Damlo. «A forza di esercitarmi...»

«Già. Pare proprio che tu abbia la testa dura. Quasi come quella di un nano» sogghignò Írgenas, mentre spellava il terzo coniglio.

Avevano deciso di arrostirlo subito: ne avevano abbastanza delle gallette e lo stufato non sarebbe stato pronto prima dell'indomani.

«Hai visto qualcuno, durante le tue scorrerie?» domandò Clevas.

«Nessuno. C'era una fattoria, questa mattina, ma era molto lontana e Zúrkin non era dell'idea di visitarla.»

«Bestiame?» insisté Írgenas.

«Neanche.»

«Strano. Siamo a un giorno di cammino da Drassol e dovrebbero esserci mandrie dappertutto.»

«Forse erano nei recinti. Ho visto gli steccati, in lontananza.»

Írgenas sospirò e cominciò a soffiare sul fuoco nascente. Era ormai calato il buio e l'unica luce proveniva dagli stecchetti incendiati. Faceva decisamente fresco.

«Sono davvero brutti tempi, se gli allevatori delle pianure devono tenere le loro bestie nei recinti. Domani cercheremo una fattoria: ci servono informazioni sulla situazione di Drassol. Le ultime notizie che possiedo risalgono a mesi fa e già allora non erano incoraggianti.»

Il nano soffiò ancora e, finalmente, le fiamme si alzarono vivaci. Il vento era calato e il fumo azzurrognolo salí dritto come un fuso tra i rami della quercia.

«Dobbiamo passare per forza da Drassol?» gli chiese Damlo.

«Áilaram vive a sud del lago d'Èria, parecchio oltre la città di Velat. L'unica strada passa per Drassol e viaggiarne al di fuori ci farebbe solo perdere tempo. Se ci saranno problemi eviteremo di entrare in città, ma solo se sarà necessario perché, lí intorno, i campi sono recintati con muretti di pietre. Ci sono anche diversi canali e, per passare, saremmo obbligati a fare un mucchio di giri.»

Improvvisamente, mentre Írgenas stava infilzando il coniglio con un grosso spiedo di ferro, dall'alto provenne un colpetto di tosse trattenuta. Saltarono in piedi tutti e tre: Írgenas impugnando lo spiedo con il coniglio a mezz'asta, Clevas l'ascia dell'amico e Damlo, spaventatissimo, la spina.

«Chi è là?» ruggí Írgenas. «Chi c'è tra i rami?»

Per tutta risposta, nel buio si udí un altro colpo di tosse soffocato.

«Scendi giú» tuonò Clevas. «Ti abbiamo sentito!»

«Non ho tossito io» rispose la vocetta di una bambina. «È stato uno scoiattolo. C'è solo lui, qui.»

I nani si scambiarono un'occhiata e si rilassarono visibilmente.

«Di' un po', scoiattolina» disse Clevas con un sorriso sul volto grinzoso. «Perché non scendi accanto al fuoco? Deve fare freddo, lassú. Tra poco, qui, sarà pronto da mangiare. Non hai fame?»

«Non ti può rispondere» ribatté la bambina leggermente indignata: «Gli scoiattoli non parlano!» Poi, a scanso di equivoci, aggiunse: «Però tossiscono!»

«La vado a prendere?» sussurrò Damlo.

«No: se cercasse di scappare potrebbe cadere» mormorò di rimando Clevas.

«Hai ragione, gli scoiattoli non parlano» disse poi, rivolto verso l'alto. «Però, se vicino allo scoiattolo ci fosse per caso anche una bambina, allora potrebbe darsi che avesse fame e che sentisse freddo. E il fumo potrebbe darle fastidio. Secondo me dovrebbe scendere dall'albero e sedersi vicino al fuoco. Tu cosa ne pensi?»

«Papà mi ha detto di rimanere nascosta fino al suo ritorno.»

«Brava! Bisogna sempre obbedire ai propri genitori. Quando è andato via, il tuo papà?»

«Ieri mattina.»

Ci fu un momento di silenzio. I nani e Damlo si guardarono senza sapere cosa dire: all'uomo era certamente successo qualcosa.

«Senti,» le disse infine Damlo «il tuo papà non ti ha proibito di farmi salire fino a lí, vero?»

«No, però mi ha detto di rimanere nascosta e se mi vedi non sono piú nascosta.»

«Ma ti piacerebbe una bella tazza di brodo caldo?»

«Sí.»

«Allora faremo cosí: appena il brodo sarà pronto io salirò a portartelo, ma quando sarò arrivato chiuderò gli occhi e non ti vedrò.»

«Vorrei anche un po' di coniglio.»

«Ma certo» esclamò Clevas, che già stava trafficando con i suoi pentolini. «Tutto il coniglio che vuoi, per la mia barba! Dovrai solo aspettare che sia cotto. Intanto, ti preparo una bella pozione calda!»

Dopo cinque minuti, badando a non inclinare troppo la ciotola, Damlo salí sull'albero. Era una grande quercia secolare e alcuni dei suoi rami arrivavano quasi fino a terra. Nonostante il buio, per il ragazzo la scalata si rivelò semplice. A una ventina di piedi da terra, scoprí un piccolo ripiano dotato di robusti parapetti.

«Hai gli occhi chiusi?» La voce della bambina proveniva da un fagotto informe appoggiato al tronco principale.

«No» sussurrò Damlo. «Ma c'è cosí tanto buio che è come se li avessi chiusi. Chi ha costruito questa piattaforma?»

«Papà; ma non è una piattaforma, è un castello!»

«Oh, capisco, mi devo essere confuso per il buio. Senti, ho qui una pozione calda e buonissima. La vuoi bere?»

«Non riesco a muovermi.»

«Ora ti aiuto io. Ma... sei tutta bagnata!»

«Non è colpa mia! È piovuto tutto il giorno.»

«Certo che non è colpa tua, però ti devi cambiare subito. Vuoi prendere una malattia?»

«Non ho vestiti asciutti.»

«Nel carro ci sono dei mantelli di lana, ti vestirai con quelli.»

«Non posso scendere, papà ha detto...»

«Ma lui non sapeva della pioggia! Credi che sarebbe contento di saperti qui con i vestiti tutti infradiciati? Forza, bevi. Poi scenderemo insieme.»

La bambina non aveva piú di cinque anni ed era quasi completamente immobilizzata dal freddo. Appena bevuto la pozione rabbrividí violentemente, poi si mise a tremare e a battere i denti con furia. Indossava un mantello zuppo d'acqua che Damlo le tolse subito sostituendolo con il suo. Poi il ragazzo la prese in braccio e la bambina gli si rannicchiò contro appoggiandogli il capo sulla spalla.

«Come batti i denti! Vuoi mordermi un orecchio?» le disse Damlo, facendola ridere.

Arrivati davanti al fuoco, mentre lei non staccava gli occhi dal coniglio che Írgenas faceva girare sullo spiedo, Clevas le tolse il vestitino bagnato e iniziò a fregarla vigorosamente con una coperta. Poi, quando il suo corpo fu tutto rosso per la frizione, la infagottò in tre mantelli di lana.

«Come ti chiami?» le chiese, porgendole un'altra ciotola di pozione calda.

«Clina.»

«Raccontami, Clina: come mai il tuo papà ti ha detto di nasconderti?»

«Lo dice sempre, quando va per legna. Mi porta al castello perché ci sono i cani. Poi viene a riprendermi e torniamo a casa.»

«C'erano i cani, ieri mattina?»

«No, un drago.»

«Ah, capisco. Ti ha lasciato sull'albero perché c'era un drago?»

«No, il drago è arrivato dopo. Allora papà mi ha detto di nascondermi ed è corso via.»

«È andato via correndo? E dov'è andato?»

«A casa, per via del fumo.»

«Quale fumo?»

«Quello del drago, no? I draghi sputano fuoco!»

«Ah, certo, dimenticavo.» Clevas scosse la testa e si rivolse in nanesco agli amici: «Provateci voi; io non ci capisco niente.»

«Vediamo se ho capito bene» disse allora Damlo. «Ieri mattina hai accompagnato il tuo papà a fare legna e lui ti ha messo sull'albero perché da queste parti ci sono dei cani selvatici. Giusto?»

La bambina annuí solennemente.

«Poi tuo papà ha visto del fumo ed è corso verso casa dicendoti di nasconderti fino al suo ritorno, è cosí?»

«No, prima è arrivato il drago.»

«Capisco: il tuo papà ti ha detto che c'era un drago e che dovevi rimanere nascosta.»

«Non me l'ha detto lui. L'ho visto prima io.»

«E allora lui ha visto il fumo ed è corso via?»

«Ma no! Il fumo è venuto dopo! Prima è passato il drago. Papà non ci credeva e io gliel'ho fatto vedere. Allora lui è salito nel castello e mi ha detto di stare zitta. Solo dopo un po', abbiamo visto il fumo dietro la collina.»

Damlo rifletté un poco e poi, in nanesco, disse agli amici: «Se i draghi esistessero ancora, la storia starebbe in piedi.»

«Hai troppa fantasia» gli rispose Írgenas nella stessa lingua. «I draghi non esistono piú. La bambina avrà visto una grossa aquila e si sarà spaventata. Il padre dev'essere salito da lei per consolarla e, dall'albero, ha visto il fumo di un incendio. Dopodiché è corso a dare una mano.»

«E perché non è tornato a prenderla?»

«Non lo so» sospirò il nano. «Ma quando una persona vede i propri cari tra le fiamme, può essere disposta a fare pazzie per tirarli fuori. Il pover'uomo dev'essere morto nell'incendio e, probabilmente, nessun altro sapeva dove fosse la bambina. Magari i suoi parenti stanno battendo tutta la pianura per trovarla.»

Stettero alcuni minuti senza parlare, mentre Clina fissava il coniglio che arrostiva nel fuoco. A parte l'evidente piacere che quella vista le provocava, sembrava in preda a un dubbio di notevole rilevanza.

«I draghi non hanno bisogno di accendere il fuoco per arrostire i conigli, vero?» si lasciò sfuggire infine.

«Certo che no!» rispose Damlo. Poi, strizzando l'occhio ai nani, assunse la sua migliore aria da famoso esperto di draghi. «Devi sapere che i piú maleducati mangiano il cibo cosí com'è. Quelli beneducati, invece, lo arrostiscono con il loro soffio. Per un coniglio basta un piccolo starnuto. Per una mucca, invece, serve almeno un forte colpo di tosse.»

«Adesso capisco chi ha rubato la mandria!» esclamò la bambina. «Papà era arrabbiatissimo, ma se è stato il drago non si può fare niente. I draghi sono forti e cattivi e non si possono mettere in prigione, vero?»

«È proprio vero. Ma non tutti i draghi sono cattivi, sai? Io vivo in un paese chiamato Waelton, dove gli alberi sono grandi grandi. Lí c'è una leggenda che parla di una draghessa buona. La vuoi sentire, mentre aspettiamo che il coniglio sia pronto?»

«Sí!» gridò Clina e il volto le si illuminò.

«Mille anni fa...» cominciò Damlo, poi si interruppe, sbirciò Clevas e ricominciò, mentre il vecchio nano ridacchiava.

«Diciamo: 'tanto tempo fa', Waelton non esisteva e i miei antenati vivevano in un villaggio di capanne. Facevano i boscaioli e passavano il tempo a tagliare le piante; anche quelle sane. A quell'epoca nessuno viveva piú di quaranta o cinquant'anni perché il lavoro era faticoso e la vita difficile. Nascevano, cominciavano a lavorare da ragazzi, si sposavano e, dopo qualche anno, morivano di vecchiaia. Molti scomparivano da giovani. Al contrario di oggi, a quei tempi nascevano parecchi bambini, ma le malattie facevano strage. Non era una bella vita, ma i miei avi non lo sapevano perché era l'unica che conoscevano. A volte riuscivano anche a sentirsi felici. Quando si innamoravano, per esempio.

«C'era un giovane, nel villaggio: si chiamava Maspo. Allora nessuno aveva un cognome perché gli abitanti erano pochi e si conoscevano tutti. Maspo era il piú bel ragazzo del paese. Aveva diciotto anni ed era nel pieno delle sue forze. Nessuno riusciva ad abbattere un albero piú in fretta di lui e nessuno era cosí preciso nel farlo cadere dove voleva. La sua grande ascia era famosa in tutto il circondario: pesantissima, solo lui era capace di maneggiarla. Tutte le ragazze erano innamorate di Maspo, ma lui non si decideva a sceglierne una. Era insoddisfatto e non intendeva prendere moglie finché non avesse trovato un senso alla propria vita. Perciò accampava scuse e si negava. Trascorreva il poco tempo libero passeggiando nella foresta e, si raccontava, perfino gli animali feroci lo lasciavano in pace.

«Un giorno passò da quelle parti una draghessa rossa di nome Kaxalandríll. Tutti credono che i draghi si siano estinti da moltissimo tempo, ma non è vero: Kaxalandríll, l'ultima rappresentante della sua razza, passò dalla foresta in cui abitava Maspo solo mille anni fa. Anche lei era triste e malinconica: nonostante i draghi fossero maghi potenti, non esiste magia che possa ricreare una razza spenta; e anche per un drago, non c'è gusto a vivere in un mondo dove i propri simili non esistono piú.

«Da giovane, Kaxalandríll aveva compiuto imprese terribili. Con il suo alito infuocato aveva bruciato città e villaggi, razziando interi paesi e accumulando un tesoro di proporzioni gigantesche. Ora, però, era diventata anziana. Alla maniera dei draghi, naturalmente: le restava da vivere, cioè, solo una decina di secoli. La misura della sua malinconia era data dal fatto che aveva abbandonato la propria caverna, lasciandovi incustodite tutte le sue ricchezze. Con l'età e, forse, in seguito alla tremenda solitudine, aveva perso la sua aggressività. Girando per valli e monti non razziava piú e, nella sua tristezza, si sentiva bendisposta verso gli altri esseri viventi. Per non spaventarli aveva persino rinunciato a viaggiare nella sua forma originale. Grazie alla magia si era trasformata in donna e, come tale, percorreva il mondo. A dire il vero si era trasformata in ragazza, non in donna perché, anche quando sono tristissime, le draghesse sono molto vanitose.»

«Adesso incontra Maspo e si sposano» disse con solennità la bambina.

«Qualcosa del genere, Clina, ora vedrai» rispose Damlo trattenendo una risata.

Clevas e Írgenas ascoltavano con altrettanto interesse della piccola, il primo rimestando lo stufato nel pentolone posato accanto al fuoco, l'altro girando lo spiedo.

«Maspo e Kaxalandríll si incontrarono in una radura ad anello circondata da alberi secolari. Era il primo giorno di primavera. I loro occhi si incrociarono mentre l'alba stava sbocciando e un'allodola trillava il primo canto mattutino. Fu amore a prima vista. Per tutto il giorno rimasero seduti in silenzio sotto un giovane faggio rosso che cresceva in mezzo alla radura, godendo la muta presenza dell'altro. Si lasciarono senza neanche essersi sfiorati e senza avere pronunciato una parola. Il giorno dopo, mentre la stessa calandrella infrangeva il silenzio notturno annunciando l'alba, senza essersi dati appuntamento si ritrovarono sotto il medesimo albero.

«Per tutta la primavera continuarono a vedersi e l'amore nato tra loro era cosí puro e potente che i fiori sbocciavano intorno a loro e i lupi venivano, mansueti, a farsi accarezzare. Non fu prima della notte di mezza estate che Kaxalandríll osò rivelare a Maspo di essere, in realtà, una draghessa. Le stelle brillavano di una luce magica e misteriosa e, per la prima volta, lei gli si mostrò nella sua forma originale. Ma il loro sentimento era piú forte di qualsiasi ostacolo e l'alba li sorprese ancora abbracciati mentre si giuravano eterno amore.

«Quando la notizia si diffuse, tuttavia, la gente del villaggio reagí assai diversamente e ci furono dei tumulti. Sebbene avesse promesso di non trasformarsi mai piú in drago, la ragazza faceva paura. Nessuno la volle accettare, perché era di un'altra razza. La sua diversità era intollerabile, affermarono gli anziani, e il rapporto tra un uomo e una draghessa andava contro la tradizione. Era quindi snaturato, peccaminoso e doveva cessare immediatamente. A parte pochi amici fidati, tutti si schierarono contro Maspo e Kaxalandríll. La paura che lei si trasformasse in draghessa e che lui usasse la famosa ascia evitò che si arrivasse allo scontro fisico ma, alla fine, gli anziani bandirono per sempre dal villaggio i due innamorati.

«Maspo e Kaxalandríll si ritirarono allora nella radura dove si erano conosciuti. Per il resto dell'estate e tutto l'autunno rimasero sotto il faggio rosso, a godere del proprio amore. Il primo giorno d'inverno, infine, Kaxalandríll si avvicinò a Maspo.

«'Amore mio,' gli disse 'per quanto il nostro sentimento sia grande, so che lontano dai tuoi simili non potrai vivere sereno. E nemmeno io potrò mai essere felice, se tu lo sarai solo a metà. Vita mia, oggi è cominciato l'inverno: è tempo di riflessione e di lavoro sotterraneo in preparazione della primavera. Seguiamo l'insegnamento della natura e mettiamoci al lavoro. È vero che gli anziani del villaggio ci hanno scacciato, ma è anche vero che alcune brave persone non erano d'accordo. Fondiamo un nuovo villaggio: a primavera chiameremo quelle persone a vivere con noi e daremo vita a una comunità in cui la differenza nutra la tolleranza invece di suscitare paura.'

«Maspo raccolse allora la sua grande ascia e, per tutto l'inverno, scavò l'interno degli alberi secolari che circondavano la radura, badando a non rovinare quello strato sotto la corteccia che permetteva loro di vivere. Kaxalandríll gli rimase accanto tutto il tempo, tergendogli il sudore dalla fronte e inumidendo con quelle gocce le radici delle piante. E pian piano, lo spazio creato all'interno di esse cominciò a diventare piú grande degli stessi alberi. Quando arrivò la primavera, Waelton era nata.

«Timidamente, come le prime gemme spuntano sui rami senza rivelare l'immensa forza che le spinge, gli amici di Maspo cominciarono a venire alla radura per ammirare le abitazioni scavate nelle piante. E quando l'estate esplose rigogliosa tutti gli alberi di Waelton erano ormai abitati.

«Cosí come l'amore tra Maspo e Kaxalandríll, l'intero villaggio prosperò. Dopo una decina d'anni era diventato un vero paese, mentre il vecchio villaggio si era spento poco a poco e la foresta l'aveva cancellato. I waeltoniani smisero di fare i boscaioli e trovarono ognuno un'attività in armonia con la natura che li circondava. Il terreno intorno a Waelton era particolarmente fertile e le semenze vi crescevano robuste ed esuberanti. Maspo, fondatore del paese e vera leggenda vivente, cominciò a essere chiamato Gemmalampo; e tutti vivevano d'amore e d'accordo, proprio come si erano ripromessi i due innamorati quel primo giorno d'inverno sotto il faggio rosso.»

«Bellissima storia» applaudí Clevas.

«È vero» esclamò Írgenas. «Mi è piaciuta soprattutto quando lui prende l'ascia e...»

«Zitti!» protestò la bambina che, con tutta evidenza, si intendeva di storie. «Non è mica finita!»

«Proprio cosí» convenne Damlo. «Però credo che il coniglio sia pronto; perciò, mentre io finisco di raccontare, sarà meglio che cominciate a mangiare.»

Clevas tolse lo spiedo dal fuoco, preparò rapidamente le porzioni e le distribuí, mentre Damlo riuniva i pensieri e riprendeva a narrare.

«All'incirca mille anni fa, quindi, la gente di Waelton viveva in armonia e la nuova cittadina fioriva negli alberi della foresta. I waeltoniani prosperavano senza danneggiare nessuno ed erano tutti felici e contenti. Tutti tranne Maspo e Kaxalandríll: il loro amore continuava a essere vigoroso e inesauribile, ma la draghessa aveva un cruccio e non si risolveva a condividerlo con il suo amato. Maspo se n'era accorto, naturalmente, ma siccome non c'è amore senza rispetto, attendeva che la draghessa gliene parlasse spontaneamente. Accadde un giorno di autunno in cui Kaxalandríll vide Maspo giocare con dei bambini. La ragazza scoppiò in un pianto dirotto e quando il suo amato accorse per consolarla gli confessò tra i singhiozzi la propria disperazione. I due si allontanarono da Waelton e, arrivati che furono in una grande radura, Kaxalandríll riprese la sua forma di drago.

«'Amore mio,' disse poi piangendo 'oggi, mentre ti guardavo giocare con i bambini, il grigio dei tuoi capelli spiccava accanto al colore intenso dei loro. Guardami bene: per questo ho ripreso la mia forma originale. Anche le mie scaglie sono striate, vedi? Il bel colore rosso della mia giovinezza è scomparso per sempre. Vita mia, non mi importa di invecchiare, purché sia accanto a te. Ma i tuoi capelli si sono ingrigiti nel giro di pochi lustri, mentre le mie scaglie hanno impiegato decine di secoli. Fra dieci, venti o trent'anni tu morirai di vecchiaia. Cosa farò io, allora? Cosa farò dei mille anni che mi restano da vivere, priva di te?'

«Maspo non seppe rispondere. Per il resto dell'autunno e per tutta la stagione successiva cercò invano di consolare la sua amata. Quando non piangeva, la draghessa era assorta in meditazione, come se stesse elaborando un pensiero particolarmente profondo. La sera dell'ultimo giorno d'inverno, infine, Kaxalandríll condusse Maspo sotto il loro faggio rosso, che ormai cresceva nella piazza principale del paese.

«'Amore mio,' gli disse 'ho riflettuto a lungo e sono giunta a una conclusione. Per noi esiste un solo modo di sconfiggere la morte: un incantesimo. Vita mia, si tratta di una magia molto potente che, una volta pronunciata, non potrà essere revocata. Da quel momento, tra noi non sarà mai piú come prima; ma ti giuro che saremo ugualmente felici e che vivremo insieme per sempre.'

«Tanto era intenso l'amore di Maspo per Kaxalandríll che l'uomo accettò la proposta prima ancora che lei gli descrivesse la magia. E cosí, quella sera, i due innamorati fecero il giro di Waelton e salutarono tutti per sempre. Alla notizia della loro partenza lo sgomento fu grande, ma i due irradiavano una tale luce di amore e di felicità che nessuno si sentí davvero di piangere quando si allontanarono nella foresta.

«Poche ore piú tardi, da qualche minuto era ormai iniziata la prima notte di primavera, su Waelton e sulla zona circostante comparve una luce rossa. Magica e delicata, inglobò tutti gli esseri viventi. Si depositò sulle piante e sul terreno e poi scomparve prima che il sole sorgesse. Fu a partire da quella notte, narra la leggenda, che gli alberi di Waelton cominciarono a crescere anche all'esterno e si trasformarono in alberi grassi. Fu a partire da quella notte che gli animali feroci smisero di frequentare quella zona della foresta e cominciarono a cambiare strada allorché incontravano un waeltoniano. Fu a partire da quella notte, infine, che gli abitanti di Waelton cominciarono a guarire velocemente da ferite e malattie e che la durata della loro vita si allungò.

«E, narra ancora la leggenda, non fu prima di un secolo e mezzo che i waeltoniani appresero la sorte di Maspo Gemmalampo e Kaxalandríll. Quella famosa ultima sera d'inverno, infatti, sotto il faggio rosso non vi erano due persone, ma tre. Oltre agli innamorati c'era una bambina di cinque anni. Si era nascosta lí dietro a fare pipí e aveva ascoltato senza volere tutta la conversazione. E quando, dopo centoquarantacinque anni di vita armoniosa e felice, si trovò in punto di morte, desiderando che il segreto non andasse perso per sempre, lo rivelò.

«Maspo Gemmalampo e Kaxalandríll giacevano in un luogo sicuro non lontano da Waelton. Dormivano abbracciati, sospesi in un sonno magico che preservava i loro corpi dall'invecchiamento e dal quale non si sarebbero mai piú svegliati. E sognavano. Sognavano continuamente. E nel loro sogno ininterrotto si incontravano ed erano felici. Come promesso, vivevano insieme ogni secondo della loro vita e cosí sarebbe stato per sempre.»

Sulle ultime parole di Damlo, come per un effetto voluto, le nuvole si aprirono e la luce della luna illuminò la pianura, penetrando delicata fin dentro il querceto. L'evento riscosse la bambina dalla magia del racconto e la riportò

al coniglio arrosto che, presa dalla storia, aveva abbandonato dopo i primi morsi.

«Bravo» disse Clevas. «Racconti proprio bene.»

«Grazie, ma erano le parole di Proco Radicupo» confessò il ragazzo scuotendo la testa. «Lui sí, racconta bene. Avrò ascoltato questa leggenda cento volte e ne ho imparato le parole a memoria; ma quando le dice lui, sembra addirittura un'altra storia.»

«Attento» sogghignò Írgenas. «Ricordati che Clevas è il mio tutore: stai rischiando una lunga e noiosa lezione di retorica!»

«Noiosa?» borbottò Clevas. «Ingrato! Senza le mie 'noiose' lezioni, oggi non saresti nemmeno capace di rivolgerti al Consiglio Reale per salutarlo! Davvero non c'è piú rispetto per gli anziani. Dove andremo a finire, mi domando. Dove andremo a finire?»

«Alla fattoria della bambina, direi» rispose Írgenas, continuando a sogghignare. «Non deve essere lontana e, alla luce della luna, la troveremo facilmente.»

«Sí, sí, fai lo spiritoso! Ma verrà il giorno in cui rimpiangerai la tua irriverenza. Dal rimorso, non riuscirai a dormire la notte. Non dire che non ti ho avvertito!»

Tutto impermalito, il vecchio si scaldava sempre piú. Poi si accorse che la bambina lo guardava a occhi spalancati, chiaramente incerta se fosse il caso di mettersi a piangere o meno. Di colpo, il nano smise di brontolare; le fece l'occhiolino e cominciò a spegnere il fuoco, come se niente fosse.

Dopo pochi minuti erano tutti sul carro. Fino a quella mattina, la pianura erbosa aveva conservato lo stesso carattere piatto che presentava sulla sponda settentrionale dello Sweldal. Poi aveva impercettibilmente preso a ondularsi e, per tutto il pomeriggio, la strada si era snodata tra collinette larghe e basse che nello spazio di due o trecento passi si sollevavano dolcemente per una sessantina di piedi. Adesso, mentre il veicolo risaliva quella indicata da Clina, l'erba si muoveva appena e, alla luce della luna, pareva un ricco tappeto grigio argento. La pioggia non si era ancora asciugata del tutto e le goccioline residue scintillavano qua e là sugli steli come se facessero l'occhietto.

La fattoria apparve loro dopo meno di un miglio. Scollinarono e ne videro i tetti aguzzi a qualche centinaio di passi da loro. Era composta da sette costruzioni, una delle quali era completamente bruciata. Le altre, in perfette condizioni, riposavano pacifiche sotto la luna. Sull'intero complesso aleggiava quella sensazione di serenità che emana dai luoghi dove lavoro e amore si alternano con le stagioni.

«Pare che sia andata come dicevi tu, Írgenas» mormorò Damlo in nanesco.

«Mmmh.»

«Intendo l'incendio.»

«Mmmh.»

«Voglio dire che avevi ragione: c'è stato un incendio e il padre della bambina è corso ad aiutare.»

«I cani, Damlo» disse Clevas, piano. «E le oche. Avrebbero già dovuto svegliare il mondo intero. Può darsi che non abbiano oche, qui, ma non si è mai vista una fattoria senza cani!»

Il carro, seguito dalla processione dei cavalli, arrivò alla grande aia centrale. Lo spiazzo presentava larghe tracce di bruciato. Pareva che qualcuno vi avesse acceso un fuoco enorme per poi spazzarne via le ceneri e ripulire tutto accuratamente.

Intorno, il silenzio era rotto soltanto dal rumore degli zoccoli e dagli scricchiolii del veicolo. Gli edifici sorgevano lindi e puliti. Sembravano appena costruiti, tanto erano ben tenuti.

«Il drago ha rubato le porte!» esclamò d'un tratto la bambina.

Era vero, si rese conto Damlo: gli usci delle abitazioni erano privi di battenti. Scesero dal carro e, mentre Clevas prendeva per mano la bambina, Írgenas afferrò l'ascia.

«Portaci nella tua casa, Clina» mormorò il vecchio.

Non c'era nessuno. Né a casa di Clina, né altrove. Ispezionarono a fondo ogni edificio: la fattoria era completamente deserta. Perfino le stalle, il porcile e il pollaio, erano vuoti. Pareva che persone e animali fossero spariti di colpo lasciando tutto com'era e portandosi via, assurdamente, solo i battenti delle porte d'ingresso. Dappertutto vi erano segni di attività abbandonate all'improvviso. Sotto una piccola tettoia, appena fuori dall'entrata, accanto alla lama smussata adibita a togliere il fango da sotto le calzature, erano disposti in bell'ordine due paia di rozzi stivali di cuoio. Sopra uno sgabello, in cucina, era posato un berretto da uomo e sul tavolo centrale riposava un lavoro di cucito con l'ago infilato nella stoffa. L'ultimo punto non era nemmeno stato tirato. Nel paiolo appeso dentro il grande camino, spento, nereggiavano i resti di una pietanza rimasta troppo a lungo al fuoco. Era una scena tanto irreale quanto spaventosa: pareva di aggirarsi in una fattoria di spettri.

Nessuno menzionò i carri incontrati nella foresta, ma il pensiero ispessiva l'aria con la molestia di un cattivo odore. Riaccesero il fuoco e Clevas sostituí il paiolo con il pentolone dello stufato. Damlo, nel frattempo, portò i cavalli nella stalla e li accudí. Quei semplici gesti sembrarono ridare un po' di vita alla fattoria.

«Credo sia ora di fare la nanna» disse il vecchio alla fine.

La bambina li aveva guidati dappertutto con un'aria di minuto in minuto piú smarrita. A quella frase scoppiò in un pianto dirotto e, per un bel po', non ci fu modo di consolarla; alla fine, Damlo ci riuscí soltanto regalandole la cicogna intagliata durante il viaggio.

Non l'aveva ancora finita ma, anche cosí, era un'opera d'arte. A causa della forma irregolare dello stecco le ali non potevano essere spiegate; ma Damlo aveva usato la difficoltà a proprio favore e ora la cicogna virava contro un forte vento. Guardava in basso ed era talmente realistica e piena di movimento che pareva davvero cercare un comignolo per farvi il nido. I nani, che la vedevano per la prima volta, l'ammirarono a lungo.

«Dovresti imparare a lavorare il metallo» esclamò Clevas. «Hai l'arte nel sangue.»

«Non è nulla» si schermí Damlo. «L'ho intagliata solo per passare il tempo e non è nemmeno finita. Il mio insegnante mi darebbe appena la sufficienza.»

Clina s'innamorò istantaneamente del nuovo giocattolo ma, nonostante la cicogna, non fu possibile farla dormire nel suo lettino. Appena rimaneva sola si rimetteva a piangere e i nani dovettero rassegnarsi a tenerla con loro. La distesero su una panca della cucina avvolta nelle coperte e, dopo qualche istante, la bambina si addormentò.

«E cosí, ora siamo in quattro» sospirò Írgenas. «Se continua di questo passo, quando arriveremo da Áilaram fonderemo una città.»

«La porteremo con noi?» chiese Damlo, stupito.

«Abbiamo alternative?»

«Magari ci sono dei parenti ancora vivi. In una fattoria vicina forse, o in città.»

«È possibile, ma non abbiamo il tempo di cercarli.»

«Potremmo fermarci a Drassol e mettere in giro la voce che l'abbiamo trovata. Cosí ne approfitteremmo per vendere i cavalli. Basterebbe affidarla a un locandiere, magari pagando una settimana anticipata. Prima o poi si farebbe vivo qualcuno, no?»

«Ci puoi scommettere: una bambina cosí graziosa deve avere un discreto valore al mercato degli schiavi.»

Damlo lo fissò, sconvolto.

«Sai,» gli disse Clevas gentilmente «il mondo è assai diverso da Waelton e sono molti i pericoli da cui bisogna guardarsi. Anche tu saresti un bel bocconcino per un mercante di schiavi. È uno dei motivi per cui non ti volevamo affidare al primo viaggiatore di passaggio. Tienine conto, se mai dovessimo separarci, e non ti fidare di nessuno.»

Inghiottendo saliva, Damlo annuí. Poi, con un groppo allo stomaco, sedette su uno sgabello e appoggiò la schiena alla parete accanto al camino. Il pentolone dello stufato sprigionava un odorino appetitoso che scaldava l'atmosfera della cucina quasi piú del fuoco. Ogni tanto Clevas si alzava a rimestare, poi assaggiava e aggiungeva un pizzico delle sue erbette.

Bruciando, i ciocchi scoppiettavano allegramente e fu per questo che Damlo non si accorse subito dei passi. Quando si rese conto che alcuni scricchiolii provenivano da fuori, e che assomigliavano al rumore di stivali sulla ghiaia, li udiva ormai da un po'. Spaventato, aguzzò le orecchie. Non c'erano dubbi: qualcuno si spostava cautamente intorno al carro che Írgenas aveva disposto in modo da bloccare l'ingresso della cucina.

Nella mente di Damlo si accavallarono immagini di draghi e di orchetti con spadacce grondanti sangue. Rabbrividendo, il ragazzo allungò piano la mano verso la spina e cercò con gli occhi lo sguardo degli amici. Non si erano accorti di nulla: per natura, i nani sono molto rumorosi e l'udito non è certo il piú raffinato dei loro sensi. Allora Damlo estrasse l'arma dal fodero e cominciò a picchiettarne la punta sul pavimento di mattoni, fingendo di giocherellarci. Finalmente, un po' infastidito dal ticchettio, Írgenas voltò la testa verso di lui.

Vedendo la sua aria tesa s'irrigidí e la mano gli corse all'ascia. All'ultimo, però, il nano rallentò il movimento e finse di voler semplicemente togliere una pagliuzza dall'impugnatura. Frecce, capí Damlo; se gli orchetti si accorgono che li abbiamo scoperti, ci riempiono di frecce. Non l'hanno ancora fatto perché ci sono tredici cavalli nella stalla e, prima di attaccarci, vogliono scoprire dove sono tutti gli altri cavalieri.

L'atmosfera della stanza era cosí percettibilmente cambiata che Clevas appoggiò sul bordo del pentolone il mestolo di legno e, senza voltarsi, afferrò con finta indifferenza un lungo spiedo di ferro.

«Occupati dello stufato» disse poi a Írgenas. «Io sono troppo stanco per rimanere sveglio. Andrò di sopra a cercarmi un letto e ne approfitterò per mettere Clina nel suo.»

«Clina? Clina è viva?» la voce, proveniente dal buio dietro il carro, era quella di un uomo anziano. «La mia bambina! La mia nipotina! Vi prego... Oh, vi prego!»

Con insospettabile agilità, un vecchio magrissimo si arrampicò sul carro e saltò in cucina, strizzando gli occhi come se non ci vedesse bene. Appena scorse il fagottino di coperte vi si precipitò sopra, senza nemmeno considerare i presenti. Poi abbracciò delicatamente la bambina e si mise a singhiozzare farfugliando frasi sconnesse.

* * *

Mezz'ora piú tardi, Clina dormiva pacifica nel suo lettino e i nani, dopo aver fatto un giro di controllo per la fattoria, sedevano insieme a Damlo e al vecchietto intorno al tavolo della cucina.

«È stato il fumo» balbettò l'uomo. «Il fumo e l'odore di cibo. È arrivato fino al boschetto. Dopo una settimana, ho pensato che avevo piú fame che paura.»

«Una settimana? Ma non è successo l'altro ieri?» chiese Írgenas.

«Tanta fame e Pigrambar scappato» continuò il vecchietto come se non l'avesse sentito. «Nemmeno tartufi, ma molto freddo. A gambe levate, è scappato. L'avranno mangiato, e gli sta bene. Che fame, che fame!»

L'uomo si interruppe di colpo, guardando i nani con la testa inclinata di lato. Sembrava un uccello. Lanciando un'occhiata perplessa ai compagni, Clevas riempí una ciotola di stufato.

«Dovrebbe cuocere ancora, ma è già mangiabile» disse al vecchietto porgendogli il cibo.

L'uomo vi si gettò sopra e cominciò a ingozzarsi. Spazzolò in un baleno metà della porzione, poi si interruppe di colpo.

«Basta» disse, guardando il resto con rimpianto. «Stomaco di vecchio, presto pieno. Avete trovato Pigrambar? Gli sta bene, cosí impara a lasciarmi solo! Ma no: questo è coniglio!»

Damlo e i nani si guardavano senza sapere cosa dire.

«Chi è Pigrambar?» chiese infine il ragazzo.

«Un porco. Un maiale da tartufi. Cerca sempre di farsi regalare quelli del mio cesto, invece di fare il suo lavoro e trovarne di nuovi. Con una bestia di quel genere bisogna fare attenzione: al primo regalo si mette in testa di poter comandare e non lavora piú.»

Improvvisamente il vecchio si rimise a piangere.

«La sua paura mi ha salvato la vita» singhiozzò. «È un maiale prepotente e, anche se gli altri sono tutti piú piccoli di lui, mi illudevo che fosse forte e coraggioso. Invece si è messo a grugnire e a tremare come un lattonzolo e io mi sono inginocchiato accanto a lui per calmarlo; cosí, quando è arrivato il drago, ero nascosto da un cespuglio.»

«Il drago?» esclamarono all'unisono i nani e il ragazzo.

«Era grosso come un vitello, volava e portava in groppa un uomo vestito di nero.»

«E soffiava fuoco?» chiese Írgenas con aria scettica.

«Non gliel'ho visto fare» rispose il vecchietto. «Poi Pigrambar è scappato. Io guardavo e non sapevo cosa fare.»

«Cosa guardavate?» chiese dolcemente Clevas.

«Loro. Erano tanti! Le donne e i bambini hanno fatto in tempo a chiudersi in casa e mio figlio maggiore si è rifugiato nel fienile con gli uomini. Quelli hanno sfondato le porte; e il cavaliere nero volava sul drago intorno alla fattoria. Sembrava un cane pastore. Radunavano persone e animali sull'aia, poi hanno incendiato il fienile. Li ammazzavano con le frecce quando uscivano. Il fumo ha chiamato gli altri dai campi e, quando arrivavano, finivano sull'aia. E poi...»

Il vecchio smise improvvisamente di piangere. Sembrò ritrovare di colpo la lucidità e guardò Damlo e i nani come se li vedesse per la prima volta.

«Sembrava di essere al macello di Drassol» concluse con voce piatta.

«Chi erano?» chiese Írgenas.

«La mia famiglia. Tre generazioni. Tutti. Adesso mi resta solo Clina.»

«Chi erano gli aggressori?» domandò Clevas gentilmente.

«So cosa pensate di me: che sono un contadino vecchio e rimbambito. Ma vi sbagliate! So leggere e scrivere, io. Prima che la vista mi calasse tenevo i conti della fattoria e ho insegnato a leggere e a scrivere a tutti i miei figli. So benissimo che i draghi non esistono piú, ma so anche quello che ho visto.»

«Devi ammettere che la tua storia non è comune» disse Írgenas.

«Sono scappato e mi sono nascosto. Da una settimana penso solo che vorrei morire.»

«Una settimana?»

«Era il sette: il compleanno di mia figlia che viveva a Drassol.»

«Oggi è il nove,» disse piano Clevas «forse la fame e il freddo vi hanno confuso.»

«Come farò, adesso, con la bambina? Sono troppo vecchio per lavorare nei campi e tutti gli animali sono stati uccisi o condotti via!»

Il vecchietto si mise a singhiozzare chetamente, scuotendosi tutto mentre le lacrime gli scorrevano lungo le rughe. Damlo non aveva mai visto nessuno piangere cosí e dovette fare uno sforzo per non unirsi a lui. Sussurrò qualcosa in nanesco agli amici e, dopo che ebbero assentito, si avvicinò all'uomo.

«Abbiamo deciso di lasciarvi i cavalli» gli disse, con aria un po' imbarazzata. «A parte Zúrkin e Maestà, che terremo noi, sono undici. Erano troppi perché io li potessi strigliare ogni giorno, ma sono in buona salute. Ci sono anche dodici selle. Potrete vendere tutto al mercato di Drassol e pagarvi dei lavoranti che vi aiutino nei campi. Anche un amministratore, se volete: cosí arriverete fino al prossimo raccolto.»

Per lo stupore, il vecchio smise di piangere. Guardò Damlo come se si fosse improvvisamente trasformato nel drago.

«Siete dei principi...» balbettò. L'emozione gli strozzava la gola. «La vostra generosità... Non so come ringraziarvi. Se posso fare qualcosa... Qualsiasi cosa. E poi avete salvato Clina! Ditemi, e io...»

«Va bene, va bene» lo interruppe Clevas. «Vuol dire che la prossima volta che passeremo da qui, ci ospiterete.»

«A dire il vero» intervenne Írgenas «potresti ricambiarci anche subito. È molto che manchiamo da queste parti e abbiamo sentito che ci sono problemi. Qualsiasi informazione ci sarebbe preziosa.»

«Va male, malissimo. Ci sono stati disordini, in città. Hanno anche ammazzato il Conte Buono e la gente ha fatto una sommossa. I nobili vorrebbero l'indipendenza e si parla di guerra.»

«Contro Èria?»

«Anche, ma prima contro Irèl e Mettenál. Drassol è piena di lancieri in armi.»

«I lancieri di Drassol!» esclamò Damlo, emozionandosi.

«Sí, e i frombolieri di Mettenál. E i fanti di Irèl. La crema dell'esercito egemone, fino a qualche tempo fa. Da giovane io ero un lanciere; questa terra l'ho pagata con vent'anni di battaglie. Ma adesso tutti hanno dimenticato di avere combattuto insieme e si odiano a morte. Si dice che il Conte Buono sia stato ucciso da un fante di Irèl.»

«Chi era il Conte Buono?» chiese Damlo.

«Il conte d'Eránto. Il nobiluomo piú amato dai drassoliani. Hanno trovato il suo corpo due settimane fa lungo la strada per Èria. E lí intorno hanno trovato pure una fibbia con le insegne di Mettenál e la cresta di un elmo irelliano.»

«Ma guarda che caso straordinario» lo interruppe Írgenas.

«Davvero» gli rispose il vecchietto, senza cogliere l'ironia. «Quando la notizia è arrivata a Drassol c'è stata una sommossa. La gente è scesa in piazza e, per vendicarlo, ha ucciso un tizio di Èria, una persona importante.»

«Mi chiedo se ci convenga entrare in città» disse Clevas dopo avere riflettuto qualche istante.

«Dipende da quello che dovete fare. In questi giorni c'è la fiera di primavera e, se siete qui per quella, dovrete ben entrarci. Se intendete proseguire, invece, allora vi conviene girare attorno alle mura e imboccare la strada verso Pecsa. Percorretene almeno un tratto, dovunque siate diretti; a Drassol, chi sceglie la via per Mettenál o per Irèl rischia delle noie.»

«Grazie per le informazioni» disse Írgenas. «Ci saranno molto utili. Domani decideremo cosa fare.»

«Allora vado dalla mia nipotina. Dormirò lí, stanotte, per starle vicino nel caso si svegliasse.»

Il vecchietto si allontanò e i tre amici rimasero in silenzio. Clevas rimestava lo stufato, Írgenas meditava preoccupato e Damlo giocherellava con la spina.

«Visto che c'era un drago?» disse, dopo un po', in nanesco.

«Sciocchezze» rispose Írgenas. «Le leggende sui draghi sono ancora vive e la gente è disposta a vederne uno in ogni animale che non conosce. L'anno scorso, in estate, sono passato dalla città di Gria. Anche lí dicevano che era comparso un drago ma, quando le guardie l'hanno finalmente catturato, s'è rivelato un lucertolone lungo meno del tuo avambraccio.»

«Ma questo era grosso come un vitello! Volava, e trasportava un uomo!»

«Io non so cosa abbia visto il nostro amico» intervenne Clevas, mentre Írgenas sbuffava. «Ma avrai notato che non era molto in sé; almeno all'inizio, quando parlava di draghi e maiali. Comunque la sua vista non è molto buona e, al mondo, vi sono molti animali strani. Differenti, cioè, da quelli che siamo abituati a vedere.»

«In ogni caso, proprio quello che ha detto il vecchio dimostra che non poteva essere un drago» lo interruppe Írgenas.

«Perché?»

«Perché i draghi erano esseri magici e potenti, dotati di grande intelligenza. Nessuno di loro avrebbe permesso a un uomo di cavalcarlo e, tanto meno, gli avrebbe fatto da cane pastore. E poi, come dimensioni, piú che a un vitello erano paragonabili a una intera stalla!»

«Ma allora che animale era?»

«Certo non un drago.»

«In ogni modo» riprese Clevas «questa faccenda ci offre informazioni preziose. Primo: gli orchetti, i troll e i banditi a nord dello Sweldal sono in qualche modo legati a coloro che hanno compiuto questa strage; la messa in scena, qui, è troppo simile a quella dei carri nella foresta perché non vi sia un legame. Secondo: le Spade Nere hanno perso le nostre tracce.»

«Come fai a dirlo?» chiese Damlo.

«Secondo quanto ha raccontato il vecchio, probabilmente il massacro è stato guidato da una Spada Nera. Se avessero saputo dove cercarci, con un animale del genere ci avrebbero trovati subito: bastava sorvolare questa strada.»

«E perché non l'hanno fatto comunque?»

«Poniamo che le Spade Nere siano in contatto tra loro: l'attacco di quella di Waelton lo proverebbe. L'ultima segnalazione che possono essersi scambiata a nostro proposito risale all'orchetto che guidava i lupi, perché allo Sweldal non c'erano piccioni viaggiatori. Perciò, nessuno sa per dove siamo passati. Sapendo di essere inseguiti, avremmo potuto deviare al Bivio del Tasso e prendere un'altra strada. Anzi: sarebbe stato logico che lo facessimo, ed è anche per questo che abbiamo deciso di proseguire verso Drassol. Io non so che animale sia, il loro, però è cosí particolare che difficilmente possono averne molti e il territorio da sorvegliare è troppo vasto perché lo sorvolino alla cieca.»

«Inoltre» intervenne Írgenas «ricordati dei carri e di come l'orchetto dei lupi si tenesse nascosto. La loro strategia è basata sulla paura e sul mistero. Non possono svolazzare qua e là per l'Egemonia perché si farebbero individuare; e la gente, sapendo cosa aspettarsi, acquisterebbe coraggio.»

«Ma allora perché non riveliamo ciò che sappiamo?»

«Non abbiamo prove. Qualsiasi cosa dicessimo si aggiungerebbe alle voci che già circolano, aumentando la confusione e facendo il gioco di chi diffonde la paura.»

«Tutto ciò che possiamo fare» disse Clevas «è portare gli oggetti da Áilaram. In fretta, perché mi sto convincendo che molti dei guai dell'Egemonia facciano parte di un disegno unico. E questo confermerebbe i timori sul risveglio dell'Ombra.»

«Ma se cosí fosse, cosa potrebbe fare Áilaram?»

«Individuare il nemico. Come ti ho già detto, si può sconfiggere l'Oscuro soltanto uccidendone il Primo Servo. Finché non lo avremo identificato, saremo impotenti.»

# 7

Damlo e i nani lasciarono la fattoria all'alba, prima ancora che il vecchio e la bambina si fossero svegliati. Mentre il ragazzo attaccava Maestà al carro, Írgenas trafficò un poco con la panchetta di guida. Ci fu uno scatto e Damlo vide aprirsi uno sportellino segreto. Doveva avere sul volto un'espressione assai incuriosita perché il nano gli rispose prima che avesse il tempo di formulare la domanda.

«A Kurtin vive un nipote del gran siniscalco di corte: ci ha presentato un mercante e abbiamo fatto cambio di veicoli. Lui si è preso il carro reale, impegnandosi a riportarlo a palazzo, e noi abbiamo comperato il suo. In questo ripostiglio teneva alcuni gioielli, cosí abbiamo pensato che fosse un buon nascondiglio per queste.»

Írgenas estrasse dallo scomparto un sacchettino di stoffa e lo rovesciò nella mano libera, accendendola di barbaglii colorati: almeno quindici gemme, che brillavano tanto da sembrare il doppio. Il ragazzo le osservò con tale ammirazione e curiosità che il nano gliele mostrò una a una, insegnandogli nomi, caratteristiche e valore. Alla fine, tolto dal mucchietto uno smeraldo della piú bell'acqua, lo posò bene in vista sul tavolo della cucina.

«Prima che il vecchio possa venderlo» dichiarò «noi saremo lontani.» Poi sogghignò. «E se un qualsiasi moccioso si permette di compensare con undici cavalli la sfortuna di un disperato, questo è il meno che possa fare un principe Cuorsaldo, anche se in incognito.»

Intanto, dopo averne vuotato il contenuto in una casseruola della fattoria, Clevas aveva finito di lavare il suo pentolone.

«Mangeremo gallette» disse a Damlo, sorridendo. «Se vorrai dello stufato, temo che dovrai prendere altri conigli.»

Infine partirono. Proseguendo verso Drassol, i segni della presenza umana si fecero sempre piú evidenti e, poco a poco, i campi coltivati sostituirono l'erba selvaggia ai lati della via. Verso mezzogiorno, un antico lastricato rimpiazzò tutt'a un tratto la terra battuta della strada. Mille e mille carri erano passati da lí, scavando nella pietra solchi profondi alcuni pollici che le ruote del veicolo percorrevano facendo traboccare la fanghiglia che vi si era raccolta.

«Siamo quasi a Drassol» disse Írgenas a Damlo. «Non ti allontanare piú dal carro.»

«Un'ultima galoppata!»

Il ragazzo spostò leggermente il proprio peso sulla sella e Zúrkin scattò verso la cima della collina.

Dopo le piogge dei giorni precedenti il tempo era nuovamente magnifico e Damlo aveva caracollato sullo stallone per tutta la mattinata. Ormai lo sapeva condurre discretamente e ora, risalendo al galoppo la piccola altura, si gustava appieno la cavalcata.

Euforico, arrivò fino in cima; poi si fermò bruscamente: di fronte a lui, a meno di due leghe, sorgeva Drassol. Il ragazzo non aveva mai visto una città e la osservò stupefatto. Sembrava che qualcuno avesse preso un secchiello di case giallastre e le avesse fatte colare come sabbia bagnata sulle cime di tre colli. Rivoli di abitazioni si prolungavano nella pianura ben oltre le mura di cinta e nella città vera e propria le case erano cosí ammucchiate che non si scorgeva nemmeno uno spazio libero. Solo un complesso di edifici, in cima alla montagnola piú alta, era avvolto da una sottile fascia di vegetazione. Doveva essere il palazzo reale, pensò il ragazzo. Spiccava, sul giallo dominante di Drassol, come una corona verde. La città era attorniata da una fittissima rete di campi, delimitati da bassi muretti in pietra e solcati da canaletti d'irrigazione e stradine in terra battuta.

Affascinato, Damlo rimase a osservare lo spettacolo finché non udí Írgenas che lo chiamava, dalla cima di una collinetta poco distante. Godendosi l'ultima galoppata, il ragazzo raggiunse gli amici.

«Ci restano da percorrere oltre duecento leghe» disse Clevas «ed è inutile sfidare la sorte. Perciò direi di non entrare in città.»

«Le gireremo attorno» convenne Írgenas «ma vicino alle mura, dove le stradine secondarie sono piú numerose. Cosí eviteremo di perdere tempo a cercare ponticelli e varchi nei muretti. Damlo, non ti staccare piú dal carro: potrebbero fermarci per un controllo. Ricordati che noi siamo mercanti diretti a Èria e tu un ragazzo di Waelton. Devi raggiungere tuo zio nella capitale. Vi lavora dall'estate scorsa e, diciamo, fa lo scultore di alberi: è il mestiere per cui i waeltoniani sono piú famosi.»

Incontrarono i primi lancieri dopo circa un'ora di strada. Erano una trentina e, nonostante fossero imbrattati di fango, Damlo li guardò con ammirazione. Indossavano elmi di ferro sormontati da code di gallo e, sulle corazze di cuoio borchiato, portavano dipinta in giallo e nero l'immagine dello stesso animale, rampante e fiera. Da un lato delle selle erano fissate le sciabole e dall'altro pendevano piccoli scudi rotondi recanti anch'essi l'emblema di Drassol.

Lo squadrone arrivò da dietro facendo tremare la terra sotto gli zoccoli dei cavalli. Avvolse il carro come una piena di fiume, quindi proseguí verso la città con le punte delle lance che scintillavano al sole. Zúrkin sembrò prenderla sul personale e, per trattenerlo dall'inseguire i lancieri, Damlo dovette impiegare tutte le sue capacità. Non ne valeva la pena, lo consolò alla fine: tanto lo sapevano tutti che li avrebbe raggiunti e superati in un baleno.

Prima di arrivare alle mura, i nani e il ragazzo imboccarono come previsto una stradina sulla destra e iniziarono il periplo della città. I campi s'incuneavano tra le case e la rete di viottoli fangosi li costrinse a lunghi giri. La poca gente del luogo non li degnò di uno sguardo.

Dopo un paio di miglia incontrarono altri lancieri. Sei, guidati da un ufficiale giovanissimo e di bell'aspetto. Erano chiaramente di pattuglia.

«Brutti tempi» mormorò Clevas parlando nanesco «quando le pattuglie sono composte da piú di due elementi.»

«Pessimi» rincarò Irgenas «se devono mettervi a capo un ufficiale.»

Si incrociarono salutandosi cortesemente, mentre i militari apprezzavano Zúrkin.

«Vola come il vento!» affermò Damlo, tutto orgoglioso.

«Ci credo,» rispose il capo pattuglia «è un animale magnifico.»

I lancieri proseguirono quindi verso la città, parlottando tra loro e voltandosi ogni tanto a lanciare un'occhiata verso il carro.

E Damlo si ritrovò d'un tratto nell'albero del consiglio

di Waelton, con la banda di Proco intenta a preparargli qualche tiro mancino.

«Ci sono problemi» avvisò i nani. «Non so perché, ma ce l'hanno con noi.»

«Non possiamo fuggire,» gli rispose Írgenas «perciò fai finta di nulla.»

«Perfetto» sospirò Damlo con amarezza. «In questo, sono allenatissimo.»

Alla fine i lancieri tornarono sui loro passi e li fermarono.

«Ragazzo, dove hai preso quel cavallo?»

«È un regalo di mio zio.»

«Uno zio piuttosto ricco.»

«È uno scultore di alberi che vive a Èria.»

«Capisco. Anche gli abiti che indossi sono un regalo di tuo zio?»

«Patatrac!» mugugnò Clevas.

Negli ultimi giorni Damlo era dimagrito e i vestiti, già poveri di per sé, ora gli stavano addosso come vecchi sacchi malandati. Accanto a Zúrkin e alla sua preziosa sella, stonavano terribilmente.

«Sono vestiti da viaggio» s'inventò al momento il ragazzo.

«E quelli buoni sono in una di queste casse?»

«Ecco, veramente quella dei miei vestiti è caduta nello Sweldal durante la traversata.»

«Scommetto che è caduta in acqua solo quella.»

«Sí. Cioè, no. Anche un barile e un'altra cassa. Anzi, credo fossero due.»

«Basta!» intervenne Írgenas mentre Damlo annaspava, rosso dalla vergogna. «Il ragazzo ha preso il cavallo a dei briganti.»

«Una banda?»

«Esatto. Quattordici, per la precisione.»

«Niente meno! E cosa facevano, mentre lui rubava il cavallo?»

«Si ubriacavano.»

«Straordinario! E ditemi, ditemi: come mai non vi hanno inseguito, dopo?»

«A piedi?» si lasciò sfuggire Írgenas, a cui il sarcasmo del capo pattuglia stava facendo saltare la mosca al naso.

«A piedi! Quindi sono riusciti a farsi rubare anche gli altri cavalli!»

«Esattamente.»

«E dove sono gli animali? Caduti anche loro dal traghetto?»

«Li abbiamo regalati.»

«Veramente lodevole, soprattutto per dei mercanti.»

«Non possono essere generosi, i mercanti?»

«Certo. Ma dodici cavalli, se non sono di legno, valgono piú di tutta la vostra mercanzia, carro compreso. E non erano di legno, vero?»

Írgenas non rispose.

«Bene. Seguiteci al comando.»

«Insomma! È un crimine possedere un bel cavallo?»

«Se lo possiede un pezzentello qualsiasi, probabilmente sí.»

L'ufficiale fece salire Damlo sul carro e prese le redini di Zúrkin. Poi osservò meglio lo stallone. Gli accarezzò il collo e passò la mano sulla sella, apprezzandone il morbido cuoio. Alla fine, la mano arrivò al pomello d'argento e l'uomo vi si chinò sopra. Di colpo, sul viso gli apparve una smorfia incredula. Schioccò seccamente un ordine e, in un baleno, i lancieri circondarono il carro. Questa volta tenevano le lance puntate.

«Scendete dal carro.»

«Perché?»

«Giú dal carro e senza discutere!»

Finora, l'ufficiale si era divertito a prendere in giro tre ladruncoli colti sul fatto. Adesso, però, aveva sul volto un'espressione serissima. Fece perquisire a fondo il veicolo. I lancieri non scoprirono i doppifondi, ma requisirono l'ascia di Írgenas, la balestra, la spada nera e anche la spina.

«Ma è solo un giocattolo!» protestò Damlo.

«È appuntita» rispose l'altro, bruscamente. Intanto, esaminava la cotta di maglia, lo scudo e l'elmo di Írgenas.

«Mercanti, eh?» esclamò a denti stretti. «Legateli!»

I lancieri eseguirono; poi uno di essi montò a cassetta e la comitiva si avviò verso la città. Incupiti, i cavalieri non cessavano di altalenare lo sguardo tra Zúrkin e i prigionieri.

«Perché non dici loro chi sei?» sussurrò Damlo a Írgenas, parlando nanesco. «Ci accuseranno di avere rubato Zúrkin e finiremo in prigione per un sacco di tempo. Altro che quattro giorni di ritardo!»

Sapendo chi fosse l'amico, il ragazzo non aveva paura: pregustava già la scena della rivelazione e l'espressione sul volto dei lancieri.

«Spero ancora di poterlo evitare» bisbigliò il nano «e in ogni caso lo farei solo con l'ufficiale superiore, pregandolo di mantenere il segreto.»

Raggiunsero nuovamente la strada principale e si diressero verso le porte della città. All'inizio incontrarono soltanto casette sparse, perlopiú capanne; poi si inoltrarono fra gli edifici veri e propri. Damlo li osservò a occhi spalancati: erano incredibilmente appiccicati uno all'altro e i loro tetti, lisci e a punta, parevano tutti uguali. La mancanza di rami, in alto, li faceva sembrare curiosamente esposti e le facciate rettilinee li rendevano ancora piú bizzarri. Anche la strada, diritta, era assai diversa da quelle di Waelton, dove la forma rotondeggiante degli alberi grassi disegnava ovunque curve e insenature.

Dieci minuti piú tardi, incrociarono una seconda pattuglia. I lancieri si misero a confabulare piano tra loro, quindi i nuovi arrivati si accodarono al carro. Osservavano Zúrkin e poi guardavano fisso i prigionieri. Con odio.

Sebbene avesse le mani legate dietro la schiena, Damlo cercò di avvicinarsi alla sponda posteriore. Vi riuscí, dimenandosi contro le casse e sfruttando gli scossoni del carro, ma i militari discutevano a bassa voce. Tra gli scricchiolii del veicolo e il calpestio degli zoccoli, il ragazzo non fu in grado di cogliere una sola frase sensata.

Raggiunsero le mura di Drassol. Alte una cinquantina di piedi e spesse piú di dieci, reggevano dei portali larghi ognuno due volte il carro. Erano imponenti e incutevano soggezione. Damlo le contemplò per qualche minuto e riuscí a scorgere dietro i merli alcune sentinelle munite di arco. Poi il carro arrivò tra la gente che aspettava di pagare il dazio e tutti si misero a gridare contro i prigionieri. Parecchi sputarono loro addosso.

«Non ti spaventare,» sussurrò Clevas al ragazzo «capita sempre, quando dei detenuti traversano una città.»

Damlo annuí, poco convinto. La sicurezza dovuta alla presenza del principe Cuorsaldo era improvvisamente svanita.

Pian piano, avanzarono verso il centro. Dovunque passassero la gente si riuniva per insultarli e sbeffeggiarli. Perfino quando transitarono davanti a un grande tempio, che in un altro momento Damlo avrebbe ammirato con stupore, i fedeli uscirono e si unirono alla marmaglia che seguiva il carro. A un certo punto un ragazzo scagliò una pietra e, se i lancieri non si fossero interposti, con tutta probabilità i suoi compagni lo avrebbero imitato.

Fu risalendo il colle lungo la strada principale che Damlo colse nel parlottio dei lancieri il nome 'Zúrkin d'Eránto'. È normale, si disse: tutto ruota intorno al cavallo. Tuttavia, il fatto di udirne il nome completo gli fece squillare nella mente una campana d'allarme. Eránto. Cosa gli ricordava?

Poi colse la parola 'assassini' e, finalmente, rammentò. Il suo cuore perse diversi colpi. Il conte d'Eránto era il nobile di cui avevano ritrovato il corpo due settimane prima. Quello che il popolo di Drassol amava tanto. Quello per la cui morte era avvenuta una sommossa. E per vendicarlo la folla aveva ucciso addirittura un notabile di Èria.

La stessa folla che ora circondava il carro.

D'un tratto, Damlo ebbe paura.

A Drassol era in corso la fiera di primavera e c'era gente dappertutto. Intorno alla piazza principale correva una fila quasi ininterrotta di bancarelle. Erano decine e decine, montate obliquamente verso la clientela in modo che la mercanzia risultasse ben visibile. Alcuni banchi si reggevano su dei sostegni appositamente realizzati; altri erano costituiti dagli stessi carri dei mercanti, sollevati da un lato tramite grossi sassi.

Pressoché tutte le bancarelle erano riparate da tende colorate e una moltitudine di persone girava qua e là tra di esse, urtandosi di continuo e osservando le mercanzie. Molti facevano acquisti: chi comperava dei sandali, chi una cintura di cuoio, chi la lama di un'accetta. Uno palpava della tela di lino, un altro esaminava uno specchio di bronzo, un terzo si faceva pesare della farina rozzamente macinata.

Nonostante il vociare fosse assordante e tutti dovessero urlare per farsi sentire, le grida dei mercanti superavano regolarmente il frastuono generale. I venditori non si limitavano a vantare la propria merce: ognuno aveva elaborato un proprio metodo per catturare l'attenzione dei clienti.

«Ecco, ecco! L'avevo detto, io!» strillava un commerciante grasso senza mai spiegare cosa avesse detto e perché.

«Prezzolo il prezzo!» gli faceva insensatamente eco un collega che vendeva sego e miele.

«La bella dama! Oh, la bella dama!» si sovrapponeva un altro con voce stentorea, anche se vendeva pale e picconi e non v'erano dame nel raggio di venti passi; però gli uomini si voltavano e lui otteneva il suo scopo.

Dappertutto c'erano bandierine colorate, e numerosi banchetti vendevano carne arrostita e fette di pane su cui appoggiarla. Altri fornivano le libagioni ed erano i piú frequentati. Offrivano soprattutto birra ma si poteva trovare anche vino; a volte i mercanti tiravano fuori un barilotto di liquore, ne versavano un po', quindi lo riponevano con cura. I clienti piú affezionati si munivano di un boccale di terracotta e facevano il giro, per cui molti erano già ubriachi.

Per parlare tra loro i passanti dovevano gridare, e alcuni spizzichi di frasi superavano il baccano. Damlo non aveva mai visto tante persone insieme e il frastuono lo stordiva; ma tutto quel bailamme, capí, era solo una pallida immagine della normale fiera di Drassol. E in effetti, orientato dai brani di conversazione colti al volo, il ragazzo notò che tra le bancarelle vi erano parecchi spazi vuoti, che su di esse la mercanzia era rada, e che in tutta la piazza non c'era nemmeno un giocoliere, un mangiatore di fuoco o un altro di quegli artisti girovaghi sempre in cerca di pubblico.

La gente sembrava scontenta e preoccupata. Le strade erano diventate insicure, si lamentavano in molti, e le merci non arrivavano piú come una volta. Lí in periferia si erano fatte difficili perfino le normali comunicazioni, e pareva che addirittura quelle piú interne all'Egemonia subissero degli intoppi. Colpa di Irèl e Mettenál, era il commento piú frequente: i soldati di quelle città si travestivano da briganti e assalivano le carovane dirette a Drassol. Ed Èria li sosteneva, altrimenti sarebbe già intervenuta.

Il carro avanzava lentamente, fendendo la calca. La folla, stretta per forza di cose attorno al veicolo, osservava i prigionieri con ostilità. E gli sputi che accompagnavano gli sberleffi arrivavano ora a segno con maggior frequenza. Le persone erano cosí vicine al carro che a volte allungavano le mani cercando di colpire Damlo o i nani. I lancieri, evidentemente abituati, li respingevano bonariamente con le aste delle lance, colpendoli leggermente sul petto o sulle spalle. E altri passanti si aggiungevano continuamente, attirati dalla confusione, chiedendo il motivo dell'arresto.

Purché non notassero Zúrkin e non facessero l'ovvio accostamento, si ripeteva il ragazzo, che non osava piú neanche lanciare un'occhiata verso il cavallo.

Formando codazzi ai lati del carro, alcuni avevano preso a seguirlo attraverso la piazza e, in mezzo alla folla amorfa, Damlo iniziò ben presto a riconoscerne i volti.

I piú evidenti erano quattro ubriachi che avanzavano abbracciati. Dovevano avere finito i soldi perché, sebbene i loro boccali fossero vuoti, non si fermavano mai a riempirli. Grandi e grossi, barcollavano accanto al veicolo sfruttando la calca per rimanere in piedi. Gridavano piú di tutti e sputavano in continuazione.

Poi c'era un mendicante storpio che seguiva il carro tenendosi un po' in disparte. Con lo sguardo acceso, non staccava gli occhi dal veicolo. Damlo non riusciva a indovinarne l'età, ma i ciuffi di capelli castani che si intravedevano sotto il cappuccio sbrindellato non si erano ancora ingrigiti. Era zoppo e, muovendosi, si agitava ridicolmente di qua e di là; tuttavia, riusciva a spostarsi tra la folla con facilità sorprendente. E guardava. Guardava soprattutto i nani: li fissava senza sputare, senza insultare, senza gridare.

Un'altra figura, al contrario, seguiva il carro senza degnarlo di uno sguardo: un uomo piccolo e magro con il volto leggermente butterato. Vestito con ricercatezza ma non lussuosamente, si muoveva tra la gente con tale agilità da sembrare incorporeo. Dopo un po', Damlo si accorse che non si spostava a caso: concentratissimo, sceglieva accuratamente le persone dall'aspetto benestante e passava loro accanto. Era un tagliaborse, capí il ragazzo alla fine, ma non riuscí mai a vederlo derubare qualcuno. Ogni volta che sfiorava una preda capitava un piccolo incidente: ora incespicava, ora veniva spinto contro la sua vittima da qualcuno, oppure era il borghese a inciampare ed egli lo sosteneva. Poi si allontanava in fretta verso il prossimo obiettivo senza che Damlo fosse riuscito a scorgere una lama al lavoro o un sacchetto che cambiava proprietario. Il ragazzo si stupiva che nessuno si fosse ancora accorto di essere stato borseggiato.

Quando successe, non stava piú guardando il ladruncolo. Il carro era finalmente arrivato dall'altra parte della piazza, imboccando una larga via ai lati della quale proseguiva il mercato. Uno dei banchi era costituito da un grosso carro su cui, benché il proprietario non l'avesse inclinato, la mercanzia era perfettamente visibile.

Schiavi. Due ragazzi, una ragazzina e due donne abbastanza giovani. Erano coperti soltanto da una leggera mantella che il mercante scostava di tanto in tanto con un bastone, magnificando le qualità della sua merce.

Damlo sapeva che al di fuori di Waelton la schiavitú era prassi comune, ma non aveva mai visto uno di quei disgraziati. La scena lo rivoltò. L'umiliazione cui erano sottoposte quelle persone lo colpí alla bocca dello stomaco come una punta rovente, e uno sbuffo acido gli risalí fino in bocca.

Molti altri avevano distolto lo sguardo dal carro dei prigionieri per osservare gli schiavi. E probabilmente, il primo che cominciò a strillare aveva portato la mano alle tasche per verificare se poteva permettersi un acquisto. Doveva essere l'ultima vittima: il borsaiolo gli era ancora vicino. Facendo finta di nulla, il ladro si guardò intorno; attento, calmo e concentrato. Intanto, messi sull'avviso dagli strilli del mercante, tutti controllavano le proprie borse; e chi non la trovava, si univa al coro.

Finalmente, il borsaiolo guardò il carro. Era a pochi passi e i prigionieri erano perfettamente visibili. Il ladro strinse gli occhi, poi osservò bene anche i lancieri; infine notò Zúrkin. Lo riconobbe subito: spalancò la bocca e, con la mascella pendula dallo stupore, guardò nuovamente Damlo e i nani. Quindi, cogliendo l'occasione al volo, cominciò a gridare.

«È Zúrkin d'Eránto! Guardate: è il cavallo del Conte Buono! Hanno catturato gli assassini!»

Aveva una vocetta stridula, ma il timore di essere scoperto gli conferí la potenza necessaria a superare gli strilli delle sue vittime. La gente udí e, d'un tratto, il vociare cambiò tono. Nessuno fece qualcosa di particolare: semplicemente si voltarono tutti verso il carro. Ma l'aria diventò improvvisamente pesante e carica.

Damlo sentí la paura ingolfargli la bocca dello stomaco. Non temere, cercò di rassicurarsi: ci sono ben dodici lancieri e non corriamo il minimo pericolo. E poi, questa è brava gente: padri di famiglia, madri, spose. Sono tutte persone normali scese in piazza per girare tra le bancarelle e godersi la fiera.

Non riuscí a calmarsi. Anche perché i lancieri si erano fatti d'un tratto molto nervosi e i volti dei nani, pur senza perdere la loro impassibile dignità, avevano assunto un colorito grigiastro.

Nessuno badava piú ai lamenti dei derubati e il borsaiolo, ottenuto il suo scopo, se l'era filata indisturbato. Fino a quel momento, pochi avevano colto il nome del conte d'Eránto; ma tutti si erano accorti del cambiamento d'atmosfera.

Fu dal gruppetto dei quattro ubriachi che provenne per la prima volta la parola *spia*. Forse non fu nemmeno precisamente quella ma, come nel gioco delle dicerie, dopo alcuni minuti i prigionieri erano diventati spie di Èria, Irèl e Mettenál. La gente cominciò a scuotere il carro e, nel tenerla lontana, i colpi dei lancieri si fecero meno bonari. Iniziarono a volare i sassi. Uno degli ubriachi, preso dall'entusiasmo, lanciò perfino il suo boccale, mandandolo a fracassarsi contro lo spigolo di una cassa a un palmo dalla testa di Damlo.

Infine, senza un particolare motivo, le persone smisero di essere gente e diventarono 'folla'. La folla 'bestia', con mille teste e un solo animo sanguinario; la folla belva: feroce, spietata e incontrollabile.

Si spaventarono anche i lancieri. Uno di loro estrasse

una tromba e, sopra il frastuono generale, squillarono pressanti le note dell'allarme. Allora la folla si scatenò. Con un ruggito si avventò sul trombettiere, lo tirò giú da cavallo e fece a pezzi il suo strumento mentre lui trovava scampo passando tra le zampe del proprio destriero. Le lance erano inutilizzabili e i militari le lasciarono cadere. Sguainarono le sciabole, e iniziarono a menare piattonate a destra e a manca. I sei di retroguardia si fecero largo per andare a soccorrere i compagni di testa e, per un attimo, la folla fu costretta ad allontanarsi dalle fiancate del carro.

Terrorizzato, Damlo era appoggiato a una cassa vicino alla sponda posteriore del carro, e in quell'istante di requie la sua mente percepí finalmente il dolore di una puntura alla coscia. Il ragazzo spostò la gamba, e si accorse che un frammento del boccale aveva tagliato la spessa stoffa delle brache, arrivando a intaccare la carne. Allora si contorse freneticamente finché riuscí ad afferrare il coccio e, quasi piangendo dalla paura, iniziò a recidere i propri legacci con il bordo di terracotta.

In quel momento, spinta dalla folla, una donna molto grassa crollò sopra un banco di dolcetti sfasciandolo completamente. All'istante, cominciò il saccheggio. La gente si buttò sulle mercanzie che i commercianti non avevano ancora riposto e, in un baleno, spazzò via banchi e bancarelle. I ritardatari, furiosi per il mancato bottino, cominciarono a entrare nelle case ai lati della via. Erano edifici lussuosi e l'assalto fu cosí improvviso che pochissimi custodi riuscirono a chiudere i portoni. Gli altri vennero travolti.

La folla piú vicina al carro vi si accalcò intorno. Numerose braccia si allungarono verso Damlo e i nani che, per non essere trascinati giú dal veicolo, furono costretti a dibattersi. Quando il militare a cassetta se ne accorse, e riuscí a farsi udire da un compagno, alcuni facinorosi si erano già arrampicati sul carro. Ma i lancieri erano bene addestrati e non intendevano far linciare i prigionieri; il cavaliere saltò in piedi sulla sella e con tre balzi, passando sul dorso di Maestà, raggiunse il conducente. Insieme, da un lato del veicolo e dall'altro, respinsero gli aggressori a piattonate.

Damlo si trovava però sul retro e, sebbene da quella parte nessuno fosse ancora salito, i tentacoli della folla potevano raggiungerlo piuttosto facilmente. Predaci, decine e decine di mani cercarono di afferrargli la giubba e i capelli. Senza smettere di passare il coccio sui legacci, il ragazzo si dibatté come un disperato. Per un po', lasciando brandelli di stoffa e parecchi ciuffi rossi tra le grinfie della folla, riuscí a divincolarsi. Poi accadde l'inevitabile e qualcuno riuscí ad afferrarlo saldamente.

Fu strappato dal carro proprio mentre riusciva a tagliare l'ultimo filamento, e oltrepassò la sponda agitando le braccia.

Non cadde subito per terra: la calca era troppo fitta. Dibattendosi come un'anguilla si liberò dalla presa e rotolò sulle teste e sulle spalle della gente per oltre dieci passi. Tutti cercavano di colpirlo, ostacolandosi a vicenda e scuotendolo come un legnetto nelle rapide.

Poi affondò di colpo e si trovò circondato da centinaia di gambe ostili che cercavano di calciarlo e di calpestarlo.

Piangeva e mugolava come un animale, cercando di farsi largo tra zoccoli e stivali e, allo stesso tempo, di evitare i colpi. Per il terrore, dalla bocca e dal naso gli colava una bava viscosa che si mischiava alle lacrime coprendogli tutto il mento. Non rifletteva piú. Non era in grado di pensare. Come un topo in trappola, squittiva di dolore e di rabbia insieme, piantando alla cieca il frammento di terracotta nelle gambe che lo circondavano. Poi ne ruppe la punta e, da quel momento, cercò solo di evitare i colpi piú cattivi.

Sentí vagamente gridare che avevano sfondato il portone di palazzo Tidánles e che le ricchezze del Barone erano

a disposizione di tutti. Si avvide solo a metà della pioggia di monete lanciate tra la folla, e quasi non udí la voce maschile che esclamava: 'Oro! Ci sono anche monete d'oro! Lasciala, maledetto, l'ho vista prima io!'

L'unica cosa di cui si rese conto fu che la selva di gambe omicide si diradava un poco, e che non era piú il solo a essere in ginocchio sulla via. Come un coniglio inseguito, tentò una direzione dopo l'altra e finalmente trovò quella giusta. Senza vedere dove andava, senza capirlo e senza volerlo capire, ogni respiro un gemito da cucciolo ferito, si allontanò carponi.

Si fermò solo quando non poté piú continuare. Era arrivato contro la facciata di un edificio e, per puro istinto, aveva strisciato di lato fino a trovarsi dietro un carro rovesciato. Incastrato fra il muro e il pianale del veicolo, rimase ad ansimare finché non ebbe recuperato un minimo di lucidità.

Poi sentí la furia che si risvegliava e, al confronto, il terrore appena provato sbiadí.

Ora so come vincerla, cercò di rassicurarsi mentre i primi ruggiti gli echeggiavano dentro: devo solo essere abbastanza arrabbiato. Ma il panico di poco prima non si era dissolto che in parte e, persistendo in lui sotto la superficie, liquefaceva la sua rabbia in paura melmosa.

Arrivarono le convulsioni e furono violente quanto la battaglia contro la furia urlante. All'inizio, la vocina rimasta lucida gli ripeteva senza interruzione che stavolta sarebbe morto; poi, mentre Damlo sentiva il proprio corpo scuotersi e sbattere ritmicamente contro il pianale del carro rovesciato, ci fu soltanto il combattimento contro 'quella cosa'.

* * *

Non morí. Si riprese pian piano, senza sapere quanto fosse durato l'accesso, con il rumoreggiare della folla nelle orecchie. Nonostante si sentisse stremato, ogni volta che un grido superava per un attimo il frastuono generale, sobbalzava e gemeva. Poi, d'un tratto, tra il carro e l'edificio la luce cambiò intensità. Damlo alzò gli occhi: una figura alta e slanciata bloccava completamente il passaggio.

«Ce ne ho messo, a trovarti! Andiamo, presto: quella gente non si è ancora dimenticata di te!»

Era il mendicante storpio che seguiva il carro prima della sommossa. Coperto di stracci, stava eretto di fronte a lui con le mani puntate sui fianchi. Si era tolto il cappuccio e i capelli gli ricadevano sulle orecchie formando due onde che si riunivano in una coda dietro la nuca. I suoi occhi scintillavano di bagliori lontani, e Damlo lo riconobbe subito.

Nonostante lo sguardo acceso, non sembrava cattivo; comunque gli bloccava il passo, per cui Damlo si alzò e si lasciò prendere per il polso. La sua stretta era salda e sicura. Troppo, capí il ragazzo all'improvviso: quell'uomo non poteva essere un mendicante.

D'un tratto, rammentò l'ammonimento di Clevas: '... *anche tu saresti un bel bocconcino per un mercante di schiavi... Tienine conto, se mai dovessimo separarci, e non ti fidare di nessuno.*' Proprio cosí, si disse: non aveva motivo di fidarsi di quell'uomo, e lui non ne aveva di aiutare un ragazzino sconosciuto.

A meno che non intendesse farlo schiavo.

Si divincolò bruscamente e spiccò la corsa. In seguito, ripensando alla forza della sua stretta, capí di averlo colto di sorpresa. Lo storpio imprecò in una strana lingua trillante, poi gli si lanciò alle calcagna.

Vi era ancora molta gente, nella via principale di Drassol, ma sembrava essersi calmata. Sembrava. Durante una sommossa, per agitata che sia, ci sono sempre dei momenti in cui tutti camminano invece di correre e parlano invece di gridare. E intanto il morbo cova, pronto a ritrasformare le persone in folla bestiale.

Spazzate le bancarelle dei mercanti e saccheggiati gli edifici ai lati della strada, adesso i cittadini formavano capannelli. Discutevano dell'accaduto e recriminavano sul fatto che gli assassini del Conte Buono fossero sfuggiti alla vendetta.

Benché Damlo corresse con tutte le sue forze, se la via fosse stata sgombra il mendicante lo avrebbe raggiunto in pochi balzi; aveva smesso di zoppicare, infatti, e si muoveva con l'agilità di un felino. Il ragazzo zigzagava tra le persone come uno scoiattolo tra i rami ma, sebbene piú massiccio, l'inseguitore riusciva a stargli dietro.

Contuso, stanco e sotto shock, Damlo sapeva che non avrebbe potuto continuare quella gimcana ancora per molto. Solo l'istinto lo aiutava a non cadere quando cambiava bruscamente direzione; l'istinto e il fatto che, incurante delle proteste, sbatteva apposta contro le persone usandole come respingenti.

«Eccolo! Ha i capelli rossi! La spia d'Irèl! L'assassino del Conte Buono! Prendetelo, prendetelo!» La voce di donna, stridula e rabbiosa, era partita da un capannello.

Dal lato meridionale della piazza, lungo il quale il ragazzo stava correndo, si dipartivano diverse strade. Appena udito il grido, Damlo ne imboccò una a caso; ma già gli correvano dietro in molti e, man mano che veniva raggiunta dalla massa, il resto della folla si aggiungeva ciecamente.

Il giovane si lanciò una breve occhiata alle spalle e il

movimento lo sbilanciò, facendolo barcollare di lato; sbatté contro la facciata di una casa e rimbalzò quasi dall'altra parte della strada, che adesso si era fatta stretta. Recuperando l'equilibrio si chiese vagamente perché il mendicante avesse rallentato, facendosi superare dai piú scalmanati. Era sempre nel gruppo di testa, ma sembrava quasi non voler guidare l'inseguimento.

La folla si avvicinava in fretta e Damlo, confuso e dolorante, correva ormai per puro spirito di sopravvivenza. Non conosceva la città e le case gli sembravano tutte uguali perciò, agli incroci, svoltava istintivamente dalla parte in cui c'era meno gente. E continuava a correre, correre, correre, perdendo continuamente terreno, mentre ogni respiro gli raschiava dolorosamente il petto.

Era finito in un quartiere dalle viuzze tortuose e, quando non vedeva piú la folla dietro di sé, cercava di svicolare in qualche stradina secondaria. Molte, però, erano senza uscita e lui doveva perdere tempo per tornare indietro. E le altre erano evidentemente ben conosciute dagli inseguitori perché, prima o poi, si ritrovava sempre alle calcagna la folla mugghiante.

Alla fine, ineluttabilmente, imboccò un vicolo cieco e se ne accorse troppo tardi. Con la vista offuscata dalle lacrime, si trovò improvvisamente di fronte a un muro alto e senza appigli. Non c'erano né porte né finestre, e gli unici ripari erano una vecchia botte senza coperchio, in piedi vicino a un angolo, e un mucchio di cassette rotte accatastate.

Si voltò verso l'ingresso della viuzza e vide la folla compatta svoltare nel vicolo. Nel mucchio distinse chiaramente il mendicante e notò che aveva un'espressione angosciata. Perché ha perso la sua merce, pensò: quando avranno finito, di me non rimarrà molto da vendere.

Capí che stava per morire. Improvvisamente gli mancarono le forze e, insieme a esse, svaní anche il panico. Si portò accanto alla botte e sedette, con la testa fra le ginocchia e le spalle appoggiate alla parete.

Aspettando i primi colpi, percepí distintamente i propri muscoli che si rilassavano e la mente che si svuotava da sentimenti e sensazioni. Non aveva piú nemmeno un briciolo di paura. Udiva la folla avvicinarsi e accettava il proprio destino con totale serenità.

Con animo distaccato ripensò a Waelton, alla locanda e agli zii. In un attimo, ripercorse con la memoria gli ultimi anni e concluse che erano stati un regalo inaspettato. Come tutti i suoi simili, infatti, sarebbe dovuto morire al primo accesso di convulsioni. Adesso i conti sarebbero tornati. Non rimpiangeva molto, di ciò che lasciava: forse soltanto gli spiriti dei luoghi e quegli ultimi dieci giorni di viaggio con i nani. In fondo non si era sbagliato: a quattordici anni la sua vita era cambiata davvero. Lasciata Waelton, aveva vissuto una vera avventura e ora stava per morire.

Udí la folla raggiungere la botte. Sapeva di non essere nascosto: tutti l'avevano visto sedersi lí. Però, si disse, era troppo presto perché cominciassero ad ammazzarlo; voleva ancora ricordarsi di Bosco, di Sweldal e dei momenti piú belli passati con i nani. Quando era arrivato al traghetto con i cavalli, per esempio, o quando aveva caricato il branco di lupi insieme a Írgenas. Distrattamente, decise che per il momento la folla non lo avrebbe visto. Agí come faceva nei suoi giochi, o negli incubi allorché usava lo 'Scatto'. Come quando si era trovato di fronte il bandito, alla capanna del traghettatore. Questa volta, tuttavia, non si vergognò e il suo atteggiamento non gli sembrò cosí insensato.

Sentí vagamente delle urla di rabbia e il fracasso della botte che veniva sfasciata a meno di un passo da lui. Percepí l'agitazione della folla e perfino alcuni urti sulle gambe, come accade quando qualcuno sbatte contro un altro senza accorgersene. Era del tutto rilassato e, a occhi chiusi, aspettava tranquillamente la fine. Rammentò quella volta che aveva preso in giro Clevas, e il sorriso fintamente ingenuo di Írgenas che gli teneva il gioco. Rievocò l'immagine dei nani che progettavano il remo e il suo salutarli in silenzio prima di allontanarsi verso la capanna. Sí, la vita era stata un regalo e quei dieci giorni di avventura ne erano forse la parte piú bella.

Poi, d'un tratto, si rese conto che qualcosa non quadrava. Perché nessuno lo picchiava? La folla era lí da diversi minuti, ormai. Aprí gli occhi e alzò la testa: il vicolo era pieno di gente. Sentiva qualcuno spaccare le cassette, dall'altro lato della viuzza, e vedeva accanto a sé i resti della botte: un mucchietto di assi curve e scheggiate, frammiste a qualche cerchione arrugginito.

Incomprensibilmente, le persone sembravano non badargli. Si guardavano intorno, e il loro sguardo gli passava sopra rimanendo sfuocato. Eppure, sebbene fosse rannicchiato contro la parete, era in piena vista.

Poco lontano, il mendicante osservava la folla a braccia conserte. Sorrideva.

«Comunque,» esclamò a un certo punto, rivolgendosi a tutti e a nessuno «se fossi in lui mi coprirei i capelli!» Poi, lasciò cadere un cencio tra i rottami della botte.

Qualche minuto piú tardi si udirono lontani squilli di tromba e la gente si allontanò in fretta. Lo storpio se ne andò per ultimo, canticchiando allegramente.

* * *

Completamente scombussolato, Damlo rimase immobile per quasi mezz'ora; poi sentí freddo e si alzò. Osservò per un istante lo straccio lasciato dal mendicante, ma siccome non gli diceva nulla, abbandonò il vicolo senza raccoglierlo.

Sconvolto, con gli abiti a brandelli e tutto illividito per i colpi ricevuti, vagò come un sonnambulo per la città, senza sapere dove si stesse dirigendo e senza che gliene importasse nulla. Ogni tanto scorgeva da lontano una colonna di fumo e cambiava direzione. Se vedeva un assembramento scantonava. Se vedeva dei militari scantonava. Se vedeva un mendicante scantonava. Di riflesso: senza un pensiero o una idea coerente che lo guidasse.

Poco a poco abbandonò il centro. Tendeva istintivamente a scendere il colle e, dopo qualche tempo, si trovò di fronte alle mura. Le costeggiò finché vide, in lontananza, le porte della città. Vi erano dei lancieri. Meccanicamente, si voltò e tornò sui propri passi.

Camminò per molto tempo, senza notare che le case diventavano sempre piú fatiscenti, trasformandosi via via in vere e proprie catapecchie. Non si avvide che il sole stava calando e, non sapendo cosa fossero i bassifondi, non si accorse di essersi inoltrato in quella parte della città.

A un certo punto udí un grido improvviso. Era lontano e, probabilmente, con lui non c'entrava nulla. Però Damlo si impaurí e, d'istinto, si mise a fuggire. Benché nessuno lo inseguisse, corse per diversi minuti senza badare alla direzione, lanciandosi frequenti occhiate alle spalle. Fu cosí che andò a sbattere contro il ragazzo. Sentí un colpo e si ritrovò seduto nel fango.

«L'hai fatto apposta!»

Il teppistello si era rialzato di scatto e ora incombeva su

di lui con le braccia conserte e l'aria strafottente. Una lunga cicatrice gli segnava il collo e risaliva di lato fin sulla guancia. Damlo lo guardò con aria ebete, senza rispondere.

«Ho detto che l'hai fatto apposta!»

«Non è vero» mormorò Damlo.

«Invece sí!»

In quel punto, la via si era allargata formando un piccolo piazzale melmoso circondato da catapecchie e rovi. L'unica luce, a parte quella della luna, proveniva dalle finestre delle baracche. Da una di esse, che pareva stare in piedi per miracolo, uscirono altri sette ragazzini.

«Cosa succede, Frusta?» chiese quello piú alto.

«Mi ha buttato per terra.»

«Perché glielo hai lasciato fare?»

«Correva e non l'ho visto arrivare.»

«Ti sta bene, cosí impari a stare attento quando sei di sentinella!»

Il capo gli diede uno spintone e lo mandò di nuovo per terra. Poi si rivolse a Damlo.

«Cosa vuoi, tu? Perché sei qui? Questo territorio è mio!»

Invece di rispondergli, Damlo continuava a guardarlo come un idiota.

«Parla! Che ci fai qui?»

Senza dire nulla, il giovane si alzò lentamente in piedi.

«Mi hai sentito? Sei muto o sei scemo?»

Damlo riprese a camminare, girando intorno al ragazzo alto. Aveva un'aria cosí strana e fuori dal mondo che quello esitò un attimo e lo lasciò passare. Poi si riprese: bastava che riuscisse a uno, e subito tutti avrebbero preteso di andarsene impunemente a zonzo per la sua zona. Con un balzo fu alle spalle del waeltoniano, gli afferrò il braccio e glielo torse dietro la schiena.

«Quando parlo a qualcuno voglio una risposta, chiaro?»

«Secondo me è ubriaco» disse un altro ridacchiando.

Damlo cercava debolmente di liberarsi, ma la presa del ragazzo alto era sicura.

«Ubriaco o no mi deve rispondere, se no lo rompo.»

In quel momento echeggiò la voce di un uomo.

«Ehi, tu! Lascialo andare!»

La presa dell'antagonista si allentò per un attimo e Damlo riuscí a svincolare il braccio. Senza nemmeno guardare il nuovo arrivato, riprese a correre. Fece solo due passi: una mano rude lo afferrò per i capelli, sollevandolo quasi da terra.

«Dove credi di andare?» gli chiese l'uomo, girandolo verso di sé. «Ti conosco, sai? Ti ho visto in piazza!»

Era un omaccione grande e grosso, vestito con un'ampia tunica e un mantello di buona fattura. Parecchio stempiato, aveva il naso piatto e incredibilmente storto, ma la barbetta a pizzo era profumata e la capigliatura, che gli scendeva fin sulle spalle, ben curata.

«È nostro!» ringhiò il capobanda.

«Toglietevi dai piedi, pezzenti!»

Il capo mormorò qualcosa e i ragazzi si allargarono a ventaglio. Improvvisamente, tutti impugnavano un coltello.

«Lascialo!»

«Va bene» disse in fretta l'uomo, senza però mollare i capelli di Damlo. «Ammetto che era vostro. Ma sono disposto a pagarlo.»

«Quanto?»

«Due monete di rame.»

«Tu sei scemo! Ne vale almeno cinque d'argento!»

«Al mercato, forse; non qui. E poi guardate: è tutto pieno di lividi. Diciamo quattro monete di rame.»

«Sono poche. Lo venderemo al mercato.»

«Non dire sciocchezze!» scoppiò a ridere l'uomo «Se ti fai vedere da quelle parti finisci in vendita anche tu! Cinque monete di rame.»

«Potrebbero essere cinque coltellate!»

«Può darsi, ma qualcuno di voi ci lascerebbe sicuramente la pelle!» Cosí dicendo, l'uomo trasse con calma un lungo pugnale da sotto il mantello. «Otto monete di rame: una a testa.»

«Dieci. Tre per me che sono il capo.»

«E sia: dieci, allora. Via i coltelli.»

I ragazzi riposero le armi e l'uomo, per ultimo, fece lo stesso. Poi estrasse una moneta d'argento e la lanciò al capobanda che l'afferrò al volo.

«E cosí» disse a Damlo quando gli altri si furono allontanati «sei riuscito a salvarti!»

Il ragazzo non rispose. Continuava meccanicamente a cercare di liberarsi. L'uomo lo afferrò per il polso e gli lasciò i capelli. Poi lo guardò per bene.

«Bella pelle» disse. «Liscia e senza macchie, a parte i lividi; ma quelli passeranno. Anche i denti non sono male e, nel complesso, non hai niente che non vada. Si scanneranno, per averti, vedrai. Impegnandomi, potrei persino guadagnarci quindici monete d'argento. Naturalmente bisognerà rasarti a zero, perché cosí sei troppo riconoscibile. Andiamo.»

Damlo lo seguí senza opporre resistenza. Camminarono per venti minuti tra le viuzze maleodoranti e arrivarono in una zona piena di edifici alti e fatiscenti. L'uomo si diresse con sicurezza verso uno di essi, le cui finestre erano quasi tutte munite di sbarre. Alcune erano addirittura murate.

I due si trovavano ancora a un centinaio di passi dal portone quando, da un vicolo poco distante, sbucò il mendicante storpio. Si diresse verso lo stesso palazzo senza notarli ma, prima di bussare, si guardò intorno e li vide. Strinse gli occhi, poi si avviò verso di loro. Sorrideva, ma solo con la bocca. Damlo sentí irrigidirsi l'uomo che lo tratteneva.

«Ben trovato, Faner. Vedo che mi hai riportato il ragazzo.»

«Ti devi confondere, Uwaën. Questo ragazzo è mio.»

«Oh, no» ridacchiò il mendicante, senza sembrare affatto divertito. «Non mi posso sbagliare: non con quei capelli.»

«Non può essere tuo. È arrivato questo pomeriggio ed è stato lui a scatenare la sommossa. Io l'ho appena comperato; del resto non è nemmeno marchiato.»

«Devo avere capito male. Per un istante ho creduto che tu mi dessi del bugiardo.»

Damlo percepí il movimento della mano che scivolava sotto il mantello, ma l'uomo non estrasse il pugnale.

«Non voglio guai, Uwaën. Ho pagato questo ragazzo quindici monete d'argento: tre monete d'oro, e le vale tutte.»

«Ti hanno imbrogliato, Faner, perché essendo mio, questo ragazzo non è mai stato in vendita.»

«Non costringermi a combattere: sarebbe peggio per te.»

«Io non ti costringo a nulla. Ti ho solo ringraziato per avermi riportato il ragazzo. Ora che l'hai fatto, puoi anche lasciarlo andare.»

Il mendicante teneva le gambe ben salde per terra, le braccia mollemente abbandonate lungo il corpo e guardava l'altro negli occhi. Nonostante la situazione, non aveva l'aria tesa; sembrava, anzi, particolarmente rilassato.

«Subito» aggiunse piano.

Una volta, Damlo aveva visto una lince sdraiata sotto un melo selvatico. Sonnecchiava, morbida e rilassata. Poi, dall'albero era caduta una mela. Prima che il frutto facesse in tempo a toccare il terreno, il felino era saltato in aria a piú di due braccia d'altezza. Con gli artigli di fuori e le zanne scoperte. Quella volta, Damlo aveva riso per mezz'ora; ma la prontezza e la rapidità del balzo gli si erano incise nella memoria. Adesso, il tono di voce dello storpio gli ricordò quella lince e, d'un tratto, gli sembrò piú pericoloso di qualsiasi pugnale nascosto. Dovette pensarla cosí anche il mercante di schiavi perché, improvvisamente, gli lasciò andare il polso.

«Strozzati!» gridò. E con uno spintone lo mandò a sbattere contro il mendicante.

Uwaën lo afferrò a sua volta per il polso, poi, senza staccare gli occhi da Faner, si allontanò all'indietro portandosi in mezzo alla strada.

«Dopo di te» disse all'altro.

«Non finisce qui, Uwaën!» ringhiò l'uomo avvicinandosi al portone.

«A tua disposizione.»

Il mercante bussò una sequenza irregolare di colpi e in uno dei grandi battenti si aprí una porticina. Ne uscí un ceffo dall'aria pericolosa, insieme a echi di risate, grida e imprecazioni. L'individuo osservò i nuovi arrivati, poi annuí e si fece da parte. Solo Faner entrò. Uwaën fece segno di richiudere la porta e, quando furono rimasti soli, si rivolse a Damlo.

«Adesso mettiamo le cose in chiaro, ragazzino, perché non intendo tenerti il polso per tutta la vita. Se cercherai di filartela finirai nei guai. Mi sono spiegato?»

«Piú nei guai di cosí...» mormorò Damlo, alzando le spalle. Con tutta probabilità, pensava, Uwaën era un concorrente di Faner; e a lui non importava chi dei due lo avrebbe venduto. Si sentiva cosí stanco e spossato che non riusciva nemmeno ad avere paura.

«Esatto: piú nei guai di cosí!» sottolineò Uwaën. «La sommossa non è ancora finita e ti assicuro che quella gente non ha gradito il tuo giochetto.»

«Che giochetto?»

«Sí, sí: ci intendiamo perfettamente. Per adesso basta che non te la svigni appena ti mollo. Questa è la sede della Costa dei Mendici e per stanotte rimarrai qui. Stammi vicino e non dire nulla, anche se ti interrogano.»

Damlo annuí e, prima di bussare il codice sul portone, Uwaën lo lasciò andare. Senza provare alcuna emozione, il ragazzo lo seguí lungo uno stretto corridoio. A metà della parete si apriva un varco dal quale provenivano le grida e i rumori che si udivano fin dalla strada. Proseguirono, ma Damlo fece in tempo a lanciare un'occhiata nello stanzone: la sala era piena di tavoli, sgabelli e gente, e una donna si spostava tra i clienti portando sei boccali di coccio alla volta.

L'atmosfera da locanda era cosí tipica che, per un attimo, una fitta di nostalgia scosse l'apatia del ragazzo. Poi, di nuovo indifferente, Damlo pensò che per lui quella vita era finita: nel salone c'erano tre ragazzini con le catene ai piedi. Due accovacciati sotto un tavolo ai piedi dei loro padroni; il terzo ritto dietro le spalle del proprio, in attesa di ordini.

Il corridoio continuava fino a una stanza rettangolare senza finestre, illuminata da una lampada a olio e una candela. Da un lato c'era una scala di legno che portava ai piani superiori; dall'altro, un bancone dietro il quale sedeva un vecchio. Il ragazzo si vide osservare con curiosità.

«La chiave» disse Uwaën.

«È tuo?» chiese l'altro, accennando a Damlo.

«La chiave!»

«Chi pagherà, per lui?»

«Io.»

«Va bene.»

Uwaën prese la chiave e una candela, che accese da quella sul bancone. Poi condusse Damlo su per le scale e, ancora, attraverso un lungo corridoio pieno di porte. Il ragazzo lo seguiva passivamente chiedendosi per quanto tempo sarebbe rimasto senza catene. Una volta entrati nella stanza, mentre Uwaën inseriva la candela in una bugia posta su un tavolino accanto al letto, Damlo rimase immobile. Osservò senza curiosità ciò che gli stava di fronte: una parete nuda e grigiastra, uno sgabello, una cassapanca e un treppiede che sosteneva una bacinella piena d'acqua.

«Come ti chiami?»

«Damlo Rindgren.»

«Quanti anni hai?»

«Quattordici.»

«Come hai fatto a metterti nei pasticci?»

Il ragazzo non rispose.

«Va bene. Spogliati.»

Damlo obbedí senza discutere, meccanicamente.

«Cosa ti sei fatto al braccio?»

«Un lupo.»

«Ti hanno curato bene.»

Uwaën si tolse la camicia, si lavò e si asciugò con un panno tratto dalla cassapanca.

«Coraggio: datti da fare» disse quindi al ragazzo indicando la bacinella. «Poi lava anche i tuoi vestiti. E, già che ci sei, occupati pure della mia camicia.»

Damlo obbedí, sussultando ogni volta che passava il sapone sui lividi e le escoriazioni.

«I vestiti, adesso. Siamo quasi sopra il camino del salone e per domattina saranno asciutti. È uno dei motivi per cui, quando vengo a Drassol, mi faccio dare questa stanza.»

Uwaën si era seduto sul letto con le spalle appoggiate al muro, e mangiava pane e formaggio.

«Lavala bene, quella camicia: ti stai pagando l'ospitalità per questa notte. A proposito, smettila di ringraziarmi per averti salvato.»

«Grazie» rispose il ragazzo, con voce spenta.

«Attento a non scoppiare di gratitudine! Lo sai che mi sei costato metà del denaro che avevo, là in piazza?»

Nella mente del ragazzo passarono, confuse, immagini di gente a quattro zampe, calci, e monete che rotolavano per terra.

«Le monete d'oro?»

«Di rame» sogghignò Uwaën. «Ho gridato all'oro soltanto per distrarre la folla e darti il tempo di scappare. La gente è rimasta per terra a cercare gli zecchini finché ognuno si è convinto che li aveva trovati qualcun altro.

Dopo avere steso i panni bagnati sul pavimento, sorprendentemente pulito, Damlo rimase in piedi in mezzo alla stanza. L'attività gli aveva fatto bene, scuotendo lievemente il suo torpore.

Uwaën posò il resto del cibo sullo sgabello, poi slegò il sacchetto delle monete dalla cintura e ve lo lasciò cadere accanto. Quindi prese dalla cassapanca una coperta e la lanciò al ragazzo.

«Trovati un angolino e dormi.»

Detto questo, finí di spogliarsi e s'infilò nel letto.

«Niente catene?»

«Si dà il caso che io non sia un mercante di schiavi.»

«Allora perché mi hai seguito per tutta la città?»

«Non ti ho seguito affatto. Dopo lo scherzetto del vicolo ti ho perso di vista.» Sogghignò. «Frase decisamente appropriata.»

Guardava Damlo con intenzione, ma siccome il ragazzo gli restituí uno sguardo perplesso, sospirò e riprese a parlare.

«Insomma: quando sei sparito, ho sbrigato alcuni affari in città e sono tornato qui.»

Damlo annuí, poco convinto; poi si stese per terra senza fare commenti, si avvoltolò nella coperta e si addormentò di colpo.

Uwaën rimase a guardarlo per un po', riflettendo in silenzio.

«Che davvero non lo sappia?» mormorò a un certo punto. Quindi spense la candela e si voltò dall'altra parte.

# 8

Damlo si svegliò a metà della notte. Attraverso la finestra munita di sbarre, la luna calante illuminava la stanza di blu e d'argento. Da qualche parte si sentivano delle voci: sembrava che un litigio stesse montando. Il ragazzo si sentiva abbastanza lucido. Non ricordava perfettamente tutti gli avvenimenti della giornata, ma ne rammentava abbastanza per spiegarsi come mai il corpo gli dolesse dappertutto.

Pensò ai nani. Rivide l'immagine dei militari che li difendevano e, in qualche modo, si sentí rassicurato. Probabilmente erano arrivati al comando dei lancieri e ora stavano bene. Se poi Írgenas avesse deciso di rivelarsi, forse in quel momento dormivano comodamente a palazzo reale.

Dal letto proveniva il respiro calmo di Uwaën. Perché gli aveva salvato la vita? Perché aveva aiutato con tanta determinazione un ragazzo sconosciuto?

Si interrogò per un po' senza trovare una spiegazione e, alla fine, concluse di non avere abbastanza esperienza per giudicare. Però l'altro era un finto mendicante e un finto zoppo e lui non credeva che avesse agito spinto unicamente dal buon cuore. Decise che era necessario fuggire. Dopo essersi consultato con i nani, se ce ne fosse stata l'occasione, sarebbe tornato per ringraziarlo come meritava.

Si alzò a sedere. Muovendosi scostò la coperta dal pavimento e, nella stanza, comparve una stria di luce dorata. Incuriosito, il ragazzo accostò il volto al suolo. Le assicelle, leggermente sconnesse tra loro, erano piene di nodi; uno di questi era caduto, lasciando un foro attraverso il quale si distingueva parte della taverna. Abituato al legno pieno degli alberi grassi, Damlo non avrebbe mai immaginato che attraverso un pavimento si potesse scorgere il locale sottostante. Pieno di meraviglia, si mise a spiare.

Vide una sorta di separé, alcuni tavoli, la fine del bancone di mescita e il passaggio verso la cucina. Ancora seduti, due ubriachi si fronteggiavano, insultandosi a morte. Sembravano davvero volersi scannare e, quando finalmente si alzarono estraendo i coltelli, Damlo si aspettò che corresse il sangue. Invece i litiganti arrivarono a un palmo l'uno dall'altro e poi si fermarono. Urlando come pazzi, presero a descrivere ognuno il mestiere dei familiari dell'altro, andando a ritroso per numerose generazioni.

Nessuno li tratteneva; anzi, per non essere coinvolti, tutti si erano scostati. Damlo non riusciva a capire perché i due non si colpissero. Poi, d'un tratto, uno si avviò verso l'uscita del locale, subito seguito dall'altro. Scomparvero alla vista, giurando di sbudellarsi appena fuori, e una parte degli avventori si allontanò insieme a loro. Damlo si stupí. A Waelton il liquore di betulla del Melofrassino era molto apprezzato e lui di ubriachi se ne intendeva; ma non aveva mai visto un tale autocontrollo in due sbronzi infuriati. Perplesso, lasciò vagare lo sguardo per lo scorcio di sala che gli era visibile.

A un tratto, impallidí. Accanto all'entrata della cucina, nell'angolo meno illuminato della sala, era seduta una Spada

Nera. Parlottava con un tizio, ed era impossibile sbagliarsi: lo stesso mantello nero, lo stesso colorito verdognolo della faccia, lo stesso pomo di ossidiana sull'impugnatura della spada che teneva fra le ginocchia. Ogni tanto smetteva di parlare e si guardava intorno: perfino l'espressione del volto assomigliava a quella dello straniero di Waelton.

Adesso nel locale era quasi sceso il silenzio e, anche se non riusciva a distinguere le parole, Damlo poteva udire le loro voci. La Spada Nera spostò l'arma e tese una falda del mantello tra le gambe; poi, usandola come appoggio, vi rovesciò sopra alcune monete d'oro. Le divise in tre mucchietti, rimettendone uno nel sacchetto originale, che ripose. Intanto continuava a parlare e a Damlo venne in mente di accostare l'orecchio al pertugio. Funzionava: benché non potesse vedere, riusciva a cogliere le parole.

«Questo per te e questo per il militare. Assicurati che sia il carro giusto: può darsi che nel cortile ve ne siano diversi. Quando lo farai?»

«Non prima di domani» rispose l'altro. «In quella caserma conosco un solo lanciere corruttibile e stanotte non è di turno.»

«Domani mattina, allora. Il piú presto possibile.»

«Come volete.»

Damlo accostò di nuovo l'occhio alla fessura e fece appena in tempo a vedere la Spada Nera che si allontanava attraverso la porta della cucina. Anche l'interlocutore si era alzato. Quando sedette al posto dell'altro, con le spalle alla parete, il ragazzo lo riconobbe: era il borsaiolo che aveva dato il via alla sommossa.

In gran silenzio, Damlo si tirò su, recuperò i vestiti e li indossò. Erano cosí stracciati che faticò a infilare le membra nei fori giusti. Mercanti di schiavi, finti zoppi, Spade

Nere, borsaioli! In che posto era andato a finire?

Comunque, bisognava impedire al ladro di rubare il carro dei nani. Il veicolo era in una caserma, quindi Írgenas aveva deciso di non rivelare la propria identità. Sarebbe toccato a lui, allora: al coniglio roscio. Doveva trovare il posto e cercare di corrompere una guardia prima che lo facesse il borsaiolo. Con la testa coperta per nascondere i capelli, e a credito perché le gemme erano nel carro. Sospirò piano. Non sarebbe stato semplice.

D'un tratto gli venne in mente il sacchettino di monete che Uwaën aveva posato sullo sgabello. Era pronto a uscire, adesso, e vi si avvicinò. Denaro e cibo erano in piena vista, illuminati a scacchi dalla luna. Damlo non esitò a lungo: prese un pezzo di pane e spezzò il formaggio in due, lasciando il sacchetto dov'era. Poi si avviò verso l'uscita.

Certo non era come muoversi nella foresta, ma fu fiero del silenzio che riuscí a mantenere. Aprendosi, se ben ricordava, la porta non faceva rumore. Si fermò ad ascoltare il respiro di Uwaën: era calmo e regolare. Spinse piano il battente, in modo da non far stridere la stanghetta contro il dente di fermo, poi alzò la gruccia e scostò l'anta di mezzo pollice. S'immobilizzò: Uwaën si era girato nel sonno. Aspettò che il respiro dell'uomo tornasse come prima, poi aprí la porta con estrema lentezza: in fondo non era affatto sicuro che non avrebbe scricchiolato. Impiegò quasi due minuti, spostando il battente di un capello alla volta e riuscendo a non produrre il minimo rumore. Il piú era fatto: non l'avrebbe richiusa quando fosse uscito. Sporse la testa nel corridoio e controllò che non ci fosse nessuno.

Improvvisamente, una mano gli si posò sulla spalla.

«Te ne vai senza salutare?» chiese Uwaën, sogghignando.

Damlo ci mise un po' a rimettersi dallo spavento. Intanto l'altro chiuse la porta, accese la candela e sedette di nuovo sul letto, con le spalle appoggiate al muro.

«Dove volevi andare?»

«Via.»

«Perché?»

«Che posto è, questo?»

«Un luogo sicuro. Non è poco, nelle tue condizioni.»

«Io devo andare.»

«Dove?»

«Sono uno schiavo?»

«Ti ho già detto di no.»

«Allora devo andare.»

«Non cosí in fretta, ragazzo. E poi non ne hai motivo.»

«Si vede e si sente tutto, di sotto.»

«È per questo che mi faccio dare questa stanza, quando vengo a Drassol.»

«I miei amici sono in pericolo.»

«Sono al sicuro, in prigione.»

«Come lo sai?»

«Ho controllato ieri pomeriggio, prima di tornare qui.»

«Perché? E perché mi hai aiutato? Chi sei?»

«Il mio nome è Uwaën. Uwaën lo storpio, come mi chiamano da queste parti, oppure Uwaën il cantore, come vengo chiamato altrove. Giro per il mondo suonando e cantando.»

«Travestito da mendicante zoppo?»

«Ottima domanda. Cosa ci fa un ragazzo umano con due nani?»

«Mi accompagnano a Èria, da mio zio.»

«Allora li devi conoscere bene.»

«Abbastanza.»

«Anche loro vanno a Èria?»

«Perché ti interessano?»

«Mi ricordano qualcuno.»

«Sei stato nelle Montagne di Pietra?»

«Potrei averli visti altrove: i mercanti viaggiano.»

«Giusto.»

I due si guardarono per qualche istante, in silenzio.

«Però è vero che sono stato nelle montagne dei nani» disse quindi Uwaën.

«A cantare?»

«Sí. Alla corte di re Thundras.»

«Ah.»

«Ho anche avuto la fortuna di incontrare suo figlio Írgenas.»

«Ah.»

«Lo conosci?»

«Mi prendi in giro?»

«Devo sapere cosa sai.»

«Bisogna salvarli: è molto importante.»

«Come li hai conosciuti?»

«A Waelton. Si sono fermati alla locanda dei miei zii.»

«Dove avete trovato il cavallo del conte d'Eránto?»

«L'ho preso a dei banditi. Non sapevo che fosse suo.»

«Bella sfortuna. E ora volevi liberare i tuoi amici da solo?»

«Sí.»

«Come avresti fatto?»

«Corrompendo un lanciere, credo.»

«Con cosa?»

«Non lo so.»

«Perché non hai preso il sacchetto delle monete?»

«Non mi piaceva l'idea.»

«Però il pane lo hai preso.»

«Avevo fame. Ieri tu hai mangiato senza darmene.»

«Non me lo hai chiesto.»

«Non sono un mendicante.»

«Sbagliato. Sei solo, senza denaro, in una città che non conosci. Nessuno ti darà mai nulla, se non chiedi.»

«Non mi piace chiedere.»

«È una responsabilità che bisogna prendersi.»

«Tu mi hai aiutato senza che chiedessi.»

«Perché ho riconosciuto Írgenas.»

«Adesso devo andare» disse Damlo dopo un attimo.

«Puoi farlo quando vuoi, ma prima mangia qualcosa.»

«Mi lasci andare?»

«Se ti avessi voluto come schiavo ti avrei dichiarato tale giú all'entrata e lo saresti stato per sempre.»

«Perché?»

«Perché siamo alla Costa dei Mendici.»

«Cos'è?» chiese Damlo, addentando il pane.

«Regola le attività della malavita; concede le licenze di accattonaggio e stabilisce le decime da pagare. Serve anche a risolvere le dispute. È territorio neutro e protetto. Se hai bisogno di un sicario, di un falsario o di qualcuno che compia un furto per te, qui lo puoi trovare. Ci sono sedi in ogni città, tutte collegate e tutte molto all'erta nel proteggere i membri.»

«E le guardie non lo sanno?»

«Certo che sí, ma un organo di governo della criminalità fa comodo a tutti perché evita i guai piú grossi.»

«E gli schiavi?»

«Qui ci sono molti schiavi fuggiti, ma nessuno di loro apparteneva a un membro della Costa. Quelli non potranno mai trovare un luogo sicuro. In tutto il mondo.»

Mentre Uwaën parlava, a Damlo cadde un pezzo di formaggio per terra. Si chinò a cercarlo.

«Allora tu sei un ladro?» chiese all'uomo, frugando sotto il letto.

«In un certo senso.»

«Cosa vuol dire? O si è un ladro o non lo si è!»

«Tu lo sei?»

«No!»

«Però hai rubato il cavallo.»

«Ma erano banditi!»

«Cosa vuol dire?» sogghignò Uwaën. «O si è un ladro o non lo si è!»

Il ragazzo non rispose. Invece che sul pezzo di formaggio, aveva messo le mani su un oggetto lungo e leggero. Lo tastò per qualche istante, poi, incuriosito, lo tirò fuori. Rimase senza fiato: era un arco, leggerissimo e dalla curvatura armoniosa, sulla cui impugnatura spiccavano delle rune antiche. Damlo non ebbe dubbi.

«Un arco elfico!» esclamò emozionatissimo. «Come quello di Brabantis!»

«Cosa diavolo intendi dire?» gli chiese seccamente Uwaën.

«Che Brabantis aveva un arco elfico. Era un cacciatore di orchetti. C'è una bellissima leggenda su di lui, non la conosci?»

«Ho sentito qualcosa, da qualche parte.»

«Aveva una spada dal filo d'oro e il suo arco elfico era quasi piú famoso di lui: la leggenda racconta che fosse leggero come una foglia e piú potente di una balista.»

«Lascia stare le leggende, ragazzo; di solito sono piene di frottole. Tutti gli archi elfici sono leggeri e, sebbene tirino piú lontano delle balestre, non si avvicinano neanche lontanamente alla potenza di una balista.»

«Quello di Brabantis, sí!» replicò Damlo un po' imbronciato. «E poi, che ne sai, tu?»

«Ho vissuto tra gli elfi per parecchio tempo.»

«Non è vero! Loro non si mischiano agli umani!»

«Su questo hai ragione» rispose Uwaën, scostandosi i capelli e scoprendo un orecchio. Era decisamente a punta.

«Un elfo...! Ma non hai gli occhi di un elfo!»

«E come sarebbero gli occhi degli elfi?»

«Strani e... d'accordo: non lo so. Ma le leggende...»

«Oh, le leggende» sogghignò Uwaën. «Comunque non hai tutti i torti: mio padre era umano.»

«Sei un mezz'elfo!»

«Proprio cosí» disse Uwaën con amarezza. «Un 'mezzo', come ci chiamano a volte. Né l'uno né l'altro, ma troppo di uno e troppo dell'altro. E sempre di quello sbagliato.»

«Non capisco.»

«Meglio per te. Non è facile vivere, quando nelle vene ti corre il sangue di due razze.»

A Damlo vennero le lacrime agli occhi, ma non ebbe il tempo di chiedersi perché. «Torniamo ai tuoi amici» lo incalzò infatti Uwaën.

«Miei?»

«Non conosco Írgenas personalmente. L'ho solo visto da lontano, a palazzo reale.»

«Ah» rispose Damlo, di nuovo diffidente.

«Ma so cosa sta facendo.»

«Anche i suoi nemici.»

«Impossibile. Nessuno sa di loro.»

«Invece sí.»

«Cosa intendi dire? *Chi* sa *che cosa*?»

«Qualcuno. Qualcosa.»

«Di certo sai tenere i segreti, ragazzo.»

«Mi chiamo Damlo.»

«D'accordo, Damlo. Quello che dici è grave.»

«Infatti. Perciò devo andare.»

«Non ti fidi di me? Ti ho salvato la vita, protetto, e conosco i tuoi compagni.»

«Di vista.»

«Lavoriamo per la stessa persona.»

«Come si chiama?»

Uwaën scosse la testa.

«Come posso fidarmi di te» protestò il ragazzo «se non mi dimostri che dici il vero?»

«È un nome che non posso fare, Damlo: ignoro cosa Írgenas abbia deciso di rivelarti.»

«Allora è meglio che vada.»

«Forse hai ragione. Però, se davvero qualcuno conosce la missione del principe, la situazione è molto grave. Bisogna liberare i nani al piú presto. Non vuoi che ti aiuti?»

Damlo rifletté per parecchi istanti.

«Potresti imprestarmi del denaro» disse poi. «Uno dei lancieri che ci hanno arrestati si chiama Áilaram e mi è sembrato corruttibile.»

«Áilaram, eh?» sogghignò Uwaën. «Ottima trovata, ragazzo! Visto che sai di Áilaram, ti posso dire che sono arrivato a Belsin due giorni dopo la partenza di Írgenas, alla fine dell'anno scorso.»

«A Belsin?» Eccitatissimo, Damlo balzò in piedi. «Alla Torre di Belsin?»

«Dannazione! Non lo sapevi?»

«Ne abbiamo parlato, ma non sapevo che Áilaram vivesse là.»

«Bravo!» rise Uwaën. «Allora sei riuscito a estorcermi una informazione. Certo che Áilaram vive là: è l'attuale Maghiarca della Torre!»

«Maghiarca? Ma la magia è stata ruba... voglio dire spenta da molti secoli! Come fa a esserci ancora un mago, a Belsin?»

«Intanto non tutta la magia è stata spenta: quella elfica, per esempio, è rimasta intatta.»

«Lo so, ma avevo capito che Áilaram fosse umano.»

«Infatti lo è. Si tratta di una storia lunga, Damlo. Se ti vuoi sedere te la racconto; tanto non possiamo liberare i tuoi amici prima di domani.»

«No, aspetta! C'è una cosa che non sai: domattina presto la Spada Nera ruberà il carro!»

«La Spada Nera?»

Badando a non scendere in dettagli che le Spade Nere potessero ignorare, Damlo raccontò a Uwaën degli agguati al Passo Bianco, dello straniero di Waelton e dei banditi allo Sweldal.

«Stento a crederci, ragazzo. D'altra parte, quanto hai detto spiega alcune cose e ne conferma altre.»

«Cosa?»

«Non so cosa posso dirti. È meglio che i nemici conoscano il meno possibile di quel che sappiamo sul loro conto e, se ti catturassero mentre torni a Waelton...»

«Tanto, ormai, dovrò seguire Írgenas e Clevas fino a Belsin.»

«Non ne sembri entusiasta.»

«Perché vorrei rassicurare i miei zii. Comunque non ho scelta. Non arriverei mai alla locanda.»

«Proseguire sarebbe altrettanto pericoloso. Potresti fermarti a Drassol.»

«Senza denaro? Da solo? Per finire di nuovo nelle mani di Faner?»

«Vedremo. Ora occupiamoci del carro.»

«Un momento. Non voglio offenderti, ma non so ancora da che parte stai: probabilmente, anche le Spade Nere conoscono i nomi di Írgenas, Áilaram e Belsin.»

«Damlo,» sospirò Uwaën «se fossi un nemico, mi basterebbe legarti e aspettare che i miei compari si impadroniscano del carro.»

Il ragazzo spalancò la bocca, poi lo guardò con aria afflitta.

«E comunque» continuò il mezz'elfo «dato che non conosci né la Torre né il Maghiarca, non ho modo di convincerti che sono stato a Belsin. Ti posso dire, invece, che Áilaram si trova in difficoltà: la sua magia è impedita e lui non riesce piú a vedere lontano. Spera che la causa sia un suo errore, ma teme possa trattarsi di una contromagia esterna. Se cosí fosse, vorrebbe dire che qualcuno è in grado di porre un incantesimo di blocco addirittura sulla Torre Bianca.»

«Il Signore della Paura!»

«Bene, pare davvero che tu ne sappia parecchio! Comunque hai ragione: una cosa del genere sarebbe possibile solo con il suo aiuto.»

«Ma allora si è davvero risvegliato!»

«Non lo sappiamo, anche se alcuni elementi sembrano indicarlo; tutti speriamo ancora che le stranezze verificatesi nell'Egemonia abbiano altre origini. È per questo che mi trovo qui. A Belsin sono arrivate voci contraddittorie e, non potendo Áilaram muoversi dalla Torre, alcuni dei suoi amici sono partiti per indagare. Se davvero l'Ombra si è risvegliata, infatti, bisogna individuare al piú presto il suo Primo Servo.»

«Con gli oggetti che Írgenas trasporta.»

«Proprio cosí: usandoli, Áilaram potrebbe indebolire la contromagia del Primo Servo, se di questo si tratta.»

«Allora andiamo a salvare il carro, presto!»

«Ci andrò io, Damlo. Tu non puoi venire.»

«Scherzi?»

«Non è possibile rubare il carro senza l'aiuto della Costa dei Mendici e chi non ne fa parte non può partecipare alle operazioni. È una regola ferrea.»

«Allora fammici entrare!»

«Non è cosí semplice: per diventarne membri bisogna superare una prova.»

«Che prova?»

«Qualcosa che dimostri la tua abilità nel mestiere: un assassinio, un furto, una truffa, un falso, a seconda di come vuoi iscriverti. E comunque, entrare nella Costa non è una scelta da fare alla leggera: ci sono molte regole e sono severissime. Chi le trasgredisce muore e questo vale anche se uno scappa lontano, perché la Costa dei Mendici è dappertutto e non dimentica mai.»

«Sarei obbligato a rubare o ad ammazzare?»

«Questo no. Ma anche se non esercitassi il mestiere saresti, per esempio, obbligato a segnalarti alla Costa ogni volta che entri in una città; e a pagare una percentuale su tutti i guadagni che ottieni.»

«Di questo non m'importa! Andiamo, fammici entrare!»

«Non stanotte. Non c'è tempo di organizzare la prova.»

«Aspetta: un crimine compiuto in passato, può valere come prova?»

«Certo, ma non ti illudere: ci vogliono testimoni attendibili. Non è facile ingannare la Costa.»

«Una città intera è attendibile, come testimone?»

Uwaën lo guardò senza capire; poi lo fissò con ammirazione, infine balzò in piedi e uscí dalla stanza. Tornò dopo due minuti, seguito da un tizio di mezza età tutto insonnolito. Era coperto solo da una camicia da notte e indossava dei guanti di stoffa finissima.

«Questo è Óljed. Ci vogliono due padrini per essere ammessi alla Costa. E poi ci darà una mano con il carro.»

«Ah sí?» disse quello, sbadigliando. «Che carro?»

«Dopo, dopo. Andiamo da Trax.»

Uscirono in fretta nel corridoio e Uwaën li condusse su per le scale fino a una porta sorvegliata da una specie di gigante armato fino ai denti.

«Vogliamo vedere Trax. Per un'ammissione.»

«A quest'ora?»

«Il ragazzo ci serve stanotte. E poi che differenza fa? Trax non dorme mai!»

La guardia si assentò per qualche attimo, quindi li introdusse nella sala.

Si trattava di un antico solaio: all'entrata il soffitto era alto piú di venti piedi e alle estremità meno di sei. Un fuoco brillava, leggermente fuori centro, sopra una base di pietra. Contro i muri erano appoggiati quattro canterani di foggia diversa, di cui uno mirabilmente intarsiato. Da bravo waeltoniano, Damlo ne apprezzò la fattura. Altrove c'erano alcune cassapanche e molte casse accatastate una sull'altra. Una sedia larga, munita di schienale e di braccioli imbottiti, troneggiava accanto a uno scrittoio. Come il mobile, era ingombra di fascicoli.

Trax era molto alto, magrissimo e completamente pelato. Il pomo d'Adamo gli sporgeva dalla gola come un grosso bubbone puntuto; Damlo pensò a un serpente che avesse inghiottito una teiera. L'uomo camminava su e giú senza interruzione e aveva gli occhi cosí fuori dalle orbite da sembrare uno spiritato.

«Sarebbe lui?»

Uwaën annuí e Óljed sbadigliò.

«Di ragazzini cosí ne abbiamo centinaia. Perché vi serve questo?» Trax parlava con grande rapidità, accavallando le parole una sull'altra.

«È unico» rispose il mezz'elfo.

L'uomo osservò Damlo con piú attenzione. Gli occhi sporgenti gli davano un'aria aggressiva e sospettosa.

«Va provato» disse alla fine.

«Ho rubato Zúrkin d'Eránto all'assassino del Conte Buono.»

«Testimoni?»

«Tutta la città: i tumulti sono scoppiati per colpa mia.»

«Per quel furto hanno arrestato due nani.»

«Due nani e me, ma io sono riuscito a scappare. Zúrkin l'ho rubato io.»

«Provalo.»

«Come faccio? Ero solo!»

«La tua parola non basta.»

Tutti rimasero in silenzio per un po', mentre Trax continuava a muoversi tra le casse.

«Potete andare» disse infine l'uomo, raccogliendo un fascicolo dallo scrittoio.

«Un momento! Posso descrivere l'assassino del conte!»

«Non lo conosciamo.»

Damlo si sentí prendere dallo sconforto. Poi, alla mente gli tornarono vaghe immagini: la folla, la paura, Uwaën che seguiva il carro zoppicando, gli ubriachi e... il borsaiolo. Il suo stupore, quando aveva riconosciuto Zúrkin.

«Uno di voi lo conosce!» azzardò.

«Ah, sí?»

«Non so come si chiama ma è un borsaiolo; poco fa era nel salone al pianterreno.

«Vodars» disse Óljed con aria annoiata. «Un discreto mestierante. L'ho visto prima di andare a dormire.»

Cinque minuti piú tardi, accompagnato da una guardia, il borsaiolo entrava nella stanza. Quando vide Damlo, sgranò gli occhi.

«Lo conosci?» chiese Trax.

«Era sul carro dei nani, oggi. Non capisco come possa essere vivo.»

«Dice che sai chi ha ucciso il conte d'Eránto.»

«E allora?»

«Alto, magro, vestito di nero» disse Damlo. «Pallido, quasi verdognolo; occhi scuri con le pupille piccole. Usava una spada dalla lama nera. Il pomo è di ossidiana.»

«Può darsi. A me cosa ne viene?»

«Sí o no?» abbaiò Trax.

«Sí.»

«Fila.»

La cerimonia di ammissione fu sbrigativa, ma a Damlo parve una incoronazione. Uwaën e Óljed gli si portarono affianco e posarono una mano sulle sue spalle.

«È dei nostri?» chiese Trax estraendo un pugnale.

«No» risposero in coro i padrini.

«Allora deve morire.»

Con un movimento rapidissimo, l'uomo passò la lama sulla gola di Damlo. Il ragazzo sentí una fitta, come una piccola bruciatura.

«Chiudi gli occhi e non riaprirli» mormorò Uwaën.

«Portiamo un neonato» disse Óljed, dopo che Damlo ebbe obbedito.

«Con che occhi vede?»

«Con i nostri.»

«Con che orecchie sente?»

«Con le nostre.»
«Con che bocca parla?»
«Con la nostra.»
«Con che cuore vive?»
«Con il nostro.»
A ogni risposta dei padrini, Trax sfiorava la parte nominata con la punta del pugnale.
«Allora esiste» concluse Trax.
«Apri gli occhi» sussurrò Óljed.
«Chi sei?» domandò Trax.
«Damlo Rindgren.»
«Appartieni alla Costa dei Mendici?»
«Sí.»
«Giura, sulla tua vita.»
«Giuro.»
Trax riportò il suo nome su un grande registro, poi gli prese il pollice, lo sporcò con il sangue che colava dal taglietto sulla gola e gli disse di imprimere la sua impronta accanto al nome. Infine gli spiegò le regole e gli insegnò alcuni segnali segreti.
«Puoi andare, Damlo il ladro» disse poi. «Adesso sei dei nostri.»
Al ragazzo vennero le lacrime agli occhi.

Un'ora piú tardi, Damlo, Uwaën, Óljed e tre amici erano al buio, appoggiati al muro che circondava la caserma dei lancieri. Durante il tragitto si erano dovuti nascondere spesso perché numerose pattuglie a cavallo perlustravano la città; ma il ragazzo non aveva provato paura. Insieme al mezz'elfo si sentiva protetto e, nonostante la sua aria perennemente annoiata, anche Óljed gli piaceva. Era il miglior scassinatore dell'Egemonia, gli aveva spiegato Uwaën, e anche un ottimo borsaiolo. Una rarità, perché erano due specialità diverse del rubare e ognuna richiedeva una vita per essere perfezionata.

Poco distante, nascosti in un vicolo fangoso, c'erano un carro e un carretto rigonfi di paglia. Li avevano riempiti in fretta e furia, prendendo il materiale dalle stalle di un nobilastro il cui guardiano apparteneva alla Costa.

Improvvisamente, una figura vestita di scuro apparve sulla sommità del muro e si lasciò scivolare accanto a loro.

«Tutto a posto» sussurrò. «Ma ci costerà piú del previsto.»

«Il denaro non è un problema» rispose Uwaën.

Portarono i carri accanto al muro, poi trasferirono la paglia sul tetto delle stalle, situate dall'altra parte. Una sentinella assistette nervosamente a tutta l'operazione, poi si rivolse a Uwaën.

«I cavalli non devono subire danni.»

«Non ti preoccupare: ci servono belli vivi e spaventati.»

Attraverso una botola, il militare condusse il gruppetto all'interno della costruzione e, mentre Damlo si occupava di Maestà, aiutò gli altri a slegare gli animali. Erano quasi un centinaio e, nonostante loro fossero in otto, ci misero un po'.

«Non vedo Zúrkin» disse Damlo.

«È nelle stalle di Krider» spiegò il lanciere. «Il terzo consigliere di re Vínathes.»

«Come mai?»

«Krider ci ha messo gli occhi sopra, e...»

«Dacci il via libera» lo interruppe Uwaën.

Il militare aprí uno dei battenti della grande porta e occhieggiò fuori.

«Le sentinelle fisse sono pagate» disse poi «ma la ronda no. Però uno dei tre mi deve dei soldi. Aspetterò che siano dietro l'edificio e farò di tutto per trattenerli, ma fate presto: non sono stupidi e io non voglio guai.»

Pochi attimi piú tardi, spalancò il battente e si mise a correre.

«Dammi cinque minuti per attaccare il cavallo,» disse Uwaën a Óljed «poi incendia il sottotetto e fila.»

«Vai!»

Damlo e il mezz'elfo uscirono con Maestà e si diressero verso il lato opposto del grande cortile, dove sei carri erano disposti in fila accanto all'edificio. Il lanciere all'ingresso della caserma, cosí come quelli vicini al cancello del muro di cinta, si voltarono dall'altra parte.

Il carro dei nani era il primo. Senza paura, ma con il cuore che gli batteva per l'emozione, Damlo assicurò rapidamente il cavallo tra le stanghe. Uwaën, intanto, sorvegliava l'edificio.

«Per la mia barba! Sei tu, Damlo?»

La voce di Clevas gli arrivò in un sussurro cosí forte che gli parve un grido. Il ragazzo sobbalzò violentemente, poi si voltò. Non c'era nessuno.

«Qui sotto! Guarda in basso!»

Sul pavimento del cortile, a filo della caserma, c'era una grata orizzontale formata da grosse sbarre di ferro. Il pozzetto sottostante era profondo due o tre piedi, ma di lato, nella parete dell'edificio, un'apertura conduceva a un locale buio. Clevas si era arrampicato fino alla grata e ora lo guardava sbalordito.

«Per la mia dannatissima barba!» ripeté il nano. «Come fai a essere vivo, ragazzo?»

«Non lo so nemmeno io. Tu stai bene? Dov'è Írgenas?»

«Accanto a me: questa è la prigione della caserma. Ma cosa ci fai, qui?»

«Dobbiamo portare via il carro. Le Spade Nere sanno tutto e vogliono rubarlo domattina.»

«Come intendi fare? E poi, per la miseria! Come sei arrivato fin qui?»

«Ho incontrato un amico di Áilaram.»

«Mmmh... Aspetta: chiamo Írgenas.»

Clevas si lasciò scivolare indietro attraverso l'apertura. Ci fu del trambusto, poi apparve la faccia del principe.

«Cosa ti è successo?» esclamò Damlo.

Il volto del nano era tumefatto e la sua magnifica barba completamente incrostata di sangue.

«Prima una discussione coi secondini e poi un'altra con gli inquilini della prigione. A proposito di chi dovesse stare accanto a questa presa d'aria. Sono felice di saperti vivo, ragazzo!»

«Ti hanno picchiato! Perché non hai detto chi sei?»

«Ci ho provato, ma come vedi non mi hanno creduto. È lui, l'amico di cui parla Clevas?»

Uwaën, intanto, senza perdere d'occhio il tetto delle stalle, si era portato accanto alla grata.

«Sí, altezza. Il mio nome è Uwaën.»

«Írgenas, non altezza. E così, abbiamo amicizie in comune?»

«Sono arrivato da lui due giorni dopo che eravate partito, e mi ha rimandato a nord per raccogliere altre informazioni.»

«Come stava la sua caviglia?»

«Benissimo» sogghignò Uwaën. «Perché non è lui che se l'è slogata, ma Pheron, il suo assistente. Se davvero vi interessa, quando me ne sono andato era gonfia come un melone.»

«Bene. Adesso dimmi: come stanno le cose, qui?»

«Un disastro» rispose il mezz'elfo. «Ma abbiamo solo

pochi minuti, perciò non vi offendete se vi lascerò a metà di una frase.»

«D'accordo. Parla.»

«Nella capitale, i figli di Zánter d'Èria si accusano l'un l'altro della morte del padre» cominciò a raccontare Uwaën, occhieggiando di continuo verso le stalle. «Intorno a loro si sono formate delle fazioni, ma nessuna riesce a prevalere e le lotte di palazzo rendono quasi impossibile il governo dell'Egemonia. Di fatto, la regge Gevan Bedáran.»

«Chi è?»

«Un vecchio amico di Zánter. Non ha un mandato ufficiale, ma possiede un notevole prestigio personale. Governa solo grazie a esso, aiutato dal fatto che prima di morire l'Egemone gli affidò il proprio sigillo.»

«E qui in periferia?»

«Ci sono problemi gravissimi. Re Vínathes non è piú quello di una volta e il vuoto di potere a Èria ha rafforzato la nobiltà frondista. Inoltre, qualcuno mesta nel torbido. Si prepara una vera e propria guerra civile, Írgenas.»

«A Drassol?»

«In tutto il settentrione. Prima di essere conquistate dal Grande Re, le città di Drassol, Irèl e Mettenál erano acerrime nemiche. Poi l'ostilità si è spenta e le loro truppe hanno combattuto insieme diventando l'élite dell'esercito egemone. Da quando Zánter è stato avvelenato, però, le vecchie rivalità si sono riaccese.»

«Perché?»

«Ci lavoro da mesi e non sono riuscito a trovare un solo motivo valido. Fatto sta che l'odio ha raggiunto il culmine: le città si preparano alla guerra.»

«Chi c'è, dietro? Le Spade Nere?»

«Non lo so. Fino a stasera non ne avevo sentito parlare.

Chiunque sia, comunque, si tiene nell'ombra e agisce con grande efficacia. Prendiamo la faccenda del conte d'Eránto, per esempio. All'inizio dell'anno, qualcuno ha rapinato il convoglio che portava i tributi di Drassol a Èria. Ora, devi sapere che le tasse non vengono considerate assolte finché non arrivano alla capitale, e...»

«I drassoliani dovranno pagarle di nuovo.»

«A meno che non venga recuperato il maltolto. Vedi, sul luogo dell'agguato c'erano alcuni frammenti di armi irelliane...»

«Mmmh...»

«Già: mancava solo una tavoletta con nomi e indirizzi. Ma l'odio fra le città è troppo intenso e nessuno ha sentito puzza di bruciato. Comunque, per discutere della questione re Vínathes ha inviato a Èria il conte d'Eránto. Era amico di Gevan Bedáran e tutti confidavano nella sua abilità diplomatica. Purtroppo qualcuno lo ha ucciso, e nella capitale è giunto soltanto il rapporto ufficiale. Risultato: Drassol dovrà pagare nuovamente le tasse. Appena si è diffusa la notizia, la popolazione è insorta, ha preso d'assalto l'ambasciata di Èria e ha fatto a pezzi il legato.»

«Un legato dell'Egemonia! Incredibile!»

«Infatti è un affare serissimo. Se Zánter fosse ancora vivo, raderebbe al suolo l'intera Drassol. Oggi nessuno ha il potere di decidere una cosa simile, ma re Vínathes ha ugualmente motivo di preoccuparsi. Forse Gevan Bedáran non agirà subito: da qualche tempo i nomadi delle steppe occidentali sono particolarmente attivi e l'esercito è tutto nell'ovest; ma presto o tardi la punizione arriverà e sarà dura. Non c'è da stupirsi, quindi, se la fronda indipendentista preme perché si prepari, oltre alla guerra contro Irèl e Mettenál, anche quella contro Èria.»

In quel momento, sul tetto delle stalle comparve una luce brillante. Mentre alcune ombre scavalcavano il muro di cinta, Uwaën si mise a parlare in fretta.

«Ora porteremo via il carro; poi, domattina, andrò a palazzo e cercherò di parlare con re Vínathes. Potrò dirgli chi sei?»

«Hai carta bianca: ormai le Spade Nere ci hanno ritrovati.»

D'un tratto si udirono delle grida e qualcuno si mise a picchiare su una sbarra di ferro. Subito dopo echeggiarono degli squilli di tromba e, mentre le fiamme si alzavano, le porte della stalla vennero aperte. Un fiume di cavalli ne uscí al galoppo, riempiendo il cortile.

In pochi minuti, la baraonda fu completa. Decine e decine di lancieri si lanciavano in armi fuori dalla caserma, solo per trovarsi in mezzo a un bailamme di grida, ordini, fiamme e fumo. Nel caos, nessuno si rendeva conto che il fuoco era limitato al tetto delle stalle e che l'incendio, benché impressionante, era abbastanza inoffensivo. I cavalli correvano qua e là impedendo ai lancieri di organizzarsi e formare una catena di secchi, tutti gridavano e nessuno obbediva. Finalmente un ufficiale urlò di aprire i cancelli e, appena i soldati eseguirono l'ordine, Uwaën mise in moto il carro.

Uscirono dalla caserma insieme ai cavalli senza che nessuno pensasse a impedirlo, e si allontanarono velocemente. Come previsto non aspettarono i loro complici e, dieci minuti piú tardi, il carro era al sicuro all'interno di un cortile privato.

«Lo conosco da prima di sposarmi» ridacchiò Norya. «E anche allora si faceva vivo soltanto quando aveva bisogno di qualcosa.»

Alta e bene in carne, la donna aveva i capelli striati di grigio. Il suo sguardo era caldo e aperto, e rivolgendosi a Uwaën si colorava di ironia antica. Dopo avere accolto il mezz'elfo con finta severità e Damlo con un largo sorriso, li aveva portati subito in cucina. Adesso erano tutti e tre seduti intorno a un grande tavolo, sul quale troneggiavano una pentola di latte fumante, una ciotola di miele e un cestello pieno di biscotti.

«Bisogno, o desiderio» aggiunse piano la donna e, per un istante, lo sguardo le tornò quello di una ragazzina maliziosa. Non stonava affatto, sul suo viso di mezza età.

«Suvvia, Norya» disse Uwaën, piuttosto imbarazzato. «Lo sai che non è vero: ti vengo a trovare tutte le volte che passo da Drassol. E poi, dobbiamo proprio parlare del passato?»

«Essere svegliata prima dell'alba da te che bussi agli scuri mi ha riportato indietro la memoria.»

«Come sta Èrwan?»

«Benissimo, grazie» rise la donna. «Stanotte ha dormito in bottega con nostro figlio maggiore. Nel caso qualcuno volesse proseguire la festa di ieri pomeriggio.»

«Avete subito danni?»

«Per fortuna ha fatto in tempo a chiudere, cosí abbiamo perso solo le stoffe esposte in strada. Coraggio, Damlo, prendine ancora.»

«Grazie, sono davvero buoni» rispose il ragazzo prendendo dal cestello una quarta manciata di biscotti.

«Stai cascando dal sonno. Quando avrai finito, ti darai una bella ripulita e filerai a dormire. Intanto, io cercherò tra gli abiti dei miei figli qualcosa che ti vada bene.»

«Ti sono grato, Norya. Dobbiamo andare a palazzo e ci manca il tempo di fargli cucire un vestito decente.»

«Taci, delinquente!» sorrise la donna. «Anche se tu non fossi l'Uwaën della mia gioventú... Èrwan mi ha raccontato tutto, sai? Senza di te, sarebbe ancora schiavo degli orchetti, là nell'est. Sei stato magnifico.»

«Figuriamoci! Pensavo solo a salvarmi la pelle.»

«Bugiardo matricolato! Dopo averli liberati, per salvarlo tornasti indietro di cinque miglia...»

«Vorrei anche vedere: mi doveva un sacco di bevute!»

«... E rimanesti fermo nella radura per oltre dieci minuti, cercando di arrestargli il sangue. Con migliaia di orchetti che setacciavano la foresta. E poi, chi se l'è portato in spalla fino al fiume?»

«Insomma, sei proprio fissata con il passato, stamattina! Credo che sia ora di mettere a nanna il ragazzo.»

In effetti, Damlo ciondolava dal sonno. Neppure l'accenno a una storia di orchetti era riuscito a scuoterlo. La donna lo ficcò in una tinozza di legno piena di acqua caldissima e lo costrinse a strofinarsi fino a raschiarsi la pelle; poi lo accompagnò in una stanza e lo fece entrare dentro un enorme letto profumato di pulito. Il ragazzo si addormentò prima che lei finisse di rimboccargli le coperte.

Quando Uwaën lo svegliò, a metà mattinata, su uno sgabello accanto alla finestra erano posati degli abiti puliti. Damlo li indossò provando una strana sensazione: non aveva mai avuto dei vestiti cosí belli. La camicia bianca era di stoffa finissima, le brache e la giubba di velluto verde, e la cintura di cuoio, rossa come i suoi capelli. Salutata e ringraziata Norya, il ragazzo e Uwaën si diressero a piedi verso il palazzo reale. Anche il mezz'elfo, ora, era vestito con eleganza.

«Devi sapere» disse a Damlo mentre salivano la collina «che la situazione a palazzo è un po'...» Tacque, ci pensò su per qualche attimo, poi ricominciò a parlare. «Mi sono reso conto che quanto è accaduto ieri ha generato possibilità interessanti. Se vogliamo sfruttarle, tuttavia, dobbiamo arrivare a re Vínathes in fretta. Ora questo non è semplice, perché la situazione a palazzo è un po' ingarbugliata. Per fortuna tu hai i capelli rossi e... Insomma, forse ho trovato un modo. Però mi serve il tuo aiuto.»

«Certo! Che cosa devo fare?»

«Principalmente tacere. Ogni volta che verrai interrogato dovrai lasciare che al tuo posto risponda io. Potrai parlare solo quando dirò la parola 'figliolo'. E in quel caso dovrai rispondere chiamandomi 'papà'. D'accordo?»

«Va bene, ma come mai?»

«È una faccenda di sottigliezze: il mio piano si basa sul carattere di una certa persona. Dovremo farle credere che sei mio figlio, ma solo nel momento in cui la scoperta avrà il massimo effetto.»

Il palazzo reale di Drassol era cinto da mura alte una trentina di piedi. I due percorsero una larga strada che ne faceva il giro e raggiunsero un cancello secondario sorvegliato da alcuni lancieri.

«Attento, cantore» rise uno di loro facendoli passare. «C'è in giro dama Krider!»

«Cerco proprio lei» sogghignò il mezz'elfo.

«Casomai è lei che cerca te!» esclamò un altro, facendo ridere tutti.

«Oggi no» rispose il mezz'elfo, allontanandosi.

«Non ce la dai a bere!»

«Al massimo cercherai una sua ancella!»

«Stai in guardia: anche il consigliere suo marito è a palazzo!»

«E per questo avvertimento ci devi una canzone!»

A parte la roccaforte vera e propria, che si stagliava alta e merlata dietro un'ulteriore cinta di mura, la reggia era composta da molti edifici piuttosto bassi e immersi nel verde. La parte principale del parco si stendeva sul davanti e, dal lato che Damlo e Uwaën percorrevano, era piuttosto mal curato. Tuttavia, la vegetazione era ugualmente assai ricca e il ragazzo si stupí nel vedere tante piante che non conosceva. Una, in particolare, lo colpí moltissimo: cresceva riparata all'interno di un largo gazebo e sbucava dal tetto attraverso un foro rotondo, slanciandosi verso il cielo per una trentina di piedi prima che i rami possenti si dipartissero dal tronco. La corteccia era screpolata e bucherellata e le grandi foglie, allungate e dal bordo seghettato, erano di un verde cosí intenso da sembrare illuminato dall'interno. Per terra, tra le foglie secche, i suoi frutti sembravano minuscoli porcospini.

«L'interno è commestibile anche cosí» spiegò Uwaën. «Ma è migliore se viene bollito o arrostito. A Èria hanno l'abitudine di trasformarlo in dolce, coprendolo di glassa.»

Finalmente, entrarono nel palazzo vero e proprio. Anche lí il mezz'elfo venne accolto dagli scherzi dei lancieri di guardia e, dopo avere riso un po' con tutti, si appartò con uno di loro. Parlottarono per un paio di minuti e il militare lanciò numerose occhiate a Damlo. Poi scoppiò fragorosamente a ridere.

«Varúsa!» esclamò con le lacrime agli occhi. «Proprio Varúsa?»

«Esatto» rispose Uwaën sogghignando. «Ne saresti per caso geloso?»

Dal gran ridere, il lanciere si appoggiò al muro. Poi, senza riuscire a smettere, prese accordi con i commilitoni e condusse Damlo e Uwaën per un labirinto di corridoi.

«Piantala di ridere!» sbottò il mezz'elfo a un certo punto, trattenendosi pure lui. «Se non ce la fai, lo chiedo a qualcun altro!»

«No, no, adesso la smetto. Questa non me la voglio proprio perdere! Sarà dura, però, portarla fino alle cucine: non è tipo da abbassarsi a tanto.»

«Lascia fare a Sedrina: le donne, sai...»

Traversarono a passo di marcia diversi saloni, incrociando paggi dagli abiti sgargianti, cortigiani annoiati e servitori silenziosi. Piú volte Uwaën dovette prendere al volo Damlo che, per osservare un arazzo o un quadro di battaglie, rischiava di inciampare in qualche piedistallo e di far cadere un vaso o una delicata statuetta. Alla fine, in una grande sala che dava su un giardino interno, incontrarono le donne che cercavano.

«Uwaën! Mio dolce cantore!» strillò la prima, battendo le mani. Avanti negli anni, il volto ricoperto di polvere finissima e le labbra dipinte di rosso intenso, era tutta ingioiellata.

«Qual fortunata coincidenza, dama Krider!» disse Uwaën, inchinandosi galantemente.

«Cattivo,» si lamentò la donna «mi avete promesso una canzone e non avete mantenuto la parola!»

«La sto ancora componendo, mia signora. Non ne esistono, al mondo, adatte a cantare le vostre grazie; e temo, nonostante le mie risorse, che anche questa sarà insufficiente.»

«Come siete galante» chiocciò la dama, lanciandogli un'occhiata maliziosa. «E chi è questo bel ragazzo?»

Damlo riuscí a schivare la carezza inchinandosi in fretta e profondamente. Quando rialzò la testa, Uwaën stava ancora esitando.

«Lui?» disse quindi, dopo una pausa tirata fino al limite della scortesia. «Oh, è solo il figlio di una sguattera, dama Krider. Suo padre è liutaio e ho pensato che nessuno strumento usato sarebbe degno di suonare la vostra canzone; perciò ne ho ordinato uno nuovo. Dopo aver cantato per voi lo brucerò, se permettete.»

«Uwaën! Come si può resistervi? Siete tremendo!»

Mentre la donna andava in brodo di giuggiole, Damlo lanciò un'occhiata alla sua accompagnatrice. Giovane, carina, vestita di un abito semplice ed elegante, non staccava gli occhi dal mezz'elfo. E ogni volta che per caso lo sguardo di lui incrociava il suo, arrossiva. Si manteneva dietro la dama e spesso, per non ridere, stringeva il labbro inferiore tra i candidi dentini.

Il mezz'elfo continuò a distrarre la dama con facezie e galanterie esagerate, e il lanciere si avvicinò alla ragazza. Le parlò all'orecchio, cercando invano di mantenersi impassibile. Anche lei faticò visibilmente e, alla fine, annuí; ma non senza essersi lasciata sfuggire un gorgoglio strozzato, mascherato appena in tempo da colpo di tosse.

La dama si voltò di scatto.

«Sedrina! Possibile che ogni volta che parlo con Uwaën tu gli debba ronzare attorno come una mosca? Sparisci! Prendi il mio lavoro di cucito e aspettami nel padiglione giallo.»

«Sí, dama Krider» rispose la ragazza facendo la riverenza.

«E smettila di amoreggiare con tutti i militari che incontri» aggiunse seccamente la donna.

«Sí dama Krider.»

«Cara, ti ho mandato a cercare dappertutto!» La voce maschile, un po' impastata ma autoritaria, raggelò di colpo l'atmosfera.

Sulla porta era comparso un uomo molto grasso e riccamente vestito. A parte due strisce di capelli grigi ai lati della testa, era completamente calvo. Portava dei baffetti sottilissimi che gli conferivano un'aria particolarmente viscida.

«Inchinati» sussurrò Uwaën a Damlo.

«Ma caro, io sono sempre stata qui, vero Sedrina?»

«Sí, dama Krider. I miei rispetti, Consigliere Krider.»

Ignorando Sedrina, Damlo e il lanciere, e limitandosi a lanciare a Uwaën un'occhiata velenosa, con un grugnito e un cenno del capo l'uomo ordinò alla moglie di seguirlo. Poi girò le spalle e si allontanò.

«Cielo, com'è geloso!» gorgogliò la dama. «Ma non ne ha davvero motivo, vero Uwaën?» L'occhiata che gli lanciò avrebbe fatto vergognare perfino Trax.

«Naturalmente» rispose il mezz'elfo. «Perché il vostro animo è puro come la rugiada, dama Krider. Ma la vostra bellezza è tale che qualunque uomo riuscisse a conquistare il vostro favore passerebbe poi la vita nel timore di perderlo; vogliate quindi essere indulgente verso chi vi ama.»

«Oh, Uwaën!» Senza piú ritegno, la dama abbassò la testa guardandolo di sottecchi. «Qual bontà d'animo! Bisognerà proprio trovare un modo per ricompensarla!»

A queste parole, Sedrina e il lanciere cedettero e, per mascherare il riso, si misero a tossire convulsamente. Il suono riscosse la dama.

«Sei ancora qui?» strillò a Sedrina. «Ti ho detto di sparire! Fila subito e non dimenticare il mio lavoro di cucito.»

Aspettò che la ragazza se ne fosse andata, poi lanciò un'ultima, languida occhiata al mezz'elfo. Quindi lasciò anche lei la sala, con l'incedere di un nobile bovino.

«Sei grande, Uwaën!» rise il lanciere, e gli diede una pacca sulla spalla.

«Adesso è tutto nelle mani di Sedrina» rispose il mezz'elfo. «Quanto a noi, è giunta l'ora di mettere qualcosa sotto i denti.»

Nelle grandi cucine, l'attività era frenetica. Decine di cuochi, aiuto cuochi, sguatteri, servi, servette, si muovevano frettolosamente attraverso nuvole di fumo e di vapore. Sembravano fantasmi sfuocati. Ognuno portava qualcosa: pentole, secchi d'acqua, cesti di verdura, enormi piatti di portata ancora vuoti.

All'inizio, Damlo si chiese come facessero a non sbattere continuamente l'uno nell'altro. Poi, poco a poco, capí che quella baraonda era assai meno caotica di quanto sembrasse: il lavoro era organizzato gerarchicamente e per ogni due fuochi c'era un capocuoco con i relativi aiuti. Il bailamme di ordini e grida incrociate dipendeva dal fatto che ognuno di essi strillava ai propri sottoposti, i quali non badavano che alla sua voce. La stessa organizzazione vigeva intorno alle grandi tavole, ognuna adibita a un compito specifico: qui si preparava la verdura cruda, là si disponevano vivande pronte sui piatti di portata, piú lontano venivano preparate quelle da cuocere. Nugoli di sguatteri, comandati da un enorme donnone dai capelli rossi, recuperavano pentole e piatti usati e li trasferivano in un altro locale, dove qualcuno li avrebbe lavati.

Uwaën fu accolto con simpatia. Ogni volta che qualcuno gli passava accanto, volavano motti scherzosi e risate. Il mezz'elfo condusse Damlo in un canto e, per non intralciare, entrambi si tennero contro la parete. Poi, come per magia, improvvisamente l'attività si dimezzò. Le prime portate erano pronte, le seguenti cuocevano nelle pentole, la carne arrostiva e in giro non c'era piú nulla che non servisse. Mentre un'ordinata fila di servi in livrea sciamava, portando via le pietanze pronte, Uwaën si accostò al donnone dai capelli rossi.

La sua capigliatura sembrava una manciata di paglia secca finitale in testa per caso e il grande naso adunco le terminava con una verruca sporgente. Sul mento aveva un neo da cui spuntavano tre lunghi e grossi peli rossastri, e un altro, piú largo, le sfregiava la guancia con un ciuffo di peli neri. A guardarla in viso, sembrava il prototipo delle streghe da leggenda. Però era alta quasi sette piedi, si teneva dritta come un pioppo e aveva due braccia grosse come prosciutti. Le mani erano due spatole larghe in proporzione e, fino a poco prima, la sua voce di contralto aveva sovrastato tutte le altre facendo scattare l'esercito di sguatteri come se fosse un reggimento in parata. Damlo le si avvicinò insieme a Uwaën, piuttosto intimidito.

«Come stai, Varúsa?»

Il ragazzo allibí: appena il mezz'elfo le rivolse la parola, la donna arrossí e gli sorrise timidamente. Poi si riprese e abbaiò un rimprovero a un incolpevole sguattero, che sparí come un lampo nell'altro stanzone.

«Posso presentarti un mio amico? Si chiama Damlo ed è un ragazzo piuttosto in gamba.»

Fu il turno di Damlo, di arrossire, mentre la donna volgeva gli occhi su di lui. Aveva uno sguardo stranamente profondo e buono, e il ragazzo se ne sentí riscaldare il cuore.

«Ciao, Damlo.»

«Buon giorno, signora.»

«Signora!» rise la donna, affibbiandogli uno scappellotto amichevole che lo spostò di tre passi. «Mi hai guardato bene? Chiamami Varúsa, come fanno tutti!»

«Lo trovi uno scambio equo, se tu dai da mangiare a Damlo e io ti dedico una canzone?» le chiese Uwaën.

«Riservala per le tue damigelle magroline, brigante! Il ragazzo mangerà fino a scoppiare senza bisogno che tu debba raschiarti la gola.»

Varúsa condusse Damlo a un tavolo non lontano dall'entrata, lo fece sedere su uno sgabello e gli piazzò di fronte una quantità di cibo sufficiente a sfamare un esercito.

«Mangia anche tu» ordinò poi a Uwaën.

Senza darsi per inteso, il mezz'elfo sedette sul tavolo davanti alla donna. Poi si mise a cantare e la sua voce riempí le cucine.

Ogni attività si interruppe di colpo e perfino i maestri cucinieri abbandonarono i propri fuochi. Uwaën era completamente trasformato: nel suo sguardo c'erano memorie non sopite, e solitudine, e lontananze immense. Cantava in una lingua strana, trillante e musicale di per sé. Sebbene non ne capisse le parole, Damlo comprese che si trattava di una lirica d'amore. Riusciva a essere allegra e malinconica allo stesso tempo; piena di gioia di vivere e di struggente nostalgia. Il ragazzo si accorse di non essere il solo a sentire un groppo alla gola.

Alla fine ci furono parecchi istanti di silenzio; poi le cucine risuonarono di applausi. Senza dar loro il tempo di spegnersi, Uwaën attaccò un'altra canzone, sempre d'amore, in lingua corrente. Era allegra, questa, e in certi punti anche sboccata; tutti si spanciarono dalle risa perché era ovvio che il mezz'elfo la stesse dedicando a Varúsa. La donna stava al gioco ma era imbarazzatissima e, a ogni scroscio di risa, faceva la faccia feroce.

Poi, d'un tratto, l'atmosfera nella cucina cambiò e Damlo si accorse che alcuni degli astanti se la squagliavano furtivamente. Anche Uwaën l'aveva notato, vide il ragazzo, ma non per questo smise di cantare. Anzi: occhieggiando di nascosto verso l'entrata, ricominciò da una strofa già cantata, scegliendo la piú esplicita. Varúsa, che dava le spalle all'ingresso, non s'avvide di nulla; si divertiva e non staccava gli occhi dal mezz'elfo.

Incuriosito, anche Damlo lanciò un'occhiata verso l'entrata delle cucine. Rimase sbalordito: sulla porta, dama Krider li osservava con la bocca aperta e l'aria schifata. Accanto a lei c'era Sedrina. Le parlava all'orecchio con aria cattiva, toccandosi i capelli e indicando lui e Varúsa.

In quel momento Uwaën terminò la canzone. Finiti che furono gli applausi, si rivolse a Damlo.

«Allora, figliolo, come ho cantato questa volta?»

«Benissimo!» rispose il ragazzo. Poi, ricordando le istruzioni dell'amico, aggiunse: «Come sempre, papà.»

«Oh!»

All'esclamazione, tutti si voltarono. Dama Krider, appoggiata allo stipite della porta, aveva portato una mano al petto. Mentre ognuno riprendeva in fretta la propria attività, Uwaën scattò in piedi e si inchinò galantemente.

«Qual fortunata coincidenza, dama Krider!»

«Oh!» non seppe far altro che ripetere la donna.

Uwaën le si avvicinò. Troppo, e mostrando con troppa evidenza che voleva allontanarsi da Varúsa e Damlo.

«Oh!» esclamò di nuovo la dama, facendo un passo indietro.

«Vi credevo a tavola con sua maestà,» disse Uwaën «altrimenti mi sarei aggirato per i corridoi nella speranza di incrociare per un istante il vostro sguardo.»

«Oh!»

«Ma vedo che oggi la sorte mi è propizia» continuò Uwaën avvicinandosi ancora «perché vi ha portato dove il mio cuore batteva, triste per la vostra assenza.»

«Scostati, plebeo!» gridò la dama con voce stridula. Uwaën s'immobilizzò e, dopo qualche istante, lei si riprese. Rivolta a tutti e a nessuno, esclamò: «Il figlio del liutaio... Ripugnante!»

Poi si allontanò, seguita da Sedrina. Il mezz'elfo sedette al tavolo sogghignando e cominciò a mangiare come se niente fosse.

«Mi vedo allo specchio quasi tutti i giorni» ringhiò Varúsa «e so riconoscere quando un amico scherza. Ma non mi piace essere usata!»

«Hai ragione, amica mia,» rispose Uwaën «ma la prima canzone era davvero per te. Se hai un minuto ti racconto.»

Con il piede, la donna si tirò accanto uno sgabello; poi sedette pesantemente, appoggiando il gomito sul tavolo, un pugno contro il mento e l'altro su un ginocchio.

«Vedi, purtroppo Dama Krider si è invaghita di me...»

«Lo so. E a te piace Sedrina. Anche se non fosse la favola del palazzo ho abbastanza occhi per capirlo da sola.»

«Ecco. Il punto è però un altro: il consigliere Krider si è ingelosito e ostacola i miei movimenti a corte.»

«Impedendoti di vedere Sedrina.»

«No,» sogghignò Uwaën «a quello pensava la dama, finora. Il vero problema è che io vivo con la musica e che ho bisogno di intervenire ai ricevimenti. Se Krider non mi vuole, sono tagliato fuori.»

«Non me la racconti giusta. O, almeno, non me la racconti tutta.»

Con un gesto spontaneo, il mezz'elfo le carezzò teneramente la guancia deturpata. La donna s'irrigidí.

«Hai ragione anche su questo, Varúsa,» le disse Uwaën abbassando la voce «e io non posso spiegarti tutto; ma ti do la mia parola che non sto facendo nulla di male. Mi serve un'udienza immediata da re Vínathes e la posso ottenere solo tramite la sorella di Sedrina: l'attuale favorita. Perciò dovevo conquistarmi il libero accesso alla damigella, e l'ho fatto sfruttando l'alterigia della sua padrona.»

«Cosí va meglio» ringhiò la donna. Poi si alzò, andò a prendere un boccale di vino e lo posò di fronte al mezz'elfo.

«Affogatici!» gli disse affettuosamente, e tornò al lavoro.

Vínathes di Drassol era ormai anziano e stanco. Poco rimaneva del giovane torello entusiasta che, all'epoca in cui Zánter d'Èria aveva creato l'Egemonia, era riuscito a ottenere per Drassol la dignità di stato satellite. Per oltre cinquant'anni il sovrano aveva retto le sorti della propria città con polso fermo e incrollabile fedeltà all'Egemonia. Dotato di intelligenza politica, era convinto che la pace imposta da Èria convenisse a Drassol piú di una libertà che avrebbe dovuto difendere dissanguandosi in uomini e oro. Aveva perciò emarginato la nobiltà indipendentista e i fatti gli avevano dato ragione. Sotto il suo regno, in cambio di un tributo annuale neanche poi tanto oneroso, Drassol era fiorita diventando la piú importante delle città settentrionali.

Poi, l'anno precedente, l'intera battuta di caccia alla quale partecipavano i suoi figli era scomparsa nel nulla. Venti e piú partecipanti, tra dame e cavalieri, con il seguito di cuochi, lacchè, cavalli e cani. Erano partiti all'alba e, semplicemente, non avevano fatto ritorno. I lancieri li avevano cercati dappertutto, aiutati dai migliori cacciatori del regno, ma non erano riusciti a trovare di loro nemmeno una traccia.

Sebbene ancora vigoroso, da molti anni il re aveva perso la capacità di generare e la fine della propria dinastia lo aveva stroncato. Da una quindicina di mesi, perciò, portava avanti gli affari di stato per inerzia. La sua passività aveva contribuito non poco all'insorgere delle ostilità con le città vicine, cosí come al rafforzarsi delle correnti di palazzo che volevano l'indipendenza da Èria.

Kéfrin, la sorella di Sedrina, introdusse Damlo e Uwaën nella sala del trono attraverso una porticina laterale. In quel momento, il re concedeva udienza a un folto gruppo di mercanti e ai rappresentanti delle corporazioni di Drassol.

Nella sala regnava un frastuono inverosimile. Con suprema mancanza di rispetto, tutti parlavano allo stesso tempo, alzando la voce per superare quella del vicino. I capi gilda gridavano, lamentandosi per i danni subiti durante la sommossa e alcuni dei mercanti strillavano di avere perso tutto. Altri si lagnavano per il fatto che le strade non erano sicure e che non potevano quindi compiere i loro tradizionali viaggi primaverili. Molti facevano notare ad altissima voce che, senza i proventi di quei viaggi, non avrebbero potuto pagare le tasse supplementari dovute a Èria. Cinque o sei persone, addirittura, voltavano le spalle al sovrano e litigavano tra loro sostenendo ognuno che il proprio caso era piú importante degli altri.

E mentre i consiglieri e i ciambellani cercavano con poco successo di calmare le acque, re Vínathes sedeva sul trono col mento appoggiato alla mano e lo sguardo fisso nel vuoto.

Damlo, Uwaën e la ragazza rimasero per un po' in disparte a osservare la situazione. Kéfrin avrebbe voluto presentarli subito al sovrano ma il mezz'elfo le chiese di aspettare. Quel che stava succedendo in quella sala, spiegò, poteva essere usato. Per farlo al meglio, tuttavia, bisognava ragionare un poco.

Ci mise piú di un quarto d'ora e, per la maggior parte del tempo, rimase a occhi chiusi. Poi impiegò qualche altro minuto per parlare all'orecchio di Damlo. Infine diede il via alla ragazza.

Morbida e sensuale, Kéfrin si avvicinò al re e gli parlò all'orecchio accarezzandogli la nuca con le unghie laccate di rosso. Dopo un po', senza alzare il mento dalla mano, il re annuí stancamente una volta e la ragazza fece segno a Uwaën e a Damlo di avvicinarsi.

Tanta era la confusione che solo i lancieri della guardia reale si accorsero dei nuovi arrivati. Damlo e il mezz'elfo si accostarono al sovrano di lato e, siccome sul piano rialzato dove sorgeva il trono non v'era lo spazio per inginocchiarsi, si limitarono a inchinarsi profondamente. Aspettarono che il re parlasse per primo.

«Altri problemi, immagino» bofonchiò Vínathes senza nemmeno guardarli.

«Possono sembrarlo, vostra maestà» disse Uwaën con un tono di voce insieme rispettoso e fermo. «In realtà portiamo soluzioni.»

«Che bella novità.»

«Possiamo esporvi i fatti?»

«Fate pure.»

«A causa di un increscioso errore, in questo momento l'erede al Trono di Pietra giace incatenato nelle vostre prigioni.»

Vínathes alzò finalmente la testa, e lo guardò come se fosse impazzito.

«Potete non credermi, vostra maestà. Ma vi conviene correre il rischio di non far controllare se dico il vero?»

«Com'è possibile?»

«Racconta, Damlo.»

Al pensiero di incontrare un vero re, il ragazzo si era avvicinato alla sala del trono con un misto di emozione e timore. Entrando era rimasto frastornato dalla confusione e, nonostante Vínathes sembrasse solo un povero vecchio, accostandosi a lui si era intimidito. Poi, mentre Uwaën gli parlava all'orecchio, si era reso conto che avrebbe dovuto indirizzarsi al sovrano chiamandolo maestà. Proprio come faceva con l'orribile cavallo che tirava il carro dei nani. Subito la soggezione era svanita e lui aveva perfino dovuto trattenere una risatina.

Come gli aveva suggerito il mezz'elfo, raccontò gli eventi facendo sembrare che Írgenas viaggiasse in incognito per il proprio piacere. Delle disavventure vissute coi nani narrò soltanto la faccenda dello Sweldal, quella dei carri nella foresta e la sommossa del giorno precedente.

«Madre celeste!» gemette il re. «Ci mancava soltanto una guerra coi nani: tutti sanno quanto Thundras Cuorsaldo sia suscettibile!»

«Perdonatemi se vi contraddico» disse Uwaën «ma non è necessario che re Thundras venga a sapere l'accaduto. Inoltre, quanto è successo potrebbe risolvere molti dei problemi che vi assillano.»

«Parlate, cantore.»

«Se ho ben capito, e lasciando per il momento da parte il giovane Cuorsaldo, in questo momento vi trovate alle prese con dei mercanti che vogliono viaggiare in sicurezza; con il popolo che non vuole pagare una seconda volta le tasse; con il fatto che il traghetto per il nord è stato distrutto; con la minaccia di una ritorsione da parte di Èria per l'uccisione del suo legato; con la presenza di banditi a nord dello Sweldal, e con le corporazioni della città che reclamano per i danni subiti.»

«Non solo» sospirò Vínathes. «Alla vostra lista va aggiunto che siamo quasi in guerra con Irèl e Mettenál, che la nobiltà mi assilla con proposte assurde, e che il popolo vuole vedere impiccati i nani perché, a suo dire, hanno ucciso il conte d'Eránto.»

«Ah, ma quello non è un problema.»

«Cosa intendete dire? Non posso impiccare l'erede al Trono di Pietra!»

«Naturalmente, vostra maestà. Però si dà il caso che, nella caserma dove sono imprigionati i nani, questa notte sia scoppiato un incendio. Nulla vi impedisce di comunicare al popolo che gli assassini del conte sono morti bruciati. Ciò accontenterebbe i vostri sudditi e vi permetterebbe di lasciar partire il principe Cuorsaldo rispettando il suo incognito.»

Per la prima volta dall'inizio dell'udienza, Damlo scorse una scintilla d'interesse negli occhi del sovrano.

«Avete enunciato una serie di altri problemi» disse il re a Uwaën.

«Sí, maestà. Non ho soluzioni per le discordie in atto tra voi e le città vicine, e non intendo immischiarmi in faccende di politica interna che riguardano solo voi e i vostri nobili. Per quanto riguarda il resto, tuttavia, forse sono in grado di offrirvi una soluzione. Posso suggerire, intanto, di allontanare per qualche tempo i responsabili di questa indegna canizza?»

Il sovrano sembrò accorgersi solo in quel momento della confusione imperante nella sala. Si alzò in piedi di scatto, con gli occhi scintillanti. Nessuno se ne accorse. Tremando di rabbia, Vínathes estrasse lo scettro dall'apposito foro sul bracciolo del trono; poi si avvicinò al gong che serviva a ratificare le decisioni ufficiali e vi sferrò contro una violenta mazzata.

Si voltarono tutti e, vedendo il re brandire infuriato lo scettro, ognuno si gelò nella posizione in cui si trovava.

«Miserabili! Cosí vi comportate, in presenza del vostro sovrano? Guardie: gettateli in carcere!»

I militari allontanarono mercanti e capi gilda come fossero bestiame, usando le aste delle lance con palese soddisfazione.

«Quanto a voi» tuonò Vínathes rivolto ai ciambellani «che avete permesso questa ignobile gazzarra nella sala del trono, sparite dalla mia vista e non tornate finché non sarete chiamati!»

Alcuni mogi e preoccupati, altri offesi e altri ancora contenti di vedere il loro re reagire come non faceva da tempo, tutti i dignitari lasciarono la sala. Vínathes fece per sedersi di nuovo, poi cambiò idea e si mise a passeggiare su e giú.

«Ebbene,» disse a Uwaën, dopo avere riflettuto in silenzio per diversi minuti, «sentiamo queste vostre soluzioni.»

«Primo: i nani. So che Írgenas Cuorsaldo tiene molto a questo viaggio e che suo padre era contrario. Sono certo che l'erede al Trono di Pietra vorrà mantenere segreto l'accaduto, soprattutto se vostra maestà deciderà di acconsentire alla sua immediata partenza, liberandolo dagli impegni formali che una persona del suo rango dovrebbe soddisfare quando visita un reame amico.»

«Se dite il vero, possiamo considerare risolto questo problema.»

«Secondo: le proteste delle corporazioni per i danni subiti. Non ho idea della punizione che vorrete infliggere loro per l'offesa che vi hanno arrecato poco fa. Immagino, però, che nessuno protesterebbe se decideste di comminare una multa pari ai danni riportati durante i tumulti. In seguito, potreste dichiarare che il trono si assume l'onere di risarcire le corporazioni. In questo modo loro non dovranno sborsare nulla, eviteranno le frustate che si meritano, e avranno qualcosa di sensato da riferire alle proprie gilde. Benché protestino, sanno bene che la colpa della sommossa non può essere attribuita al governo.»

«Ottima soluzione. Per farla accettare di miglior grado, prima di esporre la mia decisione fingerò di volerli impiccare. L'offesa è stata grave e tra loro c'è chi si ricorda di quando, forse, l'avrei fatto davvero. Continuate.»

«Terzo, quarto, quinto e, forse, sesto: i mercanti, i banditi, il traghetto distrutto e, forse, i vostri nobili. Sappiamo che l'Egemonia vive un momento difficile, che le strade sono insicure e che, qui a settentrione, la situazione è particolarmente grave. Sappiamo anche che il traghetto sullo Sweldal era un importante passaggio obbligato e sono certo che la rilevanza economica della sua perdita non vi sia sfuggita.»

Vínathes annuí.

«Ebbene, maestà: perché non inviare a nord un forte contingente di lancieri? Potrebbero scortare i mercanti e, ripristinato il traghetto, arrivare fino al confine del Passo Azzurro ripulendo la via dai banditi.»

«I lancieri mi servono qui, nel caso scoppiasse la guerra.»

«Precisamente, maestà. Questo è il sesto punto al quale mi riferivo. Correggetemi, se sbaglio: Drassol è militarmente superiore alle altre città e, se si parla di guerra, è solo perché alcuni dei vostri nobili la desiderano.»

«Non solo, cantore. Proprio perché siamo piú forti, Irèl e Mettenál si sono date a ruberie e saccheggi nel nostro territorio fuggendo poi ogni volta come dei banditi. Quindi la vendetta è desiderata da tutto il popolo, non solo da alcuni nobili.»

«Noto, però, che vostra maestà non si considera nel novero di coloro che vogliono la guerra.»

«Perché so cosa significa. Conosco il prezzo di sangue e dolore che una guerra impone anche ai vincitori.»

«Quindi, se poteste considerare una soluzione diplomatica, non la respingereste a priori.»

«Avete ragione ma ormai è tardi: l'odio è troppo intenso, i nobili scalpitano e l'esercito è quasi pronto.»

«Appunto, maestà. Inviando diverse centinaia di lancieri a ripristinare il traghetto rimandereste lo scontro. Potreste guadagnare due mesi, forse tre; e utilizzarli per negoziare. Inoltre, parte delle rendite dei vostri nobili poggia sul commercio e sulle tasse dei mercanti: chi obietterà alla riapertura di una via di comunicazione cosí vitale?»

«Abbastanza convincente. Rimane il problema di Èria.»

«Da quello che so, Gevan Bedáran incontra molte difficoltà a reggere le sorti dell'Egemonia e la punizione di Drassol costituisce sicuramente per lui un problema aggiuntivo. Purtroppo l'uccisione del legato è un fatto sopra il quale non potrà passare ma sono certo che sarebbe ben felice di trovare una soluzione non cruenta.»

«'Da quello che sapete'» ironizzò Vínathes che ora si teneva eretto «mi sembrate piú un politico esperto che un cantore girovago.»

«Viaggio per le corti del mondo da molti anni, maestà, e a forza di frequentarle ho imparato qualcosa.»

«Continuate.»

«Írgenas Cuorsaldo ha faticato molto a ottenere da re Thundras il permesso di compiere questo viaggio. Io sospetto che suo padre lo consideri troppo giovane e che, come spesso succede, non veda ancora quanto il principe sia in realtà maturo.»

«Lo conoscete di persona?»

«La Corte di Pietra mi ha concesso l'onore di cantare di fronte ai reali.»

«Continuate.»

«Nel quadro dei reciproci favori che vi scambierete per risolvere questo increscioso incidente, sono certo che Írgenas Cuorsaldo vorrà intercedere per Drassol presso Gevan Bedáran. In fondo, chi può dire che il legato fosse ancora vivo quando la marmaglia è entrata nel suo palazzo? Se non sbaglio era piuttosto anziano e soffriva di cuore.»

«Questo è vero. Drassol era la sua ultima assegnazione.»

«Perfetto. Ora, se il futuro re dei nani sostenesse che il legato era già morto al momento della sommossa, tecnicamente l'accusa piú grave verrebbe a cadere. E a Gevan Bedáran questo farebbe comodo. Tanto comodo, forse, da fargli cambiare idea a proposito delle tasse.»

«Su questo non c'è speranza: Èria ha bisogno di quel denaro.»

«Ma l'avrà! Invece che 'tributo', il versamento si chiamerà 'sanzione monetaria' e chiuderà l'incidente. Il popolo di Drassol brontolerà ma accetterà ben volentieri di pagare: nessuno si aspetta che l'Egemonia lasci impunito l'assassinio di un legato.»

«Il giovane Cuorsaldo vorrà fare questo per noi? In fin dei conti l'abbiamo incarcerato!»

«Permettetemi di accompagnare la scorta che invierete a liberarlo, maestà. Vi prometto di convincerlo.»

Il sovrano di Drassol rimase a lungo in silenzio, poi chiamò il comandante della guardia.

«Prendi dieci lancieri, segui quest'uomo e fai quello che ti dice.» Poi, sorridendo, si rivolse a Uwaën: «Quanto a te, cantore, nei prossimi giorni conoscerai la gratitudine di re Vínathes!»

«Posso pregarvi di ospitare il ragazzo finché non sarò di ritorno?» chiese il mezz'elfo.

«Ma io voglio venire con te!» lo interruppe Damlo.

«No,» gli disse Uwaën sorridendo con dolcezza, «tu vuoi rimanere qui e riflettere sulla decisione che devi prendere.»

«Quale decisione?»

«Vedi, dopo avere ripristinato il traghetto, i lancieri passeranno da Waelton. Quindi, se davvero lo vorrai, potrai tornare a casa in tutta sicurezza.»

Che strano, pensava Damlo. Nell'aria, adesso, e tutto intorno e fin dentro di lui, aleggiava la premonizione di una fine. Come un fortissimo sapore, o un profumo particolarmente inebriante. Pareva che l'universo intero trasudasse l'essenza di una conclusione. Non la fine di tutto, certo, ma senza dubbio la fine di qualcosa.

Una sensazione bizzarra, che Damlo non capiva ma di cui percepiva con chiarezza la veridicità. Sapeva. Sapeva che insieme alla sua decisione sarebbe arrivata la fine. Una qualche fine. E se ne chiedeva il perché.

Senza quasi notare le magnifiche piante esotiche che vi crescevano, il ragazzo camminava ormai da un po' nei vialetti del parco reale. Re Vínathes aveva dato ordine che vi fosse accompagnato perché potesse riflettere con calma. Cosí, un lanciere dall'aria simpatica lo aveva guidato attraverso i corridoi del palazzo lasciandolo davanti a una piccola e larga scalinata bianca che si affacciava sul verde. I gradini portavano a una vasta piazzola ricoperta di ghiaia e circondata da alberi e aiuole colorate. Uno spettacolo allegro e sereno di cui lui si era a malapena accorto. Preso dai suoi pensieri e da quella strana sensazione, aveva sceso gli scalini e si era infilato tra le piante ben curate come se la natura potesse aiutarlo a scegliere. Cosa che non stava accadendo.

Tornare a casa... Rivedere gli zii e la locanda! Spingere l'ala di Kaxalandríll sul portone della biblioteca e sorprendere di nuovo Melvo Boscorame che parlava ai libri mentre lucidava le rilegature. Dormire sotto il piumino nella sua stanzetta e, al primo momento libero, andare alla caverna! Quanto lo desiderava...

Già: quanto lo desiderava?

Roscio! Vigliacco! Coniglio roscio!

Quasi udí davvero la voce di Proco Radicupo e Busco Sinistronco. D'un tratto, si rese conto che da undici giorni nessuno gli rinfacciava il colore dei suoi capelli. Tornare a casa significava anche tornare da loro: dalla Legione di Waelton e dagli aguzzini che ne facevano parte. Quanto aveva voglia di rivederli? D'un tratto la nuca gli dolse come se intendesse ricordargli la sassata di Busco.

E poi c'erano Írgenas e Clevas. Tornare a casa significava abbandonarli. E Uwaën? E la Costa dei Mendici? Alla Costa del Mendici era stato accolto, ed era la prima volta che un gruppo, un qualsiasi gruppo di persone, lo accettava. Inoltre, se avesse continuato il viaggio avrebbe visto la Torre di Belsin! Avrebbe incontrato gli elfi! Senza contare che Áilaram era un mago e Uwaën gli aveva fatto capire che la magia esisteva ancora... Quanto avrebbe desiderato assistere a una magia...

Però a Waelton c'erano gli zii. I suoi adorati zii che certamente lo credevano morto di convulsioni. Come poteva pensare di abbandonarli? Come poteva anche solo immaginare di lasciarli a soffrire in quella convinzione?

Quanto era difficile scegliere!

Lo stesso discorso valeva infatti anche per Írgenas e Clevas. Come poteva pensare di abbandonare i suoi due amici? Erano i primi amici della sua vita. Davvero li avrebbe lasciati a loro stessi? Stavano affrontando un'impresa disperata e non erano nemmeno in grado di bardare un cavallo. Per di piú, adesso, le Spade Nere sapevano di nuovo dove trovarli.

Santo cielo!... Le Spade Nere! Il Signore dell'Oscurità! Improvvisamente, Damlo sentí un nodo alla bocca dello stomaco. Quello non era un gioco: c'erano realmente orchetti, troll, banditi e bestie volanti forse ancora piú pericolose. Pericolo *vero.* E se lui avesse deciso di proseguire, in mezzo a quei pericoli sarebbe finito sicuramente!

Già. Allora, forse era meglio tornare a casa.

Vigliacco!

No, rispose a se stesso. Qui la paura non c'entrava; lui era solo un ragazzo di quattordici anni e quella era una storia da adulti. In realtà i nani non avevano bisogno di lui. Forse non l'avrebbero nemmeno voluto con loro.

Di nuovo si sentí stringere alla bocca dello stomaco e, dentro di sé, gemette. E se davvero i suoi amici lo avessero respinto? Ma no, cercò di rassicurarsi: avevano certamente bisogno di lui. Chi si sarebbe occupato di Maestà, altrimenti, per oltre duecento leghe? E poi, senza di lui sarebbero stati ancora sullo Sweldal.

Però non sarebbero finiti in prigione e le Spade Nere non li avrebbero ritrovati.

Si sentí prendere dalla nausea. Non potevano rimandarlo a casa! Doveva riuscire a convincerli. Doveva indurli a portarlo con loro! Del resto, che avessero bisogno di lui era innegabile. E non solo per il cavallo. Lui possedeva la spina e, se ci fosse stato da combattere...

Combattere? Sentí di nuovo le zanne del lupo che gli entravano nella carne e la paura gli si ingolfò nel petto.

Già, combattere. Allora, forse sarebbe stato meglio tornare a Waelton. In fondo doveva avvertire gli zii che non era morto.

Vigliacco!

Non sono un vigliacco! Devo avvisare la zia Neila!

Scrivi loro una lettera e affidala ai lancieri.

Ma alla locanda c'è bisogno di me!

Anche i nani hanno bisogno di te.

Ma ci sono le Spade Nere!

Vigliacco!

Mi ammazzeranno e non potrò aiutare né Írgenas né Clevas: è inutile che vada con loro.

Vigliacco!

Non sono un vigliacco, anche a Waelton corro dei pericoli: Busco mi ha quasi ammazzato, con quella fiondata!

La Legione di Waelton non conta nulla; il vero nemico è il Signore dell'Oscurità.

Ma lui esiste da sempre: non è una persona e non può essere sconfitto!

Il suo Primo Servo, sí.

Ma è una storia in cui non c'entro, io!

C'entrano tutti, vigliacco.

Non sono un vigliacco!

D'un tratto, Damlo inciampò e cadde per terra. La botta interruppe di colpo la ridda dei pensieri e il ragazzo si accorse che la testa gli pulsava dolorosamente. Si guardò attorno: inoltratosi in una zona del parco in cui la vegetazione non veniva curata, era inciampato in un rovo. Non aveva idea di dove si trovasse, ma gli alberi fitti, i cespugli e gli arbusti lo fecero sentire un po' a casa sua.

Si avvicinò a una grande pianta. Non ne aveva mai viste di simili: il tronco era liscio e i rami dritti si dipartivano verticalmente come tanti alberelli, facendolo sembrare una specie di candeliere. Le piccole foglie avevano alla base due speroni, cosicché assomigliavano a stemmi gentilizi. L'albero gli fece simpatia e lui lo salutò con i palmi delle mani. Poi sedette, appoggiandovi contro la schiena, e si ri-

lassò. Per un po', decise, non avrebbe piú pensato alla decisione che doveva prendere.

Chiuse gli occhi e lasciò che la mente vagasse senza guida nei propri territori. Davvero, si ritrovò a pensare, gli ultimi undici giorni erano stati i piú intensi e belli della sua vita. Undici giorni... Era strano considerare che dal suo compleanno era passato un tempo cosí breve. E altrettanto strano era rendersi conto che la sua premonizione a proposito dei quattordici anni si era rivelata attendibile. Forse lo zio Pelno non aveva poi tutte le ragioni a rimproverargli l'abbondanza di fantasia. Comunque la si volesse vedere, i fatti dicevano che da quando lui aveva compiuto quattordici anni la sua vita era cambiata... Eccome se era cambiata! Oh, se era cambiata...

Di botto si mise a piangere. Con grandissimo stupore. E pianse per un bel po', mentre rivoli di lacrime gli gocciolavano dal mento sulla camicia nuova. Pianse come un bambino, chiedendosi per tutto il tempo perché stesse piangendo. Poi il pianto diminuí poco a poco di intensità e, infine, cessò.

Damlo giacque esausto contro l'albero, con la mente vuota e il corpo abbandonato.

E improvvisamente capí. Di colpo e senza avvisaglie. Come se quello sfogo di emozione lo avesse portato al di là di una porta invisibile. Capí perché aveva pianto e capí di avere preso una decisione. Capí che aveva pianto proprio per la decisione che aveva preso, e capí anche che cosa significasse quella sensazione di fine che percepiva in modo cosí intenso e spiazzante.

Si alzò e prese un profondo respiro. Gli parve che il petto gli si riempisse di vita. Che buffo, si disse: si sentiva allo stesso tempo malinconico e felice.

Con il cuore ancora un po' gonfio, ma anche con l'animo leggero, imboccò il primo sentiero che gli capitò davanti. Sí: adesso sapeva cosa avrebbe fatto e, dopo averla presa, la decisione gli appariva ovvia. In fondo, aveva quattordici anni.

Come aveva detto Sweldal, o forse era stato Bosco, la vita cantava un ritmo che andava rispettato. Per ogni cosa c'era un tempo e bisognava adeguarsi anche se questo comportava dolore o se l'idea della rinuncia pareva insopportabile.

Perché vivere significa scegliere, e non c'è scelta senza rinuncia. Ecco le radici di quella strana sensazione. Quando c'è una scelta vera c'è anche una fine, questa è la verità. Perché se le alternative non si escludono tra loro, non si tratta di una scelta vera. E infatti scegliere significa abbandonare. Abbandonare per sempre.

Aveva quattordici anni: tornando indietro avrebbe abbandonato i nani e, proseguendo con loro, avrebbe abbandonato Waelton.

Certo, se fosse tornato a casa Írgenas e Clevas avrebbero capito la sua decisione; ma il suo rapporto con loro ne avrebbe risentito. E comunque, forse sarebbero morti.

D'altro canto, se fosse andato con loro forse sarebbe morto lui. E avrebbe in ogni caso perso Waelton. Non il paese vero e proprio, naturalmente, ma la sua personale maniera di guardarlo e di riconoscerlo: ciò che ne faceva casa sua. Già adesso si sentiva diverso rispetto a quando era partito. E se avesse proseguito sarebbe cambiato ancora di piú. Nel mondo, stava scoprendo, o forse solo nell'età adulta, le cose accadevano molto piú in fretta che alla locanda.

Quattordici anni. Aveva quattordici anni, e questo voleva dire che era diventato grande. Succedeva a tutti, prima o poi. Però nessuno raccontava mai che insieme all'eccitazione del crescere c'era anche un po' di malinconia. Chissà perché.

Piú avanti, alla fine del sentiero, era già possibile scorgere il palazzo reale. Damlo rallentò il passo, si voltò e osservò le piante che ornavano il parco. Sí, pensò, avvicinandosi a un faggio particolarmente alto. Sí: aveva deciso.

Ed era vero che questo comportava una fine.

Però comportava anche un nuovo inizio.

Appoggiò entrambe le mani sul tronco della pianta e la salutò.

«Vedi,» le disse «il fatto è che ho compiuto quattordici anni.» Scosse la testa. «Già, forse tu non lo sai... vuol dire che sono diventato grande!»

Per un po' assaporò quella parola come se fosse un dolce della zia Neila. Poi si rese conto che c'era un'altra cosa che l'albero non sapeva. Allora avvicinò la bocca alla corteccia liscia.

«Vuole anche dire che continuerò il viaggio con i miei amici!» sussurrò.

Per un istante ebbe l'impressione di percepire nel faggio un fremito di intesa e, improvvisamente, si sentí allegrissimo. Scoppiò a ridere. Poi, dopo aver carezzato ancora una volta il tronco del vecchio albero, si girò verso il palazzo reale.

«Sí» mormorò.

Inspirò profondamente e, con il volto illuminato da un gran sorriso, si incamminò.

# Luca Trugenberger

Luca Trugenberger è nato a Milano nel 1955 da padre luganese e madre palermitana. Dopo gli studi liceali in Italia si è arruolato nei corpi d'élite dell'esercito elvetico; quindi ha lasciato la divisa di ufficiale e si è iscritto alla facoltà di medicina, a Ginevra, per trasferirsi in seguito a Roma dove si è specializzato in psicoterapia. Poi... imprevedibilmente, il teatro e la scrittura.
Come attore, Luca Trugenberger ha frequentato per dieci anni i teatri d'Italia, vivendo le sfaccettature di mille personaggi diversi. «È stata una grande lezione di comunicazione» racconta «che ha contribuito non poco alla mia formazione di scrittore. Il lettore, oggi, è viziato dalla televisione. Per trasmettergli qualcosa di significativo, bisogna ingannare momentaneamente il suo cervello...»
E infatti, nei suoi romanzi, Trugenberger arriva al cuore dei lettori precisamente a questo modo: «Li imbroglio» confessa. «O meglio, imbroglio i loro pigri doganieri mentali: coinvolgo il lettore in un'avventura movimentata e divertente, e intanto, nascostamente, gli mostro la natura della vita e dell'essere umano.»

Le avventure di Damlo continuano con:
*Il sigillo di Zánter*
*Il volto del nemico*

In libreria

Serge Brussolo

*Sigrid e i mondi perduti*

*L'occhio della piovra*

Romanzo

336 pagine
€ 14,50

Prigionieri in un sottomarino gigantesco, il *Bluedeep*, tre ragazzi vivono da dieci anni nelle malefiche profondità di un oceano avvelenato.
Attorno a loro un paesaggio ostile e misterioso, ma di un'affascinante bellezza, custodisce un segreto: chi finisce in acqua si trasformerà immediatamente in un pesce, perché l'oceano di Almoha possiede poteri magici che vanno oltre ogni immaginazione...
Sigrid, una giovane e coraggiosa esploratrice di terza classe, costretta a vivere sorvegliando gli angoli più oscuri del sottomarino, sente un'irresistibile attrazione per il mare che la circonda. Ma quali altri fantastici segreti si celano nei fondali?
Accerchiato dalle grandi piovre, l'equipaggio del *Bluedeep* si trova in difficoltà e sarà Sigrid, dall'animo fiero e dal grande cuore, a sfidare le tenebre marine e tutto ciò che vi si nasconde...

Serge Brussolo, l'autore di *Peggy sue e gli invisibili*, rinnova la tradizione fantastica di Jules Verne e Robert Louis Stevenson in un romanzo in cui il senso del meraviglioso si fonde con i colpi di scena di un'avventura mozzafiato.

In libreria

*J.K. Rowling*
*La maga dietro Harry Potter*

di Marc Shapiro

Illustrazione di copertina di Serena Riglietti

Nuova edizione aggiornata all'ultimo romanzo di J.K. Rowling,
*Harry Potter e l'Ordine della Fenice*

224 pagine
€ 12,50

«Quando sogni, puoi fare quello che vuoi.»
J.K. Rowling, la maga dietro Harry Potter

«... Non vedremo mai Harry Potter in una crisi di mezza età,
o nei panni di un vecchio mago.»
J.K. Rowling, la maga dietro Harry Potter

Cosa si nasconde dietro la vita di Harry Potter?
Come nasce il suo nome e quello delle strane creature che popolano il suo mondo, il grifone Fierobecco, il topo Crosta e il gatto Grattastinchi?
Quali mirabolanti avventure ha vissuto la maga dietro Harry Potter?

In questo incantevole libro sono svelati i segreti del personaggio che ha appassionato milioni di giovani lettori in tutto il mondo; dalla sua nascita fino al suo successo, dalle storie conosciute a quelle che verranno, in un coinvolgente racconto che strega il lettore fin dalla prima pagina, calandolo con maestria nel fantastico mondo di Harry Potter e della maga che lo ha creato!

In libreria

David Colbert

*I magici mondi del Signore degli Anelli*

Guida ai personaggi, miti e leggende
della saga di J.R.R. Tolkien

Illustrazioni di Serena Riglietti

224 pagine
€ 13,50

Chi ha creato la Terra di mezzo, la patria degli Hobbit? Gandalf può davvero morire? E Gollum è mai stato buono? Perché gli elfi hanno forgiato gli anelli? E perché Sauron, il male assoluto, appare come un occhio? Come mai Tolkien ha scelto di dare l'anello del potere proprio a quel piccolo e impaurito hobbit di nome Frodo?
Dallo stesso autore del popolare *I magici mondi di Harry Potter* arriva la prima guida per ragazzi allo straordinario e affascinante universo creato da J.R.R. Tolkien nel romanzo *Il Signore degli Anelli*, una delle opere piú amate del ventesimo secolo e oggi anche una serie di film di immenso successo.
Ne *I magici mondi del Signore degli Anelli* David Colbert conduce i lettori tra i misteri e gli incanti di un universo popolato di Elfi e di Uomini, di mostri crudeli ed eroi leggendari, tra storie e leggende dal fascino inesauribile.

In libreria

The Harvard Lampoon
*Il Signore dei Tranelli*

Romanzo

224 pagine
€ 11,00

Per piú di trent'anni si è mormorato di un oscuro e riprovevole manoscritto che proveniva dal favoloso occidente…

Brodo è un piccolo eroe peloso e pavido. Spinto (o forse costretto...) dal mago Gondolf, ha deciso di imbarcarsi in un'avventurosa missione per liberare la Terra di Tramezzo dalle forze del male comandate dal mago Saluman e dall'irascibile Salmon. Ad aiutarlo nell'impresa ci saranno il fedele amico Spam, il nobile Re Aragost, l'elfo Lerciolas, il fedele Borotalc e il nano Girmi.
Un drago su pattini a rotelle, pellicani bombardieri, lascive fanciulle elfe, pericolose piante che baciano sino alla morte gli incauti viandanti completano questa forsennata e irriverente parodia di una delle opere più famose del XX secolo: *Il Signore degli Anelli* di J.R.R. Tolkien.

*Un classico della parodia*

È possibile ricevere la rivista per ragazzi
*La strada del mistero* scrivendo a:
Fanucci Editore S.r.l.
via delle Fornaci, 66
00165 – Roma
info@fanucci.it
www.fanucci.it

Stampato nello stabilimento grafico
«Legatoria del Sud» di Ariccia (RM)
nel mese di settembre 2003

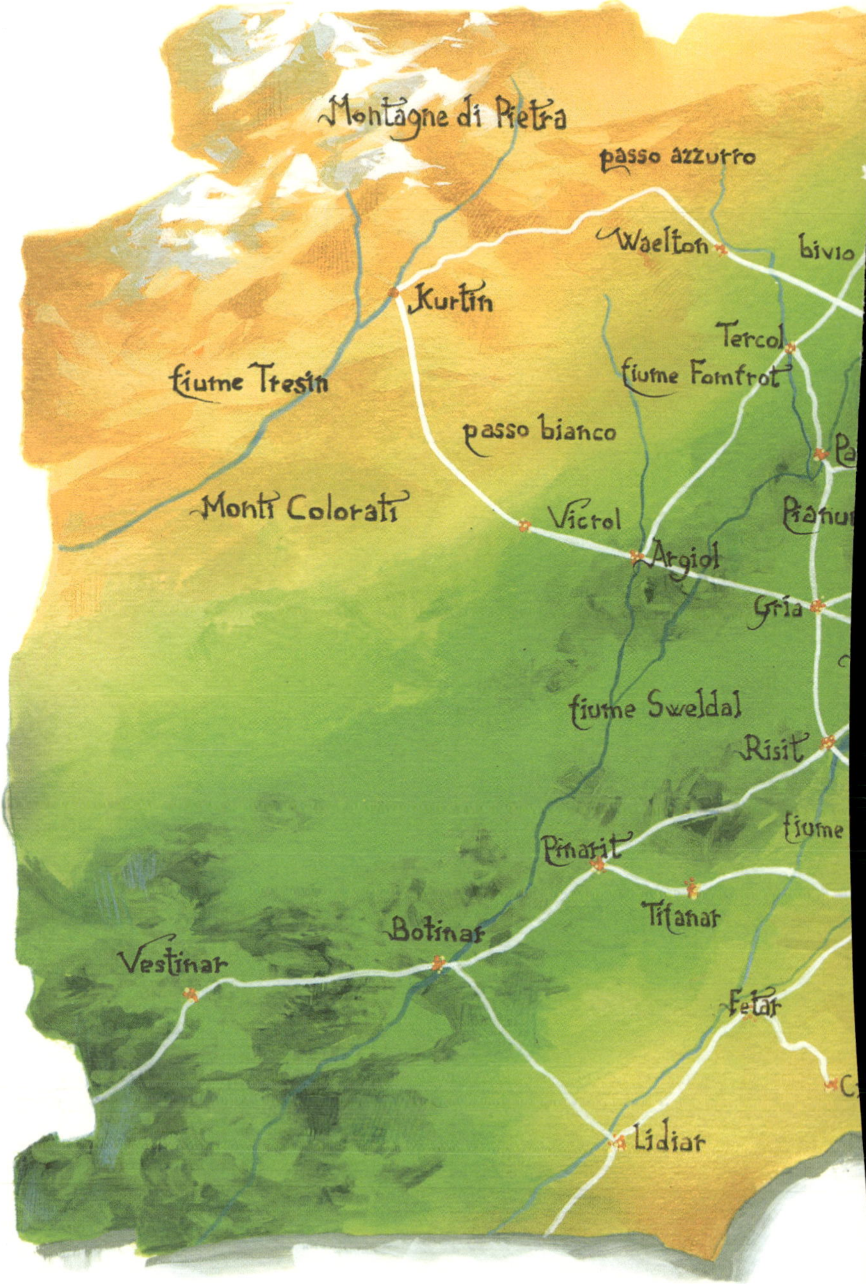
Montagne di Pietra
passo azzurro
Waelton
bivio
Kurtin
Tercol
fiume Tresin
fiume Fomfrot
passo bianco
Monti Colorati
Victol
Argiol
Gria
fiume Sweldal
Risit
fiume
Pinarit
Titanar
Botinar
Vestinar
Fetar
Lidiar